Luchtplaats

Van Herman Koch verscheen eveneens
bij Ambo|Anthos *uitgevers*

Red ons, Maria Montanelli
Eindelijk oorlog
Eten met Emma
Odessa Star
Denken aan Bruce Kennedy
Het diner
De ideale schoonzoon
Zomerhuis met zwembad
Korte geschiedenis van het bedrog
Geachte heer M.
De greppel
Makkelijk leven
Finse dagen
Een film met Sophia
Het Koninklijk Huis
Ga je erover schrijven?

Herman Koch

Luchtplaats

Veel leesplezier,

Jo Derek L

Ambo|Anthos
Amsterdam

Eerste druk 2024
Derde druk 2025

ISBN 978 90 263 5496 0

Omslagontwerp Roald Triebels
Omslagillustratie © Peter van Beek/ANP/HH
Foto auteur © Pablo Koch

Ambo|Anthos *uitgevers* vindt het belangrijk om op milieuvriendelijke en verantwoorde wijze met natuurlijke bronnen om te gaan. Bij de productie van het papieren boek van deze titel is daarom gebruikgemaakt van papier waarvan het zeker is dat de productie niet tot bosvernietiging heeft geleid.

Verspreiding voor België:
Veen Bosch & Keuning uitgevers nv, Antwerpen

You see, in this world there's two kinds of people, my friend: those with loaded guns and those who dig. You dig.

SERGIO LEONE
The Good, the Bad and the Ugly

I

SIMON

Het leek zo'n goed idee. Derek L. had een fijne pen, hij schreef gedichten en verhalen. Van gedichten heb ik geen verstand, maar de verhalen waren buitengewoon sterk: een krachtige, heel eigen toon. Vrijwel allemaal speelden ze zich af binnen de gevangenismuren. Vooral 'Luchtplaats' trof me, door de originele invalshoek. In dat verhaal is er sprake van een God die alles ziet omdat hij een bewakingscamera is, maar dat heb je aanvankelijk niet door. God observeert de gevangene die op de luchtplaats zijn eentonige rondjes loopt. Omgekeerd richt de gevangene al zijn hoop op de bewakingscamera. Aan de andere kant van de lens bevindt zich immers de vrije wereld.

Derek L. stuurde mij dat verhaal (en die gedichten) op. Hij was altijd al een bewonderaar geweest, schreef hij. Intussen had hij alles van mij gelezen. Ik kende hem natuurlijk van onze ontmoeting tijdens de leesclub. Een meisje van de bibliotheek had een leesclub voor gevangenen georganiseerd. Af en toe nodigde ze een schrijver uit. Ik schreef Derek L. terug over 'Luchtplaats': 'Ik weet niet of je nog meer verhalen hebt liggen, maar als titel voor een bundel is het ijzersterk.'

De gevangene in het verhaal beraamt zijn ontsnapping, niet

via de klassieke weg, met een over de gevangenismuur gegooid touw of een aantal aan elkaar geknoopte lakens, maar via de bewakingscamera. Hij heeft zijn zinnen gezet op die camera. Als hij aan de andere, de goede kant van de lens weet te komen is hij vrij. Op de luchtplaats ziet hij alleen de hoge grijze muren en een vierkant vlak blauwe lucht van de hemel. Aan de andere kant van de camera zal hij de luchtplaats van bovenaf zien en zo zelf God worden.

'Ik heb er nog meer,' schreef Derek L. terug. 'Ik kan het iedereen aanraden, een verblijf achter de tralies. Iedere aankomende schrijver. Niemand wil met je afspreken. Er zijn geen verjaardagen of feestdagen die niet gemist kunnen worden. Er hoeven geen kinderen van school te worden gehaald. Er is geen vrouw die aan je hoofd zeurt wanneer jullie eindelijk weer eens een keer wat leuks gaan doen.'

Ik zorgde ervoor dat 'Luchtplaats' in een literair tijdschrift werd gepubliceerd. De redacteuren van *De andere canon* waren opgetogen. Het waren allemaal jonge honden. Dit was precies wat ze zochten om de oplage van het tijdschrift naar een respectabel aantal te krijgen. Ze vonden het verhaal goed, ze herkenden de kwaliteit, maar ik merkte meteen dat het vooral het idee van een gevangene met talent was dat hen aansprak. Een moordenaar die voorlopig niet vrij zou komen. Een wild beest. Een leeuw die verveeld naar de bezoekers van de dierentuin kijkt. Daar staan ze, achter het hek, ze tillen hun kinderen op de muur zodat ze hem beter kunnen zien. De leeuw ligt te soezen, met zijn staart slaat hij de vliegen van zijn lijf – maar er ontgaat hem niets. Eén misstap en ze zullen zijn reactiesnelheid zien. Ze zullen hoe dan ook te laat komen.

Hij stuurde meer verhalen. Eerlijk is eerlijk: ze waren geen van alle zo goed als 'Luchtplaats', maar nog altijd behoorlijk goed. Ik benaderde een uitgever en benadrukte de gouden combinatie van veroordeelde zware crimineel en literair talent. Ik schreef de perfecte brief aan de betrokken gevangenisautoriteiten, laat dat maar aan een schrijver over. Het zou de presentatie van de verhalenbundel extra luister bijzetten als de auteur er zelf bij aanwezig kon zijn, schreef ik. Eén weekend. Wat was nou één weekend op een jarenlang verblijf achter de tralies? Zondagavond zou Derek L. zich weer bij de gevangenispoort melden. Ik stemde bij voorbaat in met alle voorwaarden die de gevangenisautoriteiten zouden stellen. De discrete aanwezigheid van rechercheurs in burger, een enkelband desnoods. Terwijl ik het woord *enkelband* opschreef, realiseerde ik me dat dit ook de titel van een van Derek L.'s verhalen was. Evenals *weekendverlof*. Ik speelde mijn laatste troefkaart uit. 'Mijn vrouw, Hanna Hanson, is rechercheur bij de Dienst Landelijke Recherche,' schreef ik. 'Derek L. zal die drie nachten bij ons thuis logeren. Een betere garantie dan mijn vrouw is er niet, hij zal zich wel twee keer bedenken voordat hij gekke dingen doet.'

Het beeld van de slapende leeuw is niet van mijzelf, het komt van hem, uit het laatste en langste verhaal: 'Savannegras'. Het is na 'Luchtplaats' het beste verhaal in de bundel. Het gaat over een crimineel die niet vergeet. In zijn cel overdenkt hij hoe hij wraak zal nemen op de vriend die hem verraden heeft. Hij vergelijkt zichzelf met een leeuw die ligt te soezen in het savannegras, alleen zijn oren bewegen af en toe, wanneer hij een vlieg wegjaagt. Het van de kudde afgedwaalde zebraveulen neemt aan dat de leeuw slaapt...

Je zou kunnen zeggen dat ik die verhalen beter had moeten lezen. Ánders had moeten lezen. Dat ik me door de sterke metaforen en de krachtige stijl heb laten verblinden. Dat is allemaal makkelijk gezegd – achteraf.

Misschien is dit ook het moment om te bekennen dat mijn eigen motieven niet helemaal zuiver waren, maar ik berokkende er verder niemand schade mee, hield ik mezelf voor. Een schrijver met louter zuivere motieven zal van zijn levensdagen niets schrijven wat we ons later zullen herinneren. Ik had gewoon oog voor Derek L.'s talent, ik was de eerste die het had opgemerkt. Is een moordenaar per definitie een slechte schrijver? Eerder het tegendeel, zou ik zeggen.

Alles is inmiddels achteraf.

De donderdag begon zo mooi. De zon stond al laag boven de gevangenismuren toen ik Derek L. bij de poort kwam afhalen. Hij had een krachtige handdruk.

'Hallo,' zei hij. 'Leuk je nu eens een keer in de buitenlucht te ontmoeten, Simon.'

HANNA

Vroeger, nog niet zo lang geleden, draaiden alle hoofden zich om wanneer ik in de deuropening van een café of restaurant verscheen. Ik wist alle ogen op me gericht terwijl ik naar de bar toe liep of me door een ober naar mijn tafeltje liet begeleiden. Of nee, niet alle ogen: de vrouwen keken korter.

Dat was dus vroeger. Mannen op bouwsteigers legden hun gereedschap neer om naar me te fluiten. Ze floten niet alleen, ze keken me na tot ik de hoek om was verdwenen. In een tram of bus stond er niemand voor me op. *Waarom zouden we haar iets cadeau moeten doen?* zullen ze gedacht hebben.

Nu is het fluiten opgehouden, het blijft stil als ik langs de bouwsteigers loop. De bouwvakkers kijken nog wel. Ik zie dat ze even hun hoofd omdraaien, vanuit hun ooghoeken hebben ze een vrouw de hoek om zien komen, daarna gaan ze weer door met hun werk. En laatst stond er iemand in de bus voor me op en bood me zijn zitplaats aan. Een man, niet eens zo heel veel jonger dan ik. Ik schudde mijn hoofd. De volgende keer ga ik gewoon zitten, heb ik bedacht.

Je hoort vrouwen – mijn vriendinnen, vrouwen in tijdschriften en op tv – vaak klagen over het passeren van een bepaalde leeftijd. Alsof het de grens is van een land waar je voorgoed uit wordt gezet, terugkeer is onmogelijk. 'Van de ene op de andere dag ben ik onzichtbaar geworden,' zeggen ze. 'Ze fluiten niet meer. Ze houden de deur niet meer voor me open. In een restaurant wordt mijn stoel niet meer voor me naar achteren geschoven.'

'Niemand koopt nog bloemen voor me,' hoorde ik een vrouw in een tv-programma eens zeggen. Ze probeerde erbij te lachen, alsof het allemaal één grote grap was. Of misschien hoopte ze wel dat honderden kijkers haar bloemen zouden sturen.

Ik ben zo niet. Mij zul je niet horen klagen. Ik koop mijn bloemen zelf wel. Achteraf gezien begon het met een enkele grijze haar, daarna werden het er al snel meer. In het begin liet ik het nog zo, toen viel ik in de categorie 'ziet er nog best goed uit voor haar leeftijd'. Maar helemaal grijs wilde ik niet worden, zover zou ik het niet laten komen. De ene dag ben je nog een kerstboom met slingers, lichtjes en engelenhaar, de volgende dag lig je 's ochtends bij de andere kerstbomen naast de vuilcontainer. Ik had dik haar, dik en zwart. Nu is het geverfd. Het is ook onmiskenbaar dunner. Als je goed kijkt is het leven er een beetje uit.

Ik heb de onzichtbaarheid omarmd als een goede vriendin bij wie je na een scheiding op de bank mag slapen. Vandaag de dag kan ik gewoon een café in lopen. Als ik in mijn eentje in een restaurant zit, komen er geen mannen meer naar me toe. Ze laten geen glas champagne of een roos meer bij mijn tafeltje brengen. Ik herinner me vooral het ongemak: ik móést me wel omdraaien, mijn glas heffen, glimlachen en toosten. Daarna kon ik niet eens tot tien tellen of hij stond al naast mijn tafeltje. *Vind je het goed als ik even bij je kom zitten?* Ook een klassieker: *Hoe is het mogelijk dat een mooie vrouw als jij zonder gezelschap moet dineren?*

Het is nu wel zo rustig. Ik doe het niet zo heel vaak, maar ik voel me beslist niet zielig wanneer ik in mijn eentje aan een restauranttafeltje zit. Je moet de obers wel in de gaten blijven houden. Vroeger zetten ze me aan een tafeltje bij het aquarium of bij het raam. Tegenwoordig proberen ze me achter een grote vingerplant te verstoppen, of in een stil hoekje naast de deur van het toilet. Als ik met Simon uit eten ga is alles weer anders. Ze kennen hem meestal van gezicht en mij alleen als de vrouw naast dat gezicht.

DEREK

Natuurlijk zullen alle gevangenen tegen je zeggen dat ze hier onschuldig vastzitten, maar ik ben echt onschuldig. Tot op zekere hoogte, moet ik er meteen bij zeggen. Er zijn mij bepaalde feiten ten laste gelegd. Sommige feiten zijn nooit bewezen. Ik kan het misschien beter zo zeggen: zij zijn begonnen. Je kunt wel blijven praten, maar op een zeker moment moet je aan iemand paal en perk stellen, anders word je het lachertje. Ze moeten je serieus blijven nemen. En hoe serieus is iemand die op een dag met een blaffer voor je neus staat? Nou?

Ik heb geen spijt. Hooguit vind ik het jammer dat het zo is gelopen. Ik was nooit van plan hier lang te blijven. De tunnel is tot onder de doucheruimtes gevorderd, nog twee maanden graven en ik ben hier weg. Nee, grapje, er is helemaal geen tunnel. Die tunnel bestaat alleen in mijn hoofd. Maar ik kom er wel door tot rust. Soms lig ik op bed en graaf ik een kwartiertje verder aan mijn tunnel. Ik heb dat weleens gelezen over gijzelaars, dat ze dat ook doen. Terry Waite, die priester, werd bijna vijf jaar vastgehouden door Hezbollah, in een keldertje van twee bij twee, met helemaal niks – geen boeken, geen kranten, niks, nada. Dus die gast heeft in die vijf jaar een heel kasteel gebouwd. In zijn hoofd. Daar vertelde hij over in een tv-programma. Hij begon met de oprijlaan en de ophaalbrug, en ging daarna verder met de muren en alle kamers. Vervolgens richtte hij die vertrekken in. Elke dag een stukje verder, vijf jaar lang, hij was eigenlijk alleen maar bang dat het kasteel ooit af zou komen.

Zo is het voor mij ook. Tegenover mijn bed heb ik een affiche geplakt. Een affiche van een lekker wijf, dat doen we allemaal, geen beroemdheid of zo, gewoon een lekker wijf dat een beetje uitdagend tegen een gloednieuwe Lamborghini aan leunt.

Ik lig op mijn bed en kijk naar het affiche: in mijn hoofd zit daarachter een gat, daar begint de tunnel.

Er zijn gevangenisfilms en er zijn gevangenisfilms. Bijna altijd ligt de sympathie bij de gevangene. *Escape from Alcatraz*, of ik bedoel eigenlijk die andere: *Birdman of Alcatraz*. Een gevangene verzorgt een vogeltje en op een dag pakt een sadistische directeur hem ook nog dat vogeltje af. Dan slaan bij die gevangene de stoppen door. Dat is waar het in feite om draait. In elke gevangenis, dus ook hier. Dat de stoppen kunnen doorslaan. Bij mij is er maar dít voor nodig. Dat zeggen de andere gevangenen ook over mij: 'Derek heeft een kort lontje.' Laat ik het anders zeggen: ik persoonlijk begrijp mensen die geen kort lontje hebben niet. Er wordt een bepaald punt bereikt, iemand loopt tegen je op in de doucheruimte, ze kijken je net te lang aan, alsof ze je bestuderen, ken je dat? Met zo'n superieure blik alsof ze beter zijn dan jij.

Laatst was er zo'n lul die zo keek, we hadden net ons bord volgeschept en zaten met ons blad aan de verste, lange tafel in de eetruimte. Het was een nieuwe, hij was er nog maar een week, maar wel met die verkeerde uitstraling, zo van: ik zit hier nu wel, net als jullie, maar dat berust natuurlijk op een misverstand. *Hoger opgeleid*, ik herken het type. Hij keek naar me met zo'n dun glimlachje, alsof ik een interessant geval was: een dier in een kooi, uit een ver land, het was alsof hij zich naar het bordje naast de kooi boog om te lezen over welke landen mijn leefgebied zich uitstrekte.

Maar hij maakte één fatale vergissing: hij bevond zich niet buiten de kooi, maar erin. Het was zo'n verhaal dat je weleens leest, of ziet op een door een omstander met een telefoon gefilmde YouTube-video: iemand is in de dierentuin op de muur geklommen en valt in de gracht tussen het hek en het eigenlijke dierenverblijf. Een duttende leeuw kijkt eerst nog verveeld toe, maar dan gaat hij toch op onderzoek uit. Op het YouTube-filmpje horen we het gegil van de omstanders.

'Heb ik iets van je aan, professor?' Ik vroeg het heel kalm, op een rustige, bijna vriendelijke toon. Maar ik merkte het meteen aan mijn tafelgenoten, er veranderde wel degelijk iets: alsóf ze gewoon dooraten alsof er geen vuiltje aan de lucht was. Ken je dat?

De professor merkte ook iets, hij was niet helemaal achterlijk. Ik zag hem naar me kijken. Zoals een antilope of een zebra bij de drinkplaats naar een drijvende boomstam kijkt: is het echt een boomstam of is het een krokodil? De meeste dagen hier ben ik de boomstam. Ik hou me in, ik wacht tot een geschikt moment in de doucheruimte of op de luchtplaats. Als de zebra ontdekt dat het toch geen boomstam is, is het hoe dan ook te laat.

We zitten met zijn twintigen op wat je een open afdeling zou kunnen noemen. Tussen negen en zes hoeven we niet in onze cellen te blijven maar kunnen we gewoon door de gangen slenteren. Of eigenlijk is het maar één gang, een meter of tien breed. Aan weerszijden heeft iedereen zijn deur openstaan, sommigen zetten hun was op de gang, op een rekje om hem te laten drogen. Als je naar binnen kijkt zie je overal het gebruikelijke tafereel: een paar affiches met foto's van vrouwen aan de muur, een bureautje met wat boeken. Een paar hebben geen posters aan de muur, dan is het wel duidelijk: affiches met half blote mannen of jongens kun je beter niet ophangen in onze open afdeling.

Aan het eind van de gang is aan de ene kant de recreatieruimte, met een tafeltennistafel, een tafelvoetbalspel en een kast met bordspellen: Risk, Monopoly, dat werk. En een vijftal pakken speelkaarten waarin er altijd wel een paar kaarten ontbreken.

Het andere eind wordt gemarkeerd met tralies en vuistdik gewapend matglas waar je zelfs met een bijl niet doorheen zou komen. Alsof iemand hier een bijl in zijn cel zou hebben. Nee, maar we hebben wel andere dingen, dingen waarover ik hier niet zal uitweiden, ik wil niemand verlinken. Zondag, als ik weer terugga, met de nadruk op áls, heb ik die dingen misschien nodig, ik hoop van niet, maar je weet maar nooit. Het is goed om ze te hebben.

Soms, als ze tegen me beginnen te zeiken, stel ik het me voor: ik lig op bed en een bewaker zegt iets over vuile was op de grond, op zo'n toontje alsof hij mijn moeder is. Dan denk ik eraan. In gedachten steek ik mijn hand onder het matras. Hij heeft geen tijd om weg te komen, misschien begint hij te schreeuwen, misschien ook niet, ik ben snel. Ik heb weinig tijd nodig, ik ben klaar voordat zijn collega's hem te hulp kunnen schieten.

Maar ik doe het niet, heb het ook nooit gedaan. Wat dat betreft lijken we hier allemaal op elkaar. *Goed gedrag* is het sleutelbegrip dat ons met elkaar verbindt. We doen onze wasjes, we halen een boek uit de bibliotheek, we pingpongen en tafelvoetballen, we wieden het onkruid in ons kruidentuintje. We maken in elk geval nooit ruzie. Zelfs niet het begin van ruzie, we zijn ons vierentwintig uur per etmaal bewust van de camera's. 'Was die bal niet uit?' vraagt de ander voorzichtig en legt, uiterlijk de kalmte zelve, zijn batje op de pingpongtafel. We kijken elkaar aan. *Staring down* heet dit in het Engels. Het gaat erom wie de standvastigste blik heeft. Maar op de bewakingscamera's is niets te zien. 'Ik denk dat je gelijk hebt, hij was uit.' In gedachten maak je een aantekening om later iets te doen, in de doucheruimte of op de luchtplaats, in een hoekje waar geen camera's hangen.

Die bal was niet uit, je weet het – en hij weet het ook.

Het was een beetje zoals die keer tijdens de leesclub. Je moest eerst een formulier invullen voordat je lid mocht worden. Ze vroegen me wat ik hier zoal lees. En of ik aan wilde kruisen welk boek ik heb uitgelezen. *Motiveer je antwoord*, stond er onderaan dat formulier, en dat was voor mij eigenlijk al reden genoeg om helemaal niets aan te kruisen.

Het meisje dat de leesclub organiseert is best oké. Een beetje een kwebbelaarster. Zo eentje die nooit luistert, alleen naar zichzelf. Je kunt aan alles zien dat ze het helemaal fantastisch van zichzelf vindt dat ze een leesclub voor gevangenen heeft georganiseerd. Dat ze *goed werk* doet, weet je wel, zoals het runnen van een zeehondencrèche of het wassen van verstandelijk gehandicapte bejaarden. Maar verder is ze wel oké, ook qua looks.

Soms, terwijl ik naar haar luister, naar haar kwebbelende mond kijk, stel ik me voor wat ik met haar zou doen wanneer we niet in de gevangenisbibliotheek zaten maar gewoon ergens buiten, in een park of in de duinen, of nog beter: in een hotelkamer met uitzicht op zee. De Middellandse Zee, als ik dan toch mag kiezen. In mijn diepste wezen ben ik een romanticus, dat heb ik niet eens van mezelf, dat zei de rechter tegen me nadat hij mijn hele dossier had gelezen.

De laatste keer heeft dat me bijna de das omgedaan, dat ik meer in mijn fantasie leef dan tussen de muren die mij hier gevangenhouden. Het gaat in feite hetzelfde als met de tunnel die ik niet aan het graven ben. Ik keek naar de kwebbelende mond van het leesclubmeisje en ik stelde me die hotelkamer voor, en opeens, van het ene moment op het andere, hield ze op met kwebbelen en vroeg ze me iets. Ze moest het nog een keer vragen omdat ik het de eerste keer kennelijk niet had gehoord.

'Gaat het nog, Derek?'

'Hoezo, gaat het nog?' zei ik.

Ik hou niet van die toon, ze heeft iets superieurs, ze voelt zich beter dan wij omdat ze een kwebbelend meisje met een leesclubje voor gevangenen is.

Ik voelde ook meteen het waas opkomen dat alles verkleint en vernauwt. Ik heb een keer een MRI-scan gehad, daar lijkt het op: je ligt in een buis en je mag je niet bewegen. Ik moest oppassen, want als ik eraan zou toegeven zou alles weer jaren worden teruggedraaid, dan zat ik hier tot sint-juttemis interessant mee te ouwehoeren over boeken die wat mij betreft net zo goed niet geschreven hadden hoeven worden.

'Je kreunde,' zei het kwebbelmeisje. Ze keek me bijna bestraffend aan, als een juf die een jongetje naar voren roept in de klas. 'En je zei iets.'

'O ja, wat zei ik dan?' vroeg ik, terwijl ik mijn leukste glimlach opzette. Dat was nog niet makkelijk, want vanbinnen brandde het lontje al, we waren nog maar één nanoseconde verwijderd van de explosie.

Ik kon met haar niet doen wat ik met de professor had gedaan, in de doucheruimte, buiten het zicht van de bewakers en de camera's. Ik zou haar niet ergens anders in de gevangenis tegenkomen, zij liep na afloop van de leesclub gewoon weer naar buiten.

Nee, ik moest me inhouden, ik moest blijven glimlachen. En ondertussen schold ik vanbinnen vooral op mezelf, want het zou niet de eerste keer zijn dat ik iets zei zonder me daarvan bewust te zijn.

'Je zei: "*Jesus, what the fuck*",' zei het leesclubmeisje.

Ik wist niks beters te doen dan in lachen uit te barsten. En toen moesten we allemaal lachen, en zo ging het moment voorbij en kwam mijn weekendverlof weer gewoon rustig dichterbij, zoals het de afgelopen tijd met elke nieuwe dag dichterbij was gekomen.

Want die leesclub was toch nog ergens goed voor geweest. Op een dag had het kwebbelmeisje een echte schrijver uitgenodigd. Die schrijver zou mijn ticket naar buiten worden. Niet mijn enige ticket trouwens. Het andere mogelijke uitreisvisum was mijn 'vriendin', ik zette op meerdere fronten tegelijk in. Zij was een vrouw die met gevangenen correspondeerde, zo kwam ik met haar in contact. Je hebt vrouwen die wanhopig zijn, die net als het kwebbelmeisje van de leesclub denken dat ze goed werk verrichten door contact met gevangenen te zoeken. En zo kreeg ik dus ook zo'n vrouw in mijn schoot geworpen, gewoon via een programma waarbij je zo'n wanhopige vrouw kreeg toegewezen. Ik wil eigenlijk geen kwaad woord over haar zeggen, ze bedoelde het goed, maar juist in al die goede bedoelingen zit het vernederende, het neerbuigende. Want zou deze vrouw ook met mij in contact zijn gekomen wanneer ik niet achter de tralies had gezeten en ik haar bijvoorbeeld in het café hier om de hoek aan de bar had zien zitten? Zou ik dan op haar af zijn gestapt en haar hebben gevraagd of ze iets van me wilde drinken? Never! No way! Ik ga haar uiterlijk niet beschrijven, ik wil het niet nog erger maken dan het is, laat ik ermee volstaan dat ik heel erg dronken zou moeten zijn voordat ik daar opgewonden van zou raken, en dan nog zou ik waarschijnlijk zeggen dat ik hoofdpijn had om vervolgens naast haar in slaap te vallen.

Na de briefwisseling kwam de bezoekregeling. We mochten samen in een kamertje onder toezicht van een bewaker. De eerste keer schrok ik echt, want ik had haar alleen nog maar op foto's gezien. Foto's van vijftig jaar geleden waarschijnlijk, want ik keek eerst nog even verbaasd naar de bewaker om te checken of er hier geen vergissing in het spel was. Ik ga geen slechte dingen over haar zeggen, ze was niet lelijk, ze was alleen ouder dan op de foto's die ze mij had gestuurd, en wie weet, misschien ook wel wanhopiger.

Maar ik vond haar aardig, ik vond haar zelfs wel lief. Misschien is aardig geen goeie basis voor een relatie, maar ik vond het echt leuk om haar te zien, elke keer als ze op bezoek kwam.

Ook die schrijver was wel oké. Ik meende iets in zijn boek te herkennen. Een bepaalde sympathie voor de misdadiger, voor diens leven, de spanning en het avontuur, wat als je het goed bekijkt natuurlijk een andere spanning is dan die die je achter je schrijftafel beleeft.

'Jij begrijpt ons wel,' zei ik. 'Dat lees ik in je boek. Jij snapt dat wij natuurlijk geen lieve jongens zijn, maar dat we daar zelf niet altijd iets over te zeggen hebben gehad.'

Daarna kwamen we over mijn verhalen te spreken. Ik vertelde hem dat ik ook schreef. Op dat moment had ik nog maar één verhaal af, maar dat konden er natuurlijk altijd meer worden.

En zo gebeurde het. Ik stuurde hem dat ene verhaal op en kreeg een enthousiaste reactie terug. 'Heb je nog meer?' vroeg hij. Ik zette me aan het werk, schreef elk week een nieuw verhaal en stuurde hem dat op. Het eerste verhaal was inmiddels in een tijdschrift gepubliceerd, schreef die man me. Hij had een uitgever benaderd voor een bundel.

Op een zaterdagochtend werd ik bij de directeur geroepen. Die schrijver had hem een brief geschreven met een verzoek om een proefverlof, zodat ik persoonlijk bij de presentatie van mijn verhalenbundel aanwezig kon zijn. Een proefverlof. Voor mij!

Weliswaar maar voor één weekend, maar toch, meer had ik ook niet nodig. Eén weekend moest genoeg zijn.

Ze hielden het nog even in beraad, zei de directeur, maar ze stonden er niet onwelwillend tegenover. Dat waren letterlijk de woorden die hij gebruikte.

Het kon dus nog even duren, maar dat weekendverlof zou er komen, ik voelde het aan mijn water.

HANNA

Soms denk ik dat ik nog dezelfde ben. Dat denken we waarschijnlijk allemaal. Daarom grijnst de oude man zonder tanden naar me, geeft hij me een ondeugende knipoog: omdat hij vanbinnen nog altijd een jongen van zestien is. Zo kijk ik in eerste instantie helemaal nergens naar als ik een café of restaurant binnenkom, ik richt mijn blik op een abstract punt achter de bar. Na de eerste stappen dringt het tot me door dat er niemand op me let. Geen mannen die me onbeschaamd van top tot teen opnemen, zich een eerste voorstelling proberen te maken van hoe ik in bed zou zijn. We hebben het over een restaurant, er gelden hier andere regels dan op een bouwsteiger. Maar net zoals het daar de laatste tijd stil is geworden, staren ze me hier niet langer aan, kleden ze me niet meer in gedachten uit. Heel kort hebben ze hun hoofd omgedraaid toen ik binnenkwam. Een vrouw. Ik heb het zelf niet eens opgemerkt omdat ik in die eerste ogenblikken nog naar het punt achter de bar keek. *O, zo'n vrouw*, is hun volgende gedachte. *Over de datum*. Ze ruiken aan me zoals je aan een bijna bedorven yoghurtje ruikt. *Je kunt het nog wel zien, dat ze vroeger mooi moet zijn geweest. Maar wat moeten we met vroeger?*

En dan zijn er natuurlijk de wanhopigen. De mannen die in een nog maar heel recent verleden niet eens dúrfden te kijken. Het is een nieuwe categorie: een type mannen dat ikzelf nooit een blik waardig keurde. Oude mannen, mannen met een te dikke buik, met een streep witte, behaarde huid tussen hun broekriem en hun hemd, met een natte lok haar over hun zo goed als kale hoofd geplakt. Nu ruiken ze hun kans. Ze zien een vrouw, ze is niet zo jong meer, we spelen het spel met haar mee, we spelen dat ze nog altijd een oogverblindende schoonheid is.

Ik kijk ze aan. Het duurt een paar seconden voordat ik het begrijp. Ik moet oppassen dat de walging niet van mijn gezicht is te lezen – dat ik niet in lachen uitbarst. Ik wil ze ook niet onnodig voor het hoofd stoten. Ik hoef ze alleen maar af te wijzen, niet eens met woorden, de juiste lichaamstaal is meestal voldoende. Het duurt over het algemeen korter, is pijnlozer dan met de mannen van vroeger die zichzelf geweldig vonden.

En dan doe ik het. Ik kan het niet laten. Ik hou mezelf voor dat ik ze een dienst bewijs. Ik kijk ze recht aan. Ondertussen doe ik iets met mijn lippen, met mijn haar. Ik haal mijn handen erdoorheen, trek het strak naar beneden, doe net of ik het bijeen ga binden in een paardenstaart en schud het dan weer los. Ik zie ze kijken. Het is alsof ik de gordijnen heb opengetrokken, alsof ik het licht binnenlaat. Maar even snel als ik ze heb opengetrokken, doe ik ze weer dicht. Het is mooi geweest. Ik weet wat ze hebben gezien. Mijn gebaren, de bewegingen van mijn handen, van mijn vingers, zijn niet verouderd. Mijn ogen doen nog altijd dezelfde beloften.

Ik zou liegen als ik beweerde dat ik mijn uiterlijk nooit heb ingezet bij het verhoren van verdachten. Ik zou gek zijn als ik het niet had gedaan. Waar ik in de buitenwereld soms moe werd van de starende mannen, liet ik ze tussen de vier muren van de verhoorruimte ten volle genieten. *Kijk maar,* moedigde ik ze in gedachten aan. *Maak je maar een voorstelling van wat je het liefst met me zou willen doen. Hou die voorstelling vast tot de lichten uitgaan en het stil wordt in je eenzame cel.*

Ik kleedde me er niet op, geen uitdagende bloesjes, geen bh-bandjes die zogenaamd per ongeluk zichtbaar worden op een achteloos bloot gelaten schouder. Ik kleedde me als een vrouw die eters over de vloer krijgt. Rok of spijkerbroek, dat maakte niet uit, alles stond mij goed. Wel altijd schoenen met hakken, daar maakte ik een punt van. Ze hoorden me aankomen, hield ik mezelf voor, op de gang buiten de verhoorruimte liet ik mijn naaldhakken op de tegels tikken zodat ze zich alvast een voorstelling konden maken. Een vrouw, zouden ze denken. Een vrouw die mee of tegen kon vallen. Ik viel altijd mee. Ik overtrof hun stoutste verwachtingen.

Bij allemaal, niemand uitgezonderd, zag ik het voor mijn ogen gebeuren. Ze wilden indruk maken. Indruk op een mooie vrouw. Ik kan het me heel goed voorstellen dat je dit of dat hebt gedaan, zei ik tegen ze. Je wilde niet het lachertje worden, je moest een daad stellen, daarom heb je hem die avond van dichtbij door zijn hoofd geschoten. Ik zei niet: ik zou in jouw plaats hetzelfde hebben gedaan. Maar ik dacht het vaak wel. Begrip is het sleutelwoord in een goed verlopend verhoor. Een verhoor dat eindigt met een bekentenis.

Vaak zijn ze bedrogen, heeft iemand ze een loer gedraaid. Ik zou ook naar zijn huis zijn gegaan, denk ik mijn geheime gedachten, ik zou hem ook door het hoofd hebben geschoten. Die gedachten stellen me in staat om een luisterend oor te zijn, geen vooroordelen te hebben. Ik spreek ze niet tegen. Ik zeg niet: het zou in deze wereld een grote puinhoop worden als iedereen voor eigen rechter gaat spelen. Ik doe niet net alsof. Diep in mijn hart geloof ik dat de wereld een betere plek zou zijn als we iets genuanceerder dachten over het eigen rechter spelen – ons niet meteen zouden laten meeslepen door onze vooroordelen.

Veel van mijn collega's hebben die vooroordelen wel. Al in een veel te vroeg stadium van het verhoor geven ze de verdachte tegengas. 'Dat meen je toch niet serieus, dat hij het aan zichzelf te wijten had?' zeggen ze. 'Misschien is hij een schurk, maar hij is wel een mens. En dat mensenleven heb jij in koelen bloede beëindigd.'

Daarna klapt de verdachte dicht, er komt niets meer uit, daar kun je de klok op gelijkzetten. Met deze lui valt niet te praten, zie ik hem denken – en hij heeft gelijk.

'Een vriend die je bedriegt is geen vriend,' zeg ik op mijn beurt, om nog te redden wat er te redden valt. 'Als mijn man mij zou bedriegen met een ander zou ik niet voor mezelf instaan.'

Mijn man… Ik zie het meteen in hun ogen, een lichte verschuiving in hun blik. Ze heeft een man, zie ik ze denken. Wat voor man? Vast een professor. Of een leraar. Hoe dan ook een saaiere man dan ik. Een betrouwbare man, dat wel, een die de borden in de afwasmachine zet, de kinderen naar school brengt.

Ze halen diep adem. De bodybuilders rechten hun rug en laten gedurende een fractie van een seconde de spieren in hun bovenarmen rollen. Als ze een sigaret hadden, zouden ze hem nu opsteken. Ze zetten hun ellebogen op tafel en leunen voorover, brengen hun gezicht dichter naar het mijne.

En ik trek me niet terug, blijf ze recht aankijken. 'Zou jij even een cola voor ons kunnen halen?' vraag ik mijn collega, zonder mijn blik van de verdachte af te wenden. 'En een pakje sigaretten?'

Als mijn collega slim is, begrijpt hij de hint. Laat haar maar even alleen. Waarschijnlijk gaat ze nu iets doen wat eigenlijk niet kan.

'Heb je kinderen?' vraagt de van moord verdachte man tegenover mij wanneer we eenmaal met zijn tweeën zijn.

Dat is privé, zullen de meesten van mijn collega's antwoorden – zou de collega antwoorden die nu cola en sigaretten is gaan halen. *Er is er hier maar één die de vragen stelt.*

'Ja,' zeg ik. 'Twee. Twee jongens.'

'Hoe heten ze?'

Ik noem de namen. Het is de kunst om niet met je ogen te knipperen wanneer je de namen en vervolgens ook de leeftijden van je kinderen noemt. Om er geen bedreiging in te horen, in die vraag naar hoe ze heten. Als in: *we weten waar ze op school zitten. We weten hoeveel je van ze houdt.*

'Ik heb een dochter,' zegt hij. 'Net achttien geworden. Ik zie haar alleen niet zo vaak.'

Nu is het de kunst om niet sarcastisch te worden. *Je had haar zo vaak kunnen zien als je maar wilde als je niet het moordenaarspad op was gegaan.* Ik heb dit woord een keer letterlijk zo horen uitspreken door een overijverige collega die zichzelf meer dan gemiddeld intelligent vond. Het moordenaarspad! Alsof je van het rechte pad bent afgedwaald en na een halfuurtje strompelen door de bossen per abuis op het moordenaarspad terecht bent gekomen. Een verhoor van anderhalf uur kon je zo in één keer door de plee trekken.

'Woont ze... Is ze...?' begin ik.

'Bij haar moeder,' zegt hij. 'Maar ik heb een straatverbod.'

Een straatverbod. Een woord dat bij mij altijd dezelfde beelden oproept. Een schreeuwende man in een donkere straat, hij heft zijn vuist naar een raam op de eerste verdieping, daar gaat na enige tijd het licht aan – een vrouw schuift het raam open. *Alsjeblieft! Ga alsjeblieft naar huis, laat me nou eindelijk eens een keer met rust!* Maar de man gaat niet weg. Hij bonst op de deur, dreigt die in te trappen. *Kom naar beneden, hoer! Is hij bij je? Laat hém anders naar beneden komen als hij durft.*

Ik moet oppassen dat ik niet uit mijn rol val. Mijn inlevingsvermogen – mijn begrip – wordt nu tot het uiterste opgerekt. Een straatverbod krijg je zelden voor niets.

'En die andere man?' vraag ik. 'Het… slachtoffer…' Ook met dit laatste woord moet ik voorzichtig zijn, in zijn ogen is het slachtoffer immers de dader. 'Kende je vrouw, je ex-vrouw,' verbeter ik mezelf snel, 'kende zij hem al langer? Toen ze nog niet je ex-vrouw was, bedoel ik?'

Daar ben ik weer op het goede spoor, de juiste toon. Begrip. Ik heb die toon al eerder aangeslagen.

'Je was kwaad,' zeg ik. 'Hij was een soort vriend van je, toch?'

'Zoiets doe je toch niet?' zegt hij. 'Ik zat op dat moment in de bak. Een beetje de troostende vriend spelen bij haar. Wat een smeerlap!'

Hij ademt gehaast, onder de korte mouwen van zijn T-shirt zie ik zijn spieren rollen, op zijn linkerslaap klopt een dikke, blauwe ader op het ritme van zijn versnelde hartslag.

Ik probeer niet aan het straatverbod te denken. Hoe vaak zal deze man zijn vrouw aan haar haren door het huis hebben gesleurd? Haar met zijn vuist in het gezicht hebben geslagen? In zekere zin heb ik makkelijk praten. Mij gebeurt zoiets niet. Niet alleen omdat Simon zo'n lieve, zachtaardige man is. Ik denk aan de andere mannen. De mannen die iets geprobeerd hebben. Een paar in het bijzonder. Die ene die naast me kwam fietsen met zijn vuile praatjes, ik fietste in mijn eentje naar huis, het was al ver na middernacht. Ik probeerde niet weg te komen, ik raadde hem aan om door te fietsen, ik gunde hem een minuut waarin hij nog eieren voor zijn geld had kunnen kiezen en zichzelf zo snel mogelijk uit de voeten had kunnen maken. Wat zal er door zijn hoofd hebben gespookt? Had deze vrouw misschien wel zin? Was ze opgewonden geraakt van zijn voorstellen?

Ik minderde vaart, stapte af en zette mijn fiets rustig op de standaard. *Wat denk je nou eigenlijk? Denk je dat vrouwen hier geil van worden? Van jou, met je vieze praatjes?*

Ik heb daarna nog wel een ambulance gebeld, maar niet meteen. Een kwartiertje later ongeveer, toen ik al bijna thuis was.

'Ik weet niet...' zeg ik tegen de verdachte, doe dan of ik aarzel; ik licht mijn rechterhand iets op van het tafelblad, strijk met de duim van mijn linkerhand over de vingers van mijn rechter, ik doe of ik mijn nagels inspecteer. Ik hou het altijd discreet, overdrijf het niet: geen rode nagellak op het werk, altijd transparant. Ik heb mooie handen, mooie lange vingers, lange maar niet té lange nagels. Ik zie dat hij ook kijkt, ik wil dat hij ook kijkt. 'Ik zou niet weten wat ik zou doen,' zeg ik. 'Of ik weet het eigenlijk wel. Het is in elk geval iets wat niet mag.'

Ik denk nogmaals aan de andere mannen. Die politie-inspecteur in Roemenië; ik was daar voor een stage van een paar weken, liep mee met een Roemeens onderzoeksteam in Timisoara. Op de laatste avond zou hij me naar mijn hotel brengen maar hij reed een afgelegen, stikdonkere weg op. Links en rechts door de koplampen uitgelichte sparren, een hert sprong voor de motorkap, schoot weg in de duisternis. Een ongeasfalteerde weg, toen ik het zand en de steentjes onder de banden hoorde wist ik het eigenlijk al, ruim voordat hij de auto tot stilstand bracht en de motor uitzette.

Ik heb gewacht met bellen tot ik weer terug in Nederland was, maar ze hadden hem al gevonden. Hij had niets gezegd natuurlijk. Leed aan geheugenverlies. Had geen idee hoe hij op die verlaten bosweg terecht was gekomen. Als ik hem was zou ik ook aan geheugenverlies lijden.

De verdachte – míjn verdachte inmiddels – knakt met zijn vingers en kijkt me aan met de mij zo welbekende blik. Honderden mannen hebben mij al eerder zo aangekeken. Hij gaat zijn best doen, zich uitsloven. Hij gaat indruk op me proberen te maken. Van de eerste verlegen jongen op het schoolfeest tot de te oude, te kale mannen vandaag de dag, allemaal krijgen ze die schittering in hun blik, een warme gloed, als van een kachel die je van de waakvlam in één keer op vijf draait.

'Het was een lafaard,' zegt hij. 'Uiteindelijk was het gewoon een lafaard. Hij begon te huilen, zei dat het nooit zijn bedoeling was geweest, dat het initiatief van mijn ex-vrouw was uitgegaan.'

Ik zet mijn meest begripvolle blik op. Nee, dat hoeft niet eens, ik begrijp hem echt. Dat is wat hij ziet, wat hij in mijn ogen leest, als hij zegt: 'Het was gewoon de druppel. Op het laatste moment was hij geen man.'

Geen echte man zoals jij, denk ik terwijl ik de opnameapparatuur check, maar ik weet het eigenlijk al: het rode lampje brandt. Ik kijk ook nog even naar de camera die schuin achter me in een hoek van de verhoorruimte hangt. Ik moet me bedwingen om niet te knipogen. Dat zou verkeerd kunnen worden uitgelegd in de rechtszaal. De advocaat van de verdachte zou erbovenop kunnen springen en betogen dat zijn cliënt erin is geluisd.

'Ik zal ervoor zorgen dat je dochter een gunstige bezoekregeling krijgt,' zeg ik nog, vlak nadat ik de opnameapparatuur heb uitgezet. 'Dat je haar vaak genoeg te zien krijgt.'

Hij is er niet in geluisd. Althans niet door mij. Hij heeft het helemaal op eigen kracht gedaan.

Om een lang verhaal kort te maken: er was nog geen vuiltje aan de lucht toen Simon me voor het eerst over zijn plan vertelde.

'Hij schrijft gewoon goed,' zei hij. 'Een natuurtalent.'

'Maar is het een goed idee?' vroeg ik. 'Je bent wel medeverantwoordelijk als er... als er iets gebeurt.'

Ik maakte deze tegenwerping eigenlijk uitsluitend voor de vorm. Ik wist hoe belangrijk dit voor Simon was. Jarenlang had hij over criminelen geschreven, ze tot hoofdpersonages van zijn boeken gemaakt, hij had als een van de eersten in Nederland de sympathieke crimineel geïntroduceerd, de moordenaar van wie we als lezer hopen dat hij uit handen van de politie zal weten te blijven. Nu kreeg hij de kans zo'n moordenaar in huis te halen, hem van dichtbij te observeren, al was het maar voor de duur van één weekend, en hem beter te leren kennen: zijn motieven en beweegredenen.

Het zou zijn werk ten goede kunnen komen. Simon zat de laatste tijd in een duidelijk zichtbare impasse. Hoe hij zich over zijn laptop boog: ineengedoken, zijn schouders hoog opgetrokken, gebocheld. Zijn diepe zuchten terwijl hij zich in de handen wreef. Meestal stond hij al na een halfuur op van zijn schrijftafel. 'Ik denk dat ik even ga hardlopen,' zei hij dan. 'De zinnen verzetten.'

Na het hardlopen ging hij lang douchen en installeerde zich vervolgens met een boek op de bank. Zijn laptop raakte hij op zo'n dag niet meer aan.

'Wat kijk je?' vroeg hij mij. 'Ik moet me inlezen. Research. Helaas, zeg ik er meteen bij, maar voor dit boek is het echt nodig.'

Kort daarna pretendeerde hij zelfs niet meer dat hij met research bezig was. Ergens rond twee uur ging de televisie aan.

'Wil je straks nog ergens heen?' vroeg ik. 'Naar de film? Uit eten?'

'Straks speelt Ajax,' antwoordde hij zonder me aan te kijken. 'En daarvoor is er nog Manchester United-Manchester City. Ik hoop dat je het niet erg vindt, maar ik heb me echt verheugd op zo'n zaterdag met voornamelijk voetbal op tv.'

Ik zei niets terug, keek hem alleen maar aan.

'Het ontspant me,' zei hij. 'Tijdens die wedstrijden kom ik vaak op goeie ideeën.'

'En wat is dit dan?' vroeg ik. Ik was nieuwsgierig naar zijn antwoord, hoe hij zich eruit zou gaan redden.

'Dit is Bournemouth tegen Crystal Palace,' zei hij met neergeslagen ogen, als een jongetje dat een door het raam van de buren getrapte bal komt ophalen. 'Het zijn juist dit soort wedstrijden die me het meest ontspannen. Wedstrijden waarbij ikzelf niet betrokken ben, waarbij het me niet echt kan schelen wie er wint.'

Ik vroeg niet wie hij dacht voor de gek te houden, mij of zichzelf. Om de waarheid te zeggen vond ik zijn uitleg nog redelijk geloofwaardig. Geloofwaardiger dan hij hem zelf waarschijnlijk vond. Hij zat vast. Een crisis. Hij had in de afgelopen vijfentwintig jaar het ene boek na het andere geproduceerd. Een gemiddelde van één boek per jaar. Wie was ik om hem te zeggen hoe hij zijn crisis moest overwinnen? Dan schrijft hij maar een jaar geen boek, dacht ik. Ik wilde ook niet de vrouw zijn die de verstandige dingen zei. Nee, ik gunde hem zijn crisis, ik zou hem die laten uitzieken, als een griepje – ik zou hem helpen door niets te doen.

En ik zag hem natuurlijk vrijwel alleen in het weekend, doordeweeks zat ik van negen tot vijf op het hoofdbureau en vaak nog wel tot later. Hoe vaak bleef ik niet tot na middernacht op het bureau? Hoe vaak werd ik niet uit bed gebeld om naar een lijk te komen kijken? Ik klaag niet. Ik ben ook meteen klaarwakker als mijn telefoon gaat in de uren waarin de meeste mensen zich nog een keer omdraaien onder hun warme donsdeken. Ze bellen niet voor niets zo vroeg. Ik word nooit gestoord voor een gestolen fiets, een weggelopen hond. Het is mijn werk, ik geniet ervan.

Een paar dagen geleden nog: een spoorwegovergang bij Diemen, de rood-witte linten waren al tussen de lantaarnpalen gespannen, in het oosten kleurde de ochtendhemel langzaam van paars naar roze, de eerste vogels lieten zich horen, er hing een geur van aarde en rottende bladeren, stilstaand water in een plas.

En, als de belofte van de eerste sneeuw, nog een andere geur die ik inmiddels uit duizenden herken – de nabijheid van de dood.

Ik had nog niet eens koffie gehad, had in de haast niet gedoucht, het was puur de adrenaline die nu haar werk deed. Al mijn zintuigen stonden op scherp. Er is altijd één ondeelbaar ogenblik waarin ik er nog buiten sta, buiten de rood-witte linten, een seconde of tien waarin ik alles van een afstand in me opneem: de door schijnwerpers wit uitgelichte boomstammen, een plas in de modder, de neergelaten spoorbomen, het flikkerende rode licht. *Wacht tot het rode licht gedoofd is, er kan nog een trein komen.* Maar niet voor de bestuurder van de op een meter of vijf voor de overgang geparkeerde grijze personenauto (Een Seat? Een Ford? Automerken zijn nooit mijn sterke punt geweest). Wellicht had hij nog gedachteloos naar de neergelaten spoorbomen gestaard, naar de voorbijrazende trein. Daarna was de echte gedachteloosheid ingetreden, de gedachteloosheid waarin je helemaal niets meer denkt – nooit meer.

Het glas aan de bestuurderskant was verbrijzeld, onder in het raampje glinsterden nog een paar scherven. Ik keek nog altijd van een afstand, het was niet voor het eerst dat een plaats delict me aan een filmset deed denken. In mijn hoofd hoorde ik aanzwellende muziek, het begin van een nieuwe aflevering. Toen tilde ik het rood-witte lint een eindje op en bukte om eronderdoor te lopen.

Wie was de man die met zijn hoofd tegen het stuur aan leunde, alsof hij sliep? De camera loopt. Blijf vooral kijken.

'Inspecteur Hanson,' zei een van de vijf agenten die om de auto heen stonden, hij gaf me een hand en noemde zijn naam. 'Fijn dat u zo snel kon komen.'

Ja, ik heb de achternaam van mijn man aangenomen, Hanson klonk gewoon beter. Hanna Hanson. Een personage uit een politieserie.

Simon voelde zich zichtbaar schuldig over zijn onwil om samen 'iets leuks' te gaan doen, maar ik liet hem, ik dacht dat hij er sneller overheen zou komen als ik niet op zijn schuldgevoel zou inspelen. Ik zou wachten tot hij zelf zou voorstellen om uit eten te gaan, ook al zou dat nog meerdere weekenden kunnen duren.

Ik liet hem achter met zijn voetbalwedstrijden en ging naar boven, naar onze slaapkamer, en vlijde me met een boek op bed – maar ik liet de deur open. Af en toe meende ik hem boven het gejuich en het wedstrijdcommentaar uit te horen kreunen.

Om vijf uur, het was ook weleens ruim voor halfvijf, hoorde ik hem op zijn tenen naar de ijskast lopen, het vriesvak openen. Ik kneep mijn ogen dicht en spitste mijn oren. Ik ben een getrainde luisteraar.

Zo hoorde ik hoe hij het eerste glaasje ijskoude wodka in één keer achteroversloeg, vervolgens opnieuw inschonk en met het volle glaasje naar de bank terugkeerde. Toen ik hem het vriesvak voor de vijfde keer hoorde openen, ging ik naar beneden.

'Hoi!' begroette hij me net iets te opgetogen. Er zat iets waterigs in zijn blik, zijn natte lippen glansden terwijl hij naar me glimlachte, op zijn wangen zaten rode vlekken. 'Ik heb zitten denken. Over die man, die man in de gevangenis, ik geloof dat ik je al eens over hem heb verteld.'

Ja, dat had hij. Ik had het verdrongen in de hoop dat hij dat dwaze idee zo snel mogelijk weer zou vergeten. Maar eigenlijk was het helemaal geen dwaas idee, vanuit hem gezien. Hij zat vast. Was er een beter medicijn denkbaar om hem uit zijn impasse te trekken dan een moordenaar van vlees en bloed?

'Ik weet het niet,' zei ik, terwijl ik mijn best deed om niet te lang in zijn vochtige ogen te kijken.

Ik herinnerde het me nog woord voor woord, besefte ik, terwijl hij opnieuw over de leesclub begon. Een leesclub voor gevangenen, onder leiding van een vrijwilligster uit de bibliotheek. Het waren er vijf, stuk voor stuk meervoudige moordenaars, sommigen hadden drie keer levenslang. Ik kon het me verbeeld hebben, maar het leek alsof Simons ogen even oplichtten toen hij het woord 'meervoudig' extra nadruk gaf. Alsof hij er een belofte in hoorde, iets waarop hij zich verheugde, zoals op een voetbalwedstrijd op tv. De vrijwilligster had een boek van Simon met ze behandeld en het had haar wel een leuk idee geleken om de auteur uit te nodigen. Een van de moordenaars had hem na afloop kort apart genomen. Hij schreef ook, had hij gezegd. Zou hij Simon een keer iets mogen sturen?

En Simon, die normaal gesproken als de dood was voor mensen die 'ook schreven', was onmiddellijk geïnteresseerd geraakt. Een schrijvende moordenaar. Ik kon maar al te goed begrijpen dat hij zo'n buitenkans niet liet liggen. Het plan om een boekpresentatie te organiseren in aanwezigheid van de schrijver kwam pas later.

'Hij heeft een fijne pen,' zei Simon, terwijl hij me een mapje toestak. 'Ik ben benieuwd wat jij ervan vindt. Het is allemaal echt, je ziet dat er vrijwel niets is verzonnen.'

Ik had het stapeltje A4'tjes na een korte aarzeling uit het mapje getrokken en een poosje naar de naam boven de titel gestaard.

'Ken je hem toevallig?' vroeg Simon. 'Heb je ooit met hem te maken gehad?'

Het leek me het beste om in eerste instantie geen antwoord op zijn vraag te geven.

'Ik zou zijn dossier er eens bij kunnen pakken,' zei ik. 'Hoe zei je ook alweer dat hij heette?'

Simon staarde me een ogenblik aan. 'Dat staat daar toch,' zei hij. 'Op de eerste pagina.'

'Nee, ik dacht: misschien is het een pseudoniem,' zei ik snel, zonder mijn man aan te kijken.

Toegegeven, het was een niet al te geloofwaardige afleidingsmanoeuvre, maar ik kon zo gauw niets beters bedenken. Ik kon alleen maar hopen dat Simon zich later dat zou herinneren – dat ik geen enkel teken van herkenning had getoond.

SIMON

Er zijn boekpresentaties en er zijn boekpresentaties. Waarmee ik wil zeggen dat ze allemaal even erg zijn. Het gaat zelden over het te presenteren boek, en al helemaal niet over de schrijver ervan. Alles draait om de persoon – doorgaans een collega of anders iemand die bekend is, bekend van wat dan ook – die het eerste exemplaar in ontvangst mag nemen. Die collega schraapt zijn keel en begint over zichzelf te praten. In de regel is de collega beroemder dan de schrijver. We willen een bekende naam, iemand op wie de media afkomen.

Helemaal aan het eind van zijn praatje heeft de beroemde collega het nog vijftien seconden over het te presenteren boek. Nu kan hij zich van zijn meest neerbuigende kant laten zien. *Hans verdient een groter publiek. Het is onbegrijpelijk dat niet veel meer lezers kennis hebben genomen van dit grote talent. Zijn werk opent zich niet gemakkelijk, maar voor de doorzetters ligt er menig goudklompje te wachten.*

Vervolgens is het woord aan de schrijver. Je kunt zijn tanden horen knarsen terwijl hij in de eerste plaats de collega bedankt. *Voor je mooie woorden die ik niet verdien.* Hij bedankt zijn uitgever, zijn redacteur, een nichtje dat heeft meegelezen.

Hij bedankt zijn vrouw, zijn kinderen, zijn katten. *Ik wil vooral Charlotte bedanken voor haar eindeloze geduld. Drie jaar lang ben ik een plaag geweest in huis. Geen uitstapjes, nauwelijks naar de bioscoop, ook tijdens de vakanties heeft ze mij door laten tikken terwijl zij met de kinderen naar het strand ging. Ik wil dit boek daarom vooral opdragen aan de liefde van mijn leven. Aan Charlotte.*

Applaus. In het nachtmerriescenario gaat de schrijver daarna nog een stukje voorlezen. Nee, niet een stukje, een heel hoofdstuk. Hij heeft geen gevoel voor timing, meer nog dan van zijn eigen werk houdt hij van zijn eigen stem. De aanwezigen beginnen onrustig te worden, de brutaalsten wringen zich alvast een weg naar de dranktafel. Dan is de schrijver eindelijk uitgeneuzeld. 'Maar genoeg gepraat,' zegt hij met een joviaal gebaar, als een onderwijzer die de kinderen vijf minuten voor de pauze naar het speelplein laat vertrekken. 'Het is tijd voor drank, dames en heren.'

Je hebt intussen al genoeg van het boek meegekregen om te weten dat het die drie jaar niet waard is geweest. In de verste verte niet. Nee, de schrijver had er beter aan gedaan om zo vaak mogelijk met de liefde van zijn leven mee naar het strand en de film te gaan. Je kijkt naar Charlotte. Ze probeert te stralen maar ze ziet er afgepeigerd uit. Partners zijn de collateral damage van de schrijvers, in elk geval van de schrijvers in wier werk we met een vergrootglas naar de goudklompjes moeten zoeken.

Ik wil er meteen duidelijk over zijn dat ikzelf niet zo ben. Ik heb Hanna ook nooit in het openbaar bedankt. *De vrouw achter de man*, dat is het laatste wat zij wil zijn. Hanna zou een bedankje in de eerste plaats als vernederend opvatten. Natuurlijk bedank ik haar, maar dan privé, het gaat verder niemand iets aan. Goedbeschouwd ben ik de enige die weet hoe belangrijk ze voor me is. Alleen al omdat ze bestaat. Ik durf er mijn hand voor in het vuur te steken dat zij dat zelf ook weet.

Over de locatie heb ik niet lang na hoeven denken. De vergezochte locatie heeft de laatste jaren de overhand gekregen: een draagvleugelboot, een draaiend restaurant, een voormalig slachthuis. Voor een boek met de titel *Volgend jaar in Rome* gaan we op kosten van de uitgever allemaal naar Rome. 'Een gevangenis,' had de uitgever voorgesteld. 'Een leegstaande gevangenis.' Maar ik had voet bij stuk gehouden. Ik voelde het aan mijn water: om weer origineel te zijn moest je proberen niet origineel te zijn. Het is als met de boeken zelf. Er zijn nog altijd schrijvers die menen dat ze met een boek zonder punten en komma's, zonder hoofdletters en alinea's, vernieuwend proza schrijven. Ze begrijpen niet dat dit eerder al vernieuwend was: honderd jaar geleden om precies te zijn. Punt- en hoofdletterloze boeken hebben we nu echt wel gehad. Niets veroudert zo snel als vernieuwing. Al die tegen de klippen op vernieuwende schrijvers zijn vooral bang om een boek te schrijven dat lezers willen lezen.

Voor de presentatie van *Luchtplaats* moesten we terug naar de bron. Een boekwinkel zou het worden. En dan nog het liefst een die totaal ongeschikt is voor presentaties. Geen ruimte voor meer dan twintig belangstellenden, een te kleine ijskast dus lauw bier, een microfoon die eerst begint te piepen en er daarna helemaal mee ophoudt. Zo'n boekwinkel, kortom, waar de presentaties van de boeken die 'een groter publiek verdienen' plaatsvinden.

Ik zocht vooral naar het contrast. Je moet iemand in een rood pak niet voor een rode muur plaatsen. Tegen een 'originele' locatie zou Derek L. minder goed afsteken. In de kantine van een voormalige gevangenis zou hij in de eerste plaats een gevangene blijven. In de openlucht werd hij een tijger of een beer. Een tijger of een beer waarvan je de ketting hebt losgemaakt. 'Hij doet niets hoor,' zeg je tegen de verschrikte omstanders, zoals wandelaars met een loslopende, tegen je opspringende pitbull je verzekeren. 'Hij is alleen maar speels.' Het volgende moment zet de pitbull zijn kaken klemvast in je kuit.

Ik keek naar Derek L. in zijn grijze pak en ik zag dat ik het bij het rechte eind had gehad met mijn keuze voor een boekwinkel. Tussen de tafels met stapels boeken, tegen de achtergrond van boekenkasten, stak hij precies goed af. Te midden van de mensen die doorgaans op boekpresentaties afkwamen was hij de vreemde eend in de bijt. Maar wel de eend die je in de vijver verwelkomt omdat hij er meer kleur aan geeft. Het pak had hij van mij geleend. We waren even lang, verder was alles aan hem een paar centimeter groter en breder. Het pak bolde op bij zijn bovenarmen, waar zijn spieren de stof tot het uiterste oprekten. Tussen de onderkant van de broekspijpen en de bovenkant van de schoenen zat te veel ruimte. We hebben met vereende krachten geprobeerd, bij ons thuis voor de spiegel in onze slaapkamer, om de pijpen verder naar beneden te trekken, maar ze kwamen al nauwelijks over zijn kuitspieren heen.

'Maak je niet druk,' had Hanna gezegd, die aan was komen lopen met een van mijn witte overhemden, dat ze voor hem had gestreken. 'Dat is ook wel weer een beetje mode tegenwoordig, zo'n net iets te korte broek. Maar dan moet je je schoenen wel zonder sokken dragen.'

Ik keek naar hem terwijl ik achter de katheder ging staan en knikte hem toe. Hij grijnsde breed en stak zijn duim omhoog. Onder de openstaande kraag van het witte overhemd kronkelde iets omhoog, de kop van een slang, wist ik inmiddels.

Hanna had zich discreet teruggetrokken toen Derek L. zijn

bovenlichaam ontblootte om het overhemd te passen. De slang was niet de enige tatoeage. Er zaten spinnenwebben op zijn bovenarmen; een leeuw met een kroon op zijn kop, tegen een achtergrond van uitslaande vlammen, sierde het grootste deel van zijn borst.

De meeste tatoeages vind ik lelijk vanwege het vaak zo stripachtige karakter ervan. Alsof de drager nooit volwassen is geworden. Maar bij sommige voetballers en sporters vind ik het dan wel weer mooi. De boven zijn kraag uitstekende adelaarsvleugels bij David Beckham, de tijgerkop op de buik van Conor McGregor, de likkende vuurtongen op het hoofd van Mike Tyson.

De mensen bewaarden een zekere afstand tot Derek L. Een respectabele afstand zou je kunnen zeggen: in een cirkel van een meter om hem heen stond niemand. Ik rook de angst. *Wat kan ons nou gebeuren?* spraken ze zichzelf moed in. *In een boekwinkel? Die vent zal toch zeker niet uitgerekend vandaag met een pistool om zich heen gaan schieten, ons allemaal in gijzeling nemen?*

Ik hield het kort – de microfoon had het al tijdens het toespraakje van de uitgever begeven – en deed mijn best om mezelf niet als de ontdekker van Derek L.'s talent te profileren. Er zou niet worden voorgelezen. '*Luchtplaats* is het debuut van een unieke schrijver,' zei ik. 'Zo'n stem hadden we nog niet in de Nederlandse literatuur. Ik hoop van harte dat we nog veel van hem zullen horen, maar dat weet ik eigenlijk wel zeker.' Achteraf kun je die laatste woorden als profetisch bestempelen.

Ik weet niet in welke mate ik het mezelf kan aanrekenen. Of ik mijn hand al dan niet in eigen boezem moet steken. Feit blijft dat Derek L. die vrijdagmiddag strikt genomen nog tot de categorie schrijvers behoorde die 'een groter publiek verdienen'.

De volgende dag, zaterdag, had hij dat grote publiek gevonden – of het publiek hem, het is maar hoe je het bekijkt.

De nu volgende beelden kunnen als schokkend worden ervaren, waarschuwden de nieuwslezers de kijkers. Maar we zetten de tv niet uit. We bleven kijken. Zoiets zag je in Nederland niet elke dag.

Ook het omslag van het boek werd in beeld gebracht, net als de titel en de naam van de schrijver, waarbij Dereks achternaam door een zwart blokje werd afgedekt. Bij de Amsterdamse boekhandel, waar hij op zondagmiddag had zullen signeren, stonden alleen een lege stoel en een tafel met een enorme stapel boeken.

Aan het eind van de middag was ook de tafel leeg. Maandag werd de tweede druk opgelegd, dinsdag de derde. *Luchtplaats* was een bestseller.

DEREK

Ze stond een eindje van me af, ik bekeek haar van opzij: haar gezicht, haar neus, het opgestoken zwarte haar. Was het geverfd? Ik wist hoe oud Hanna inmiddels was. Terwijl ik luisterde naar Simons toespraak keek ik zo nu en dan naar haar profiel. Ik zag alleen haar hoofd, de rest van haar lichaam ging schuil achter de dicht op elkaar staande aanwezigen. Maar ik had dat lichaam gisteravond al gezien, ik zou niet durven zweren dat ik het kon dromen, maar ik wist waar de rondingen zaten, waar die overgingen in haar lange benen, helemaal naar beneden, tot aan haar voeten.

Iedereen bewaarde een zekere afstand. Het was druk in de boekwinkel, maar ik had de ruimte, als enige. Eerst dacht ik nog dat het uit respect was, dat ze de hoofdpersoon van deze middag alle plek wilden geven, maar naarmate ik vaker naar Hanna keek en mijn blik ook even over de andere aanwezigen liet glijden, begon ik te begrijpen dat het uit angst was. Angst kun je ruiken, ik wel tenminste.

Al die mensen roken elkaar waarschijnlijk niet, anders zouden ze wel vaker hun neus hebben opgehaald of dichter bij de buitendeur zijn gaan staan. Het rook in de boekhandel in elk geval anders dan in de gevangenis. Daar ruikt het vooral naar mannen – naar te veel mannen op elkaar. En naar warm eten dat je alleen maar opeet omdat je niet met een lege maag naar bed wilt. De aanwezigen op de presentatie waren over het algemeen netjes gekleed, een enkeling zelfs wat excentriek: een lange, geruite sjaal losjes over een eveneens geruit colbert, een breedgerande hoed.

Gisteravond had Hanna me hartelijk begroet, bij de deur had ze me een hand gegeven en me net iets langer dan normaal aangekeken. En dat langere aankijken zou je ook nog als normaal kunnen beschouwen wanneer je in aanmerking nam dat ze een moordenaar in haar huis binnenliet en hem vriendelijk aanwees waar hij zijn jas kon ophangen.

Simon keek tijdens die eerste begroeting voornamelijk naar haar. Naar zijn vrouw. Ik was blij dat hij niet naar mij keek. Toen hij zich ten slotte toch naar mij omdraaide, wendde ik me half af om mijn jas uit te trekken en die aan de kapstok naast de deur op te hangen.

Een paar minuten later haalde ze in de keuken een biertje voor me uit de ijskast.

Weer keek ze me wat langer aan. Daarna zei ze dat ik haar moest tutoyeren.

Wanneer je deze vrouw voor het eerst tegenkwam op straat, zou je misschien niet meteen je hoofd omdraaien. Maar ik zag haar niet voor het eerst. In de afgelopen jaren had ik vaak mijn ogen gesloten en dan zag ik haar, net zo helder en scherp en licht als op een foto. En terwijl ik een slok van mijn biertje nam, maakte ik in gedachten een foto van haar, die ik vervolgens over de oude heen legde. Ze werd er wel iets ouder door, maar niet zo oud als ze nu was. Eerder iets tussen die twee leeftijden in. Ik moest oppassen dat ik niet te vaak naar haar keek. Want dat was wat ik wilde: alleen nog maar naar Hanna kijken.

'We kunnen geloof ik aan tafel,' zei Simon. 'Zal ik Niek even roepen?' richtte hij zich tot zijn vrouw. 'Niek is onze jongste zoon,' zei hij vervolgens tegen mij. 'Hij doet deze weken eindexamen.'

Er was iets met al die vrouwen – alsof er een groter plan achter zat. Het kon zijn dat er meer vrouwen dan mannen werkzaam waren in de media. Ook bij de uitgeverij had ik nog uitsluitend vrouwen gezien. Iris van de publiciteit, Sophie van de bureauredactie, Laura van de marketing. Ik was amper een dag op vrije voeten en ik voelde me als een schipbreukeling die ze de hele tijd een bord met een dampende hamburger voorhouden dat ze elke keer weer wegtrekken.

Natuurlijk hield ik me in. Binnen de muren van de gevangenis was ik een beest, moest je een beest zijn om te overleven, hierbuiten schudde ik vriendelijk van nee wanneer ze weer met een verse hamburger kwamen aanzetten. Ze waren allemaal jong, die vrouwen van de uitgeverij, meisjes nog bijna. Sommige giechelden, andere kregen een rood hoofd. Ik zag hoe ze naar me keken, hoe hun blikken zich van mijn ogen naar mijn mond verplaatsten, en daarna lager, naar mijn schouders, mijn borstkas en mijn bovenarmen. Ik ken mijn eigen marktwaarde. Ik gunde al die meisjes hun fantasieën: hoe het zou zijn met een man als ik, wat ik met ze zou doen.

De journaliste van de krant was een ander verhaal. Ook zij was jong, niet ouder dan vijfendertig, schatte ik. Jong en mooi. Een vrouw met jonge kinderen, twee en vier, dat had ze me na enig aandringen verteld. Een jonge moeder: voor een man is er bijna niets onweerstaanbaarder dan dat. Zelf denken ze van niet. Ik heb gebaard, ik ben opgebruikt, denken ze. Geen man die mij nog ziet staan. Ze mogen al blij zijn wanneer hun eigen man er nog zin in heeft. Maar zo is het niet. Zo kijken mannen niet naar jonge moeders. In de eerste plaats zijn ze niet alleen. Niet alleen gebléven, kan ik beter zeggen. De meisjes die als laatste ten dans worden gevraagd. Soms zijn ze gewoon onaantrekkelijk, maar als ze mooi zijn moet je helemaal oppassen. Mooie vrouwen die alleen blijven, daar is iets mee, een *verborgen gebrek*, heet dat op de huizenmarkt.

Een moeder heeft in de eerste plaats een man gevonden die haar wilde, die 's nachts van haar wakker heeft gelegen, die net zolang heeft liggen woelen en voor haar op zijn knieën heeft gelegen tot hij haar kreeg. Daarnaast doet alles het, de jonge kinderen die aan haar rokken hangen zijn het levende bewijs. Zij is er een die meetelt in het grotere geheel van de kosmos, van het mysterie van het leven – in haar eentje behoedt zij de soort voor uitsterven.

Zo heb ik altijd langs de schoolpleinen gelopen, naar de jonge moeders gekeken. Het zijn niet langer meisjes, er is iets bezorgds in hun blik geslopen – zorg om de kinderen die straks over het plein naar hen toe zullen rennen –, maar ook een eerste begin van verveling.

Is dit alles? denken ze. *Is dit van nu af aan het leven?* En op dat moment loopt er een breedgebouwde man langs de basisschool met een niet onknappe kop, met zijn handen in zijn zakken slentert hij voorbij. Misschien houdt hij wel even halt. De jonge moeders vinden het niet erg als hij blijft staan, integendeel, ze wachten of hij iets zal zeggen. Ze hebben hem hier nog niet eerder gezien, of misschien was hij hun nog niet opgevallen, maar dat laatste lijkt bijna onmogelijk. Misschien werden zijn kinderen tot nu toe door hun moeder opgehaald.

Hij knoopt een praatje aan. Hij lacht een mooie lach. *Het*

hoeft niet alles te zijn, zegt hij met zijn lichaamstaal. *Moeder worden is niet het einde van de wereld.*

Dan worden ze in beslag genomen door de op hen af rennende kinderen. Wanneer ze weer om zich heen kijken, is de man verdwenen.

De journaliste was mij al een paar weken eerder komen interviewen, het interview had afgelopen zaterdag in de bijlage van de krant gestaan. Bij hoge uitzondering hadden we een kamertje apart toegewezen gekregen en wachtte de cipier buiten voor de deur.

Zij was de eerste mooie vrouw die ik zag in de aanloop naar mijn weekendverlof. Misschien was erover nagedacht op de redactie, had het de hoofdredacteur van de krant een goed plan geleken. *Hij laat vast en zeker meer los tegen een vrouw. Zo zijn die gasten.*

Of het allemaal van tevoren zo was bedacht of niet, het had in elk geval gewerkt. Ik had me uitgesloofd. Ik had mijn ogen samengeknepen en me voorgesteld dat we in een restaurant zaten op een *first date*. Kaarsen, wijnglazen, de hele mikmak, ik was er goed in om alles met mijn ogen halfdicht uit mijn verbeelding omhoog te toveren.

Ondertussen vertelde ik haar het ene verhaal na het andere. Er waren dingen bij die ik nog nooit aan iemand had verteld. Geen bekentenissen, gewoon wat achtergrondinformatie. Over wat ik voelde wanneer ik de trekker overhaalde. Ja, dat had ze letterlijk zo gevraagd: *Wat voel je op zo'n moment?* Op zo'n alledaags toontje, zoals je aan een voetballer vraagt wat er door hem heen ging nadat hij met een omhaal het winnende doelpunt scoorde.

En ik was erin getrapt. Of nee, dat was het ook niet. Zij had mij nergens in laten trappen, ik had het zelf gedaan – ik had geen aansporing nodig gehad.

'Meestal voel ik niets,' zei ik. 'Het is gewoon iemand die is gaan praten. Anderen erbij heeft gelapt. Hij had op zijn vingers kunnen natellen dat we achter hem aan zouden komen.'

Ondertussen keek ik naar de journaliste, een enkele keer naar haar lippen wanneer ze met een nieuwe vraag kwam, vaker recht in haar ogen. Ik haalde een hand door mijn haar, stak hem in de openstaande kraag van mijn hemd, trok aan mijn baard, voelde met mijn vinger aan de tatoeage in mijn hals.

'Je hebt toch wel gevraagd of je het mocht zien voordat het wordt gepubliceerd?' vroeg Simon Hanson een paar dagen voordat het interview in de kleurenbijlage zou verschijnen.

'Hoezo? Waarom? Ik weet toch zelf wel wat ik heb gezegd?'

Het was niet zo dat de journaliste mijn woorden had verdraaid. Nee, het stond er allemaal precies zoals ik het had gezegd, maar het stond er wel allemaal heel serieus en zwart-op-wit. Je kreeg er geen beelden bijgeleverd. De lezer van de bijlage kon niet zien hoe ik naar de journaliste had gelachen, ironische aanhalingstekens had gevormd met mijn vingers, haar diep in de ogen had gekeken en naar haar had geknipoogd.

'Op het moment dat je de loop tegen iemands voorhoofd zet, is alles alleen nog maar adrenaline,' las ik mijn eigen woorden terug. 'Een man zit op zijn knieën voor je op de grond en smeekt om zijn leven. En jij bent degene die die beslissing gaat nemen. Adrenaline en een verhoogde vorm van waarneming. Ik nam ze meestal mee naar een bos. Nog een laatste wandeling, een laatste sigaret. Ik zag altijd alles: de takken van de bomen, de rode en gele bladeren, een straal zonlicht op een langs een boomstam omhoogschietende eekhoorn. En dan de echo van het schot tussen de bomen. Hij valt voorover in de herfstbladeren. Zo'n moment is met niets te vergelijken, zelfs niet met seks.'

Maar ik had daarna nog iets gezegd, ik wist niet meer precies wat, in elk geval iets relativerends: dat ik altijd voor seks zou kiezen als ik daar de vrije keuze in had. Bij die laatste relativerende opmerking had ik de journaliste zo lang mogelijk aangekeken. En zij was inderdaad de eerste die haar blik had afgewend. Maar die opmerking was weggelaten.

'In tegenstelling tot de schrijver die alles achter zijn bureautafel heeft zitten verzinnen, heb ik echt gedáán waar ik over schrijf,' zei ik iets later in het gesprek. 'Wie van de twee is de betere schrijver? Jij mag het zeggen.'

Bedoel je te zeggen dat je meer waard bent dan de gemiddelde moordenaar omdat je erover schrijft? Er literatuur van maakt?

Nee, die journaliste was niet op haar achterhoofd gevallen. Het was bovendien een vraag die ik maar al te gretig had willen beantwoorden.

'Iedereen heeft wel een buurman of een neef die hij liever kwijt dan rijk is. We fantaseren allemaal weleens over een moord of een al dan niet in scène gezet ongeluk. Het verschil tussen mij en de gemiddelde landgenoot is dat ik het ook echt doe. Bij mij blijft het niet bij fantaseren. Dat is misschien niet goed te keuren, maar het is wel iets machtigs. Naderhand maak ik er literatuur van, zonder dat ik ook maar iets hoef te verzinnen. Ik vraag de lezer niet om een oordeel over mijn daden te vellen. Ik vraag hem alleen maar of hij mijn verhaal geboeid heeft gelezen.'

Na afloop van de praatjes hadden ze me een tafeltje toegewezen waar ik mijn boeken kon signeren. Er vormde zich een lange rij die zich door de hele boekwinkel heen slingerde, tot aan de buitendeur en daarna nog verder.

Ze was er als een van de eersten bij. Ik had amper drie boeken van een opdracht en mijn handtekening voorzien toen de journaliste voor het tafeltje opdook.

'Hé, hoi,' begroette ze me, terwijl ze mijn boek voor mijn neus neerlegde, op de titelpagina opengevouwen.

'Ik vertrouwde je,' zei ik, zonder haar begroeting te beantwoorden. 'Ik vertrouwde je terwijl ik beter had moeten weten. Ik had kunnen weten dat je uitsluitend geïnteresseerd was in een sensationeel verhaal.'

Ze leek niet meteen van haar stuk gebracht, dat moest ik haar nageven.

'Wat bedoel je?' vroeg ze. 'Ik heb geen woord veranderd. Alles wat er staat heb je zelf letterlijk zo gezegd.'

'Je hebt dingen weggelaten.' Ik deed geen moeite om te fluisteren of zelfs maar zacht te praten. 'We hadden plezier. Je kunt niet ontkennen dat we plezier hadden.'

Ze hield mijn boek nog altijd opengevouwen vast, drukte op de titelpagina. Ik keek naar haar vingers, naar haar mooie, gemanicuurde nagels, en daarna weer naar haar gezicht.

'We hebben gelachen,' zei ik. 'Jij hebt ook gelachen. Toen ik je vertelde over die vent die struikelde en in die kuil viel die ik hem zelf had laten graven. Je lachte. Maar dat staat niet in de krant, hè?'

'Ik heb het je tijdens ons gesprek al gezegd. Je ernaar gevraagd. Of je berouw had. Daar leek het niet op, je moet me maar tegenspreken als ik ongelijk heb. Dan kun je me nu niet kwalijk nemen dat ik dat heb opgeschreven.'

Berouw is voor homo's, had ik tegen haar kunnen zeggen, maar ik deed het niet. 'Ik heb het je toen heel duidelijk gezegd. Al die figuren die ik heb omgelegd hadden zelf het nodige uitgespookt om berouw over te hebben. Je had het hún moeten vragen. Op het moment dat ze me op hun knieën om hun leven smeekten. Reken maar dat ze berouw hadden. Toen opeens wel.'

Een lichte onrust in de rij. Het duurde te lang, mensen werden ongeduldig.

De man met het geruite colbert, de sjaal en de hoed stak zijn hoofd om de schouder van de journaliste. 'Er staan nog meer mensen te wachten,' zei hij. 'Misschien kunt u uw ongetwijfeld bijzonder interessante gesprek op een ander moment voortzetten?'

Ik ben zelf ongeduldig, maar als ik ergens helemaal gek van word dan is het wel van andere ongeduldige mensen.

'Sodemieter op,' zei ik. 'Jouw boek teken ik alvast niet meer.'

Ik zag het aan zijn gezicht, hij probeerde nog enige zelfverzekerdheid te ontlenen aan het feit dat we ons hier met meer dan honderd mensen in een boekwinkel bevonden, maar de angst had zijn gelaat al getekend.

'Ik bedoel alleen maar –' begon hij, maar ik kapte hem af.

'Ga weg nu het nog kan,' zei ik. 'Als je daar blijft staan, moet ik je vragen om samen met mij naar buiten te gaan.'

'Alles in orde hier?'

Het was Simon die plotseling naast het signeertafeltje was opgedoken. Hij legde een hand op mijn schouder en heel even voelde ik de aanvechting om die van mijn schouder af te slaan, als een vlieg.

'Niks aan de hand,' zei ik met mijn charmantste glimlach, terwijl ik uitsluitend de journaliste aankeek. 'Meneer hier voelt zich niet helemaal lekker en gaat buiten even een luchtje scheppen.'

En zo gebeurde het. De man vertrok en ik kon eindelijk het exemplaar van de journaliste signeren.

Voor Joëlle, schreef ik. *'Schrijf over wat je weet.' (Ernest Hemingway en) je Derek.*

Dat sloeg behalve op haar op een ander fragment uit het interview. 'Schrijf over wat je weet, Hemingway zei het al,' had ik gezegd. 'Ik zie het aan de mensen die hier op bezoek komen.

Mensen zoals jij. Ze ruiken alleen maar even aan de gevangenis, thuis stoppen ze meteen hun kleren in de wasmachine om de lucht eruit te wassen. Jij gaat straks naar huis, kijkt gezellig met je kinderen naar een tekenfilm op tv en drinkt nog een glaasje wijn met je man. Ik ga terug naar mijn cel, maar ik moet mijn ogen goed openhouden, er kan er altijd een bij zijn die een inschattingsfout maakt en denkt dat hij zich met mij kan meten. De meesten weten het. Ik verkeer in de bevoorrechte positie dat het eerder de anderen zijn die hun ogen goed open moeten houden. Voor mij. Zolang ze niets proberen, laat ik ze met rust. Maar sorry, wat was je vraag ook weer?'

In een van je verhalen, 'Rouwplechtigheid', beschrijf je hoe je, hoe de ik-persoon, een beoogd slachtoffer observeert tijdens een rouwplechtigheid. Dan ziet die ik opeens dat er twee kleine kinderen op die man afkomen en hem in de armen vliegen. De ik besluit daarop van de liquidatie af te zien. Heb jij dat zelf zo meegemaakt? Of anders gezegd: is dat verhaal ook autobiografisch?

'Misschien heb ik dit niet zelf exact zo meegemaakt, maar het gevoel wel. Ik moet hier voorzichtig zijn, sommige zaken zijn nog niet verjaard. Ik wil alleen maar zeggen dat het mij in het echt meer moeite kost als er kinderen in het spel zijn. Of een vrouw. Een moeder. Aan de andere kant heeft elke klootzak een moeder en een vrouw, en misschien ook wel kinderen. Joseph Goebbels had er zes. Had zijn leven gespaard moeten worden omdat het anders zo zielig was voor zijn kinderen? Hij heeft ze uiteindelijk trouwens zelf allemaal de dood in gejaagd, dus zo'n leuke vader was hij nou ook weer niet. Ik probeer zo min mogelijk aan eventuele familieleden te denken, anders had ik net zo goed kunnen stoppen.'

Niet zo lang geleden was er een liquidatie waarbij er een kind op de achterbank van de auto zat. In een kinderzitje.

‘Een kinderzitje is wel erg letterlijk. Of laat ik het anders zeggen: ik heb dat in mijn loopbaan nog niet meegemaakt. Maar ik wil je vraag niet ontwijken. Zou een kinderzitje mij tegenhouden? Ja en nee. Je kunt de vraag ook anders stellen. Moet je je in deze business begeven en er tegelijkertijd een gezin met kinderen op na willen houden? Moet je die kinderen niet van tevoren inlichten over de gevaren van je beroep? Ik heb geen kinderen. Ik had ze graag willen hebben, maar ik wilde het ze niet aandoen. Niet een midden op straat doodbloedende vader, niet een vader die ze één keer per week in de gevangenis zouden mogen bezoeken. Het is niet uit te leggen als een klasgenootje vraagt: “Wat doet jouw vader?” Ik weet niet of Goebbels het aan zijn kinderen heeft kunnen uitleggen. “We hadden een heel mooi land voor ogen. Een land dat zich van de Atlantische Oceaan zou uitstrekken tot achter de Oeral. Een groot land met alleen maar blije, blonde mensen. Maar er is iets misgegaan. Boze mannen hebben onze droom kapotgemaakt, daarom moeten we nu allemaal dit cyaankalipilletje innemen.”’

Boze mannen? had de journaliste gevraagd. *En jij? Ben jijzelf ook zo’n boze man?*

‘Dat ligt eraan,’ had ik geantwoord met mijn innemendste en ondubbelzinnigste glimlach, waar de meeste vrouwen als een blok voor vielen. ‘Als ik jou mee uit eten neem en iemand in dat restaurant zegt iets tegen je, een man maakt een vieze opmerking of kijkt alleen maar te lang naar je, dan ben ik de gentleman die zo’n man tot de orde roept. Naast mij hoeft een vrouw er niet bang voor te zijn dat zo’n vent haar beledigt en er ook nog mee wegkomt.’

Ik had het aan haar gezicht kunnen zien, al wist je zoiets natuurlijk nooit voor de volle honderd procent zeker. Ze dacht op dat moment even aan haar eigen man. De vader van de twee jonge kinderen. Een lieve man ongetwijfeld. Prettig in de omgang, hij laat zijn vuile sokken niet rondslingeren maar stopt ze keurig in de wasmand, hij helpt met afruimen en zet de borden in de afwasmachine, hij brengt de kinderen naar bed en leest ze voor, terwijl zij voor zichzelf nog een wijntje inschenkt en de *Vogue* openslaat.

Maar wat heb je aan een lieve man wanneer een vent obscene gebaren naar je maakt, of zich, terwijl hij voor het stoplicht staat te wachten, achter het stuur zit af te trekken? Ik ken de lieve mannen van deze wereld maar al te goed. Ze pakken hun vrouw zachtjes maar dringend bij de elleboog en manen haar om door te lopen. *Geen aandacht aan besteden. Gewoon doorlopen. Die vent is ziek.*

Ja, daarin heeft de lieve man gelijk: hij is ziek, de obscene gebarenmaker, de rukker bij het stoplicht. En nog veel en veel zieker nadat ik zijn portier heb opengetrokken en hem aan zijn haren uit zijn auto heb gesleurd. Ik doe iets met ze. Ik weet waar de kwetsbare gewrichten zitten. Ze moeten in elk geval worden opgenomen. Een behandeling van maanden. Naar alle waarschijnlijkheid zullen ze de rest van hun leven mank blijven lopen.

En hoe zit het met die vrouwen? Zou een vrouw je ervan kunnen weerhouden om geweld te gebruiken? Heb je ooit geweld gebruikt tegen een vrouw?

'Ik ben geen voorstander van geweld tegen vrouwen. Sterker nog, voor mannen die hun vrouw slaan voel ik uitsluitend minachting. In mijn lange loopbaan heb ik een paar van die mannen met gelijke munt terugbetaald. Aan de andere kant wil ik ook niet discrimineren. Je zou kunnen zeggen dat ik wat betreft het gebruik van geweld het gelijkheidsprincipe huldig. Strijden vrouwen immers niet al meer dan een eeuw voor dezelfde behandeling als mannen? Als een vrouw om een pak rammel vraagt, kan ze dat krijgen, maar ik zeg je eerlijk: ik doe het liever niet. Het voelt... onnatuurlijk, begrijp je wat ik bedoel? Alsof een leeuw speelt met een jong hondje dat per ongeluk in het leeuwenverblijf is beland. We hopen allemaal dat de leeuw het hondje niets aan zal doen. En zo hoort het ook.'

Zonder er bewust op te hebben aangestuurd had ik de journaliste nu met een jong hondje vergeleken. Ik zou het haar niet kwalijk hebben kunnen nemen als ze daar aanstoot aan had genomen, maar ze hield alleen haar hoofd even schuin, zodat haar haar aan één kant bijna op het tafelblad viel, en schonk me een hartverwarmende glimlach. Zo had ik haar nog niet eerder zien glimlachen tijdens ons hele gesprek.

'Je hebt iets heel liefs,' zei ze. 'Dat weet je misschien zelf niet eens, maar zoals je nu kijkt... echt...'

Ook deze laatste opmerking was niet in de krant opgenomen.

De rij mensen die een exemplaar van *Luchtplaats* wilde laten signeren, begon te slinken. Ik zag Simon bij de buitendeur met de uitgever praten, een blikje bier losjes in zijn hand. Waar was Hanna? Ik boog me over het tafeltje heen om verder de boekwinkel in te kunnen kijken, maar ik zag haar nergens.

'Zou ik een handtekening van u mogen?'

Een jongen met een vaag bekend gezicht had *Luchtplaats* op de titelpagina opengeslagen en schoof het boek nog wat dichter naar me toe.

Het volgende moment herkende ik hem als de jongste zoon van Hanna en Simon. Nog weer een halve seconde later herinnerde ik me zelfs zijn naam.

'Niek,' zei ik. 'Zeg alsjeblieft je tegen me. Dat is je gisteravond ook gelukt. Je mag nu echt niet meer terug naar u.'

Gisteravond tijdens het eten hadden we het over van alles en nog wat gehad. Zorgvuldig hadden we om de gevaarlijke onderwerpen heen gelaveerd. 'Hanna en ik' was een van die onderwerpen. We keken elkaar zo min mogelijk aan, maar als we het toch deden wel zo lang mogelijk.

En dan was er de combinatie Simon en ik. Die kon als onderwerp ook maar het beste blijven rusten, in elk geval deze eerste avond. Daarom hadden we het over *Luchtplaats*, over de kans dat het een succes zou worden. De voortekenen waren gunstig volgens Simon, en Hanna viel hem bij.

'Misschien heeft mijn man dat nog niet tegen je gezegd,' zei ze. 'Maar hij is ook wel een beetje jaloers. Zo levensecht als jij over die dingen schrijft, dat kan hij natuurlijk nooit. Hoewel ik hem er vaak van heb verdacht dat hij dat maar wat graag zou willen.'

'Ik vind het prima,' zei ik. 'Als Simon zondag mijn plaats wil innemen en de rest van mijn straf wil uitzitten... Mij zul je niet horen.'

En toen hadden we moeten lachen. Simon en ik hadden elkaar al lachend even aangekeken, en het volgende moment veranderde hij van onderwerp.

'Hoe gaat het, Niek?' vroeg hij aan zijn zoon. 'Hoe ging het vandaag? Aardrijkskunde toch? Of had je ook nog geschiedenis?'

'Aardrijkskunde,' zei Niek met een zacht stemmetje.

We zagen het waarschijnlijk alle drie tegelijk. Een begin van tranen. Niek slikte iets weg en probeerde iets te zeggen, maar hij schudde alleen zijn hoofd en verborg zijn gezicht achter zijn handen.

'O nee!' verbrak Hanna als eerste de stilte. 'Ach lieverd, heb je het verpest? Dat is niet erg, maar vertel het ons alsjeblieft wel. Heb je het verpest?'

'Ja,' piepte de jongen – en daarna was het huilen pas echt begonnen.

Met horten en stoten had hij het hele verhaal verteld. Alle leerlingen moesten voor elk examen hun telefoon uitzetten en die zichtbaar voor zich op hun tafeltje neerleggen. Dat had Niek ook gedaan, dat dacht hij tenminste, hij wist echt voor honderd procent zeker dat hij zijn telefoon had uitgezet. Maar toen had er tijdens het examen een piepje geklonken en was het display opgelicht. De leraar aardrijkskunde had het piepje ook gehoord.

'Zo, Niek,' had hij gezegd. 'Misschien wil jij het eindexamen liever volgend jaar nog een keer overdoen?'

Het was een appje van Nieks vriendinnetje geweest, een meisje uit de vijfde met wie hij sinds een paar maanden iets had. Een berichtje van een paar woorden. Hoe had ze zo stom kunnen zijn om hem tijdens een examen een appje te sturen? Dat was Nieks eerste gedachte geweest. Maar daarna had hij zich gerealiseerd dat hij alleen zichzelf iets kon verwijten. Zij was ervan uitgegaan dat hij zijn telefoon tijdens de examens uit zou zetten. Hoe had hij zo stom kunnen zijn om dat te vergeten?

'Ik weet het niet,' antwoordde hij op een vraag van zijn moeder, terwijl hij met de rug van zijn hand in zijn ogen wreef en snuivend zijn neus ophaalde. 'Een soort black-out. Ik weet het echt niet.'

'Maar dat moet toch uit te leggen zijn,' zei zijn vader. 'Niemand zal toch denken dat je je telefoon opzettelijk aan hebt laten staan?'

'Dat dacht ik ook,' zei Niek, 'maar dan ken je meneer Veerman nog niet. Die trekt de hele dag al zo'n gezicht alsof hij in een hondendrol is getrapt. Ik zag hem gewoon genieten toen hij mijn telefoon afpakte.'

'En nu?' vroeg Hanna. 'Wat gebeurt er verder?'

'Ze gaan er nog over vergaderen,' zei Niek. 'Maar ik weet hoe dat gaat. Die Veerman gaat echt geen goed woordje voor me doen. Dan krijg ik een nul voor aardrijkskunde. Dan is het maar zeer de vraag of ik het eindexamen nog in één keer kan halen.'

Ik had al die tijd niets gezegd, ik weet niet, het leek me beter om me erbuiten te houden. Maar inwendig voelde ik wel iets. Ik ving Hanna's blik en ik zag in haar reactie dat zij ook iets in mijn ogen moest hebben gelezen. Misschien dachten we zelfs wel aan hetzelfde, ik sloot het niet uit – ook iets van lang geleden.

'Zulke mensen…' zei ik ten slotte, terwijl ik mijn uiterste best moest doen om mijn stem niet te laten trillen. 'Een leraar zou er moeten zijn om je te helpen, niet om je tegen te werken.'

En nu, een dag later, stond Niek hier in de boekwinkel om mijn boek door de auteur te laten signeren.

'Wanneer is die vergadering?' vroeg ik.

'Hè?'

'Die vergadering waar ze over je cijfer moeten beslissen? Voor aardrijkskunde?'

'Maandag,' zei hij, en ik zag de doffe blik in zijn ogen. 'Maandagochtend. Maar daar verwacht ik eigenlijk niets van.'

Op dat moment kwam een van de uitgeverijmeisjes naar me toe om te zeggen dat we over een kwartier naar het restaurant zouden gaan.

'Geef de moed nooit op,' zei ik tegen Niek.

Ik dacht heel even na en daarna schreef ik een opdracht in zijn exemplaar.

HANNA

Hij had zin. Bij mannen kun je dat ruiken. Ik rook dat hij zin had.

Ik was van plan geweest om in de keuken op ze te wachten, maar uitgerekend op deze late donderdagmiddag had Simon zijn sleutels vergeten en belde hij aan.

Ook al verwachtte ik niemand anders, toch liep ik niet meteen de trap af naar onze voordeur, maar haalde eerst de hoorn van de intercom van de haak.

'Ik ben het,' zei Simon. 'Sleutels vergeten.'

Op het display zag ik hem. Achter hem stond Derek. Je kunt onze voordeur niet meer vanaf de intercom opendrukken; sinds er een veiligheidsslot op zit, kan dat alleen nog handmatig.

Zo langzaam mogelijk liep ik de trap af en voordat ik de deur van het slot deed, haalde ik nog eens diep adem.

'Dit is Derek,' zei Simon. 'Derek: Hanna.'

'Hanna,' zei hij, op een soort kunstmatig neutrale toon, alsof hij mijn naam nooit eerder had uitgesproken, en hij drukte mijn hand.

Het was hoe hij naar me keek, meteen al vanaf het eerste moment daar bij de voordeur. Zo keken mannen zelden nog naar me de laatste tijd. Het was even of ik het fluiten op de bouwsteigers weer hoorde, als de eerste klanken van een oud nummer dat je nooit vergeet.

Tot vandaag had ik er vrede mee gehad, met mijn nieuwe status van vrouw die uitsluitend ruimte in beslag nam, maar nu was het alsof er een raam openging. Een raam dat aanvankelijk uitzicht bood op een blinde muur, maar dat nu openzwaaide naar een blauwe zee, een zonovergoten strand waarvan elk afzonderlijk zandkorreltje pijn doet aan je ogen.

Ja, zo voelde ik me: als een dier dat al zo lang onder een grote steen heeft geleefd dat het niet beter meer weet. Dan tilt iemand de steen op en knippert het met zijn ogen tegen het daglicht. Warme lippen buigen zich naar het dier toe en kussen het wakker.

Ik had *Luchtplaats* inmiddels uit. Er waren twee verhalen die ik met iets meer dan normale aandacht had gelezen. Of beter gezegd: ik las beide verhalen kort na elkaar drie keer.

Het eerste heette 'Schoolplein' en ging over een meisje dat onrechtvaardig wordt behandeld door een leraar. Omdat ze zo oogverblindend mooi is dat hij het lastig vindt om haar in zijn buurt te hebben, probeert de leraar haar ten overstaan van de hele klas voor schut te zetten. Een klasgenoot neemt het voor haar op en wordt van school gestuurd. De leraar keert na een paar maanden nog wel even terug voor de klas, maar wordt kort voor de kerstvakantie alsnog afgekeurd.

Het tweede verhaal is getiteld 'Vrouw'. In feite was het één lange scène die zich afspeelde in een verhoorruimte op een politiebureau. Een vrouwelijke rechercheur verhoort een verdachte, maar in de korte pauzes tussen de vragen en de antwoorden broeit een onderhuidse spanning. Het is net of de rechercheur en de verdachte elkaar al ergens van kennen, maar dit niet mogen laten merken omdat alle verhoren immers worden opgenomen.

Of was ik de enige die het zo las? Hoe zou een neutrale lezer het lezen? vroeg ik me af. Simon, dacht ik het volgende moment. Ook hij moest 'Vrouw' hebben gelezen. Zijn eigen vrouw was rechercheur. In hoeverre was je dan nog neutraal?

'Ha, je hebt het uit. En?'

Ik had Simon niet horen binnenkomen. Hij stond zomaar opeens aan het voeteneind van de sofa. Onmiddellijk voelde ik mijn wangen warm worden. Ik keek naar mijn man. Even snel als ik was gaan blozen voelde ik de warmte alweer uit mijn gezicht wegtrekken.

'Ja, het is behoorlijk goed,' zei ik, en ik besloot om ook maar meteen in het diepe te springen en de proef op de som te nemen. '"Vrouw", dat verhaal, weet je, over die rechercheur in die verhoorruimte...'

'Ja, ja, ja. Dat is ook goed. Goed geschreven vooral. Maar ik vond het wel een beetje ongeloofwaardig. Er zit iets in wat niet helemaal klopt. Wat in het echt niet kan, volgens mij. Ik bedoel: al die verhoren worden toch op camera opgenomen?'

'Ja,' zei ik zacht; ik had inmiddels wel een droge mond, daarom likte ik even met mijn tong over mijn bovenlip. 'Zeker, die worden allemaal opgenomen,' zei ik, met opzet iets luider nu.

'Je kunt je afvragen of dat dan wel kan, wat er verderop in dat verhaal gebeurt. Ik ben benieuwd wat jij ervan vindt. Als expert op dit gebied.'

Ik wist waar hij op doelde, over welke 'ongeloofwaardigheid' hij het had. Het was precies het detail waarin het verhaal afweek van de werkelijkheid.

'En dat verhaal op die middelbare school?' vroeg ik, om ook daar maar meteen vanaf te zijn. 'Hoe vond je dat?'

In het begin van onze relatie hadden Simon en ik het nog weleens over eerdere liefdes gehad. Niet te vaak. Niet te uitgebreid. En al helemaal niet in geuren en kleuren. De gewone nieuwsgierigheid. Ongetwijfeld was daarbij ook de jongen op de middelbare school ter sprake gekomen. Maar dat was inmiddels alweer jaren geleden. In de afgelopen tien jaar hadden we het in elk geval nooit meer over hem gehad.

'Ja, heel bijzonder,' zei Simon nu. 'Het is een van de weinige verhalen die zich niet binnen de muren van de gevangenis afspelen, maar het is net of die gevangenis al als een schaduw over die hele geschiedenis heen hangt.'

Ik dacht aan de leraar Engels uit het verhaal. Meneer Koolhaas. Aan de krukken die meneer Koolhaas na zijn verblijf in het ziekenhuis altijd schuin tegen zijn tafel aanzette. Hoe een van die krukken een keer op de grond viel en niemand van ons hem opraapte.

De jongen die het voor me had opgenomen was toen al van school gestuurd. Het gebeurde in de eerste week van het nieuwe schooljaar. Meneer Koolhaas had ons een voor een gevraagd of we al wisten welke Engelse boeken we op onze literatuurlijst voor het eindexamen gingen zetten.

'In elk geval *Pride and Prejudice*,' antwoordde ik toen de leraar bij mij was aangeland. 'Van Jane Austen.'

Ik had er zonder enige aanwijsbare reden een rood hoofd bij gekregen. Dat kwam niet zozeer door het boek dat ik had genoemd, als wel door de manier waarop meneer Koolhaas altijd naar me keek. Met samengeknepen ogen en een misprijzende trek rond zijn mond. Alsof hij me vies vond, zo keek hij naar me. Pas veel later begreep ik dat hij zichzelf vies vond, dat hij waarschijnlijk geen idee had wat voor gezicht hij trok wanneer hij naar een mooi meisje keek. Hij had een vrouw die maatschappijleer gaf aan de bovenbouw. We wisten allemaal hoe zij eruitzag.

'Ja,' zei hij. 'Die Mister Darcy is de held van alle meisjes. Van domme meisjes vooral. Meisjes die liever meteen zouden trouwen zodat ze geen eindexamen meer hoefden te doen.'

Daarna keek hij bijna triomfantelijk de klas rond, als verwachtte hij instemmend gelach of een andere vorm van bijval. Maar het bleef doodstil in het lokaal.

'En u vindt uzelf waarschijnlijk heel wat.' De stilte werd ten slotte verbroken door een jongen die nieuw was dat jaar en helemaal in zijn eentje aan een tafeltje achter in de klas zat. 'U denkt waarschijnlijk dat u beter bent dan wij. In elk geval beter dan meisjes. Hebt u een vrouw, meneer Koolhaas? Dan is het vast een vrouw die u thuis eronder houdt.' De jongen was inmiddels opgestaan, met kalme passen liep hij naar de tafel van de leraar. 'Een vrouw die u door uw pyjamabroek heen in uw piemel knijpt.'

Hij gaf de leraar niet eens de kans om op te staan. Na afloop liep hij naar de deur van het lokaal, daar draaide hij zich nog één keer om.

'Het spijt me dat mijn verblijf hier maar van korte duur is geweest,' zei hij. 'Maar van hem zullen jullie waarschijnlijk geen last meer hebben.' Daarna had hij even de klas rondgekeken, tot zijn blik op mij bleef rusten. '*Pride and Prejudice*,' zei hij. 'Je hebt een goede smaak, Hanna. Laat die niet door vieze mannen bederven.'

Hij was me al eerder opgevallen. Op de eerste dag van het nieuwe schooljaar om precies te zijn. Vanuit een ooghoek had ik gezien hoe hij naar me staarde op het schoolplein. Daarna was hij op me af geslenterd, zijn handen in zijn zakken.

'Ja, ik keek naar je,' zei hij. 'Ik zag hoe de zon op je haar viel. Dat kun je zelf natuurlijk niet zien. Daarom dacht ik: ik kom je even vertellen wat een mooi gezicht dat is.'

Hij lachte breeduit – een mooie lach was het, volkomen open, een lach die niets achterhield. Ik besloot daarom daar en op dat moment om niet zoals gebruikelijk het te hoog gegrepen, moeilijk te krijgen meisje uit te gaan hangen.

'Dank je wel,' zei ik.

Hij stak zijn hand naar me uit. En ik pakte hem vast. Leer mij de jongens kennen. Ik wist dat ze het soms probeerden door je hand langer dan normaal vast te houden en je diep in de ogen te kijken.

Maar zo ging het deze keer niet. We hielden allebei elkaars hand langer vast dan normaal en keken elkaar vervolgens zo lang mogelijk aan.

'Derek,' zei hij.

SIMON

De donderdagavond was rustig begonnen. Hanna had gekookt.

'Zijn er dingen die hij niet lust?' had ze me een paar dagen eerder gevraagd.

'Ik weet het niet,' moest ik naar waarheid bekennen, ik had hem daar niet naar gevraagd. Je kunt het een vooroordeel noemen, maar ik veronderstelde dat een moordenaar eerder een vlees- dan een viseter zou zijn.

Mijn vrouw heeft het talent om anderen op hun gemak te stellen, een bijna zichtbare warmte die ze uitstraalt, alsof ze haar armen spreidt om je tegen zich aan te drukken, je over je haar te strijken en je te troosten. Ze nam Derek L. niet meteen in haar armen, maar ik zag het aan de manier waarop ze naar hem glimlachte toen ze hem de hand drukte: bijna verlegen, terwijl ze dat van huis uit niet is. Door een lichte verlegenheid te spelen stelde ze de ander gerust, gaf ze hem de ruimte om zelf minder verlegen te zijn dan zij.

'Een biertje, Derek?' vroeg ze, terwijl ze de deur van de ijskast opentrok.

Ik zag het ook aan de manier waarop hij naar háár lachte. Volkomen op zijn gemak. We stonden met zijn drieën in de keuken, maar het was net of Derek L. achteroverleunde – alsof hij zich al in een gemakkelijke bank had laten zakken en nu zijn armen op de rugleuning legde. Ik las iets van bewondering in zijn blik, hij was zichtbaar onder de indruk van mijn vrouw, zo zag ik het tenminste op die donderdagavond. Er was geen enkele aanleiding om het anders te zien.

'Een glas?' vroeg Hanna, en ze overhandigde hem het blikje Jupiler.

'Nee, dank u wel,' zei Derek. 'Ik drink het altijd zo. Nou ja, buiten drink ik het uit een blikje,' voegde hij er lachend aan toe. 'In de gevangenis krijg je niet zo gauw een ijskoud biertje aangeboden.'

'Je,' zei mijn vrouw. 'Zeg alsjeblieft "je".'

De tafel was gedekt, Hanna had twee kaarsen neergezet. We zouden met zijn vieren eten. Onze oudste zoon, Tim, studeerde ruimtevaarttechniek aan de TU in Delft. Die avond was er een feest, maar hij had beloofd dat hij de volgende dag wel naar de boekpresentatie zou komen. Niek, onze jongste, zat midden in zijn eindexamens en zou wel mee-eten.

Ik kan niet anders zeggen dan dat ons etentje uiterst gemoedelijk verliep. Derek L. leek zich inderdaad op zijn gemak te voelen in het gezelschap van mijn vrouw. Hij was de voorkomendheid zelve, glimlachte, zei hoe goed hem alles smaakte. Op een bepaald moment begon hij zelfs over de ingrediënten van het eenvoudige pastagerecht dat Hanna had klaargemaakt. 'Ik proef basilicum,' zei hij. 'Klopt dat?' Ik weet nog wat ik dacht. *Nou moet je het niet gaan overdrijven*, dat dacht ik. *Basilicum! Noem mij één pastagerecht waar geen basilicum in zit.*

Maar Hanna deed alsof ze de belangstelling voor haar kookkunsten als een compliment opvatte. Ze lachte naar hem, deed iets met haar haar, hield haar hoofd schuin en tuitte haar lippen.

Misschien doet ze helemaal niet alsof.

En toen kwam Niek met zijn verhaal over het eindexamen aardrijkskunde.

'Een leraar zou er moeten zijn om je te helpen,' had Derek L. gezegd, zijn mond nog halfvol. 'Niet om je tegen te werken.'

Aan het eind van het diner, tijdens de koffie met voor ons alle drie een klein glaasje cognac, had Derek L. een exemplaar van *Luchtplaats* voor Hanna gesigneerd. Niek was toen al naar zijn kamer gegaan, hij moest de volgende ochtend vroeg weer op voor zijn examen geschiedenis. Ik kon me vergissen, maar het leek wel of Hanna bloosde toen ze de opdracht las die Derek L. voor in haar boek had geschreven.

'Derek,' zei ze. 'Dank je wel.'

Nee, ik vergiste me niet, mijn vrouw keek me niet aan. Ze dúrfde me niet aan te kijken, verbeterde ik mezelf. Ze bracht het lege cognacglas naar haar lippen en zette het vervolgens weer terug op tafel. Toen klapte ze het boek zorgvuldig dicht en schoof het van zich af.

'Ik ben eigenlijk best moe,' zei Derek L., en alsof deze mededeling nog niet genoeg was, rekte hij zich ook nog eens omstandig uit.

En zo was mijn vrouw met Derek L. mee naar boven gelopen om hem de logeerkamer te wijzen. Ik ruimde de afwasmachine in. Bij mijn eigen cognacglaasje aarzelde ik even, toen liep ik ermee terug naar de tafel en schonk nog eens in.

Buiten bereik, helemaal aan het andere eind van de tafel, waar Hanna het voordat ze naar boven ging had neergelegd, lag haar door Derek L. gesigneerde exemplaar van *Luchtplaats.*

Nee, dat ga je niet doen, sprak ik mezelf toe. Ik keek nooit stiekem over Hanna's schouder wanneer ze een appje had ontvangen, ik had nog nooit een poging gedaan in haar e-mail in te breken, ik probeerde haar niet af te luisteren als ze een telefoongesprek voerde.

Ik dacht aan de volgende dag: aan de boekpresentatie, het door de uitgever aangeboden diner en ons gezamenlijke optreden in de talkshow van Hans Rombouts.

Ik leegde mijn glaasje en stond op. Ik luisterde scherp, maar er drongen geen geluiden door van boven. In twee stappen was ik bij het boek en ik sloeg het open op de titelpagina.

Ik las de opdracht. Daarna las ik hem nog een keer. Ik dacht nog heel even dat het door de cognac kwam, of misschien door mijn iets te snelle opstaan, de nog sneller genomen stappen – maar het bonzen van mijn hart had een andere reden.

HANNA

'Derek L. is tijdelijk vrij uit de gevangenis waar hij zijn straf uitzit,' zei Hans Rombouts. 'Die tijdelijke vrijlating heeft alles te maken met het boek dat hij tijdens zijn gevangenschap schreef. En wat voor een boek! *Luchtplaats* is het rauwe verslag van zijn verblijf achter de tralies. Ik praat straks met hem, en met de man die Dereks talent voor het eerst ontdekte en de hand had in zijn tijdelijke vrijlating. U kent hem waarschijnlijk allemaal: thrillerschrijver Simon Hanson. Maar nu eerst...'

Ze waren maar kort in beeld. Samen in beeld: mijn man en Derek. Gisteren tijdens het avondeten hadden Simon en ik tegenover Derek gezeten, nu zag ik ze voor het eerst náást elkaar.

Simon keek zoals hij altijd kijkt als hij op tv is: licht verveeld, alsof hij er niet helemaal bij is met zijn hoofd. Ik heb het weleens tegen hem gezegd: dat hij geïnteresseerder moet kijken, vooral als de andere gasten aan het woord zijn. En hij was me dankbaar voor de tip, zei hij. De eerstvolgende keer dat hij in een talkshow zat, zag ik hem zijn best doen. Te nadrukkelijk, het zag er eigenlijk niet uit hoe hij aan de lippen van de staatssecretaris van Sociale Zaken leek te hangen. Gelukkig was hij al na een paar minuten vergeten dat hij geïnteresseerd moest kijken en kreeg zijn gezicht weer de vertrouwde, afwezige uitdrukking.

Derek keek anders dan Simon. Of eigenlijk keek hij voornamelijk naar een van de andere gasten aan de tafel, een actrice van net achttien die over haar speelfilmdebuut kwam praten. Hij lachte zijn innemendste glimlach, haalde zijn vingers door zijn baard en stak ze vervolgens in de kraag van zijn witte overhemd om even met zijn vingertoppen over de tatoeage van de slangenkop te strijken.

Ik herkende zijn blik. Zo keek hij altijd naar vrouwen. Zo had hij ook naar mij gekeken, gisteren en vandaag, die eerste dag op het zonovergoten schoolplein.

Tim was na het diner in het restaurant weer naar Delft vertrokken. Ik zat samen met Niek op de bank. We luisterden een poosje naar een bioloog die iets nieuws over postduiven had ontdekt. Af en toe nam de camera de overige gasten in beeld. Derek deed geen moeite om te verhullen dat postduiven niet tot zijn interessegebied behoorden. Simon luisterde, zijn blik stond tenminste op luisteren, maar ik zag het waas bijna voor zijn ogen schuiven: *Blijven opletten*, hoorde ik hem zichzelf in gedachten toespreken. *Postduiven. Misschien steek je er nog iets van op. Een idee voor een boek.*

We hadden onze schoenen uitgetrokken en hingen met onze benen op de hocker achterover in de bank. Ik had Nieks hand vastgepakt en streelde die zachtjes. Hij had zijn arm om mijn schouders geslagen en speelde met mijn haar. Tijdens het diner na afloop van de signeersessie had hij weinig gezegd, en eenmaal thuis bijna niets meer.

'Maak je je zorgen?' vroeg ik. 'Over dat cijfer?'

Hij gaf niet meteen antwoord, maar wreef even met zijn vingertoppen langs zijn neus en in zijn ogen.

'Ik hoef me nergens zorgen over te maken, mam,' zei hij ten

slotte. 'Het is al klaar. Voorbij. Ik moet straks gewoon nog een jaar naar school.'

Ik wilde iets tegenwerpen, hem moed inspreken, maar ik hield me in. Geen vals optimisme. Dat zou Niek onmiddellijk doorzien.

'Die man, die leraar, die moet toch gewoon weten dat je je telefoon niet expres aan hebt laten staan?' vroeg ik.

'Zo zit hij niet in elkaar, mam. Regels zijn regels. Hij denkt niet met ons mee. Zo'n type is het.'

Ik haalde diep adem. Ik moest oppassen dat ik mijn zoon niets zou laten merken, dat mijn stem niet zou gaan trillen. 'Denk je dat het zin heeft als ik eens met die man ga praten?'

Ik wist niet precies wat me voor ogen stond. In gedachten zag ik een leeg lokaal voor me, hard tl-licht, een wereldkaart naast het schoolbord. Ik had de afgelopen jaren vaker in die lege lokalen gezeten, tijdens de zogenaamde zevenminutengesprekken. Een docent vertelde je kort over de vorderingen van je kind, verwoordde zijn zorgen. Soms ging Simon, vaker ging ik. Tot het eerste zevenminutengesprek had ik nooit geweten hoelang zeven minuten kunnen duren. Ik probeerde te luisteren, oprechte interesse te veinzen, maar uiteindelijk was er maar één gedachte die mij tijdens deze gesprekken bekroop: *Dit zijn maar zeven minuten. Je mag jezelf gelukkig prijzen. Onze jongens moeten week in, week uit urenlang naar deze mensen luisteren.*

Ja, wat zou ik kunnen bereiken? Ik kende de leraar aardrijkskunde. Je zou hem een onkreukbare man kunnen noemen, zowel letterlijk als figuurlijk. Er zat geen leven in zijn gezicht, of beter gezegd: het leek alsof het leven er geen zichtbare sporen op had achtergelaten.

Ik zou het elastiek uit mijn haar trekken, het losgooien en de leraar aankijken. Ik kende de onkreukbare mannen al langer dan vandaag. In het donker trokken ze zich af bij de smerigste fantasieën. Het duurde even voordat ik op zijn naam kwam. Meneer Veerman? Ja, dat was het, in één keer goed! Ik zou hem recht in zijn ogen moeten kijken, hem iets beloven met mijn oogopslag, iets waar zijn eigen vrouw – als hij die al had – geen trek in zou hebben. Ik hoefde het natuurlijk niet echt te doen, nee, god bewaar me, ik moest hem uitsluitend met mijn ogen duidelijk maken dat ik een vrouw was bij wie alles tot de mogelijkheden behoorde. Dat was al moeilijk genoeg. Alsof ik mijn hand ergens instak, zo voelde het, niet alleen mijn hand, mijn hele onderarm tot aan de elleboog. Daar in het donker, onder in die duistere ruimte, zouden mijn vingers iets voelen, iets warms en kleverigs waarvan ik niet meteen zou willen weten wat het was.

En het volgende moment dacht ik aan mezelf. Aan mijn gezicht, mijn ogen, mijn haar. Zou het nog wel werken? Zou de onkreukbare leraar aardrijkskunde in mijn fantasie meegaan? Of werkte zijn fantasie anders en zag hij gewoon een vrouw op leeftijd die speelde dat ze nog een meisje was?

Ik zag nu een ander beeld voor me. De verhoorruimte op het hoofdbureau. Een lege verhoorruimte, het was weekend en het bureau was nog niet eens half bemand. De camera stond in elk geval uit. Meneer Veerman kroop over de koude, betonnen vloer, en ik plantte mijn dienstwapen nog steviger in zijn nek.

Je geloofde mijn zoon niet, hè, smerig varken? Je geloofde Niek niet toen hij je in alle eerlijkheid vertelde dat hij vergeten was zijn telefoon uit te zetten. Maar dit geloof je wel, hoop ik. Deze ruimte is geluiddicht. Dit pistool kan per ongeluk afgaan zonder dat iemand het hoort. De schoonmakers zullen maandag je hersens opdweilen, smeerlap!

'Au!' zei Niek, terwijl hij met een ruk overeind ging zitten. 'Mama, wat doe je?'

'Wat? Wat is er? Wat deed ik?'

'Je kneep keihard in mijn hand. In mijn vingers, het deed echt pijn,' zei hij, terwijl hij met zijn hand wapperde en zijn vingers losschudde. 'En trouwens, wat je net vroeg: doe dat alsjeblieft niet, bij die leraar langsgaan, dat werkt alleen maar averechts. Hij lacht je in je gezicht uit. En indirect mij ook. Zo'n jongetje dat zijn moeder stuurt om het voor hem op te nemen.'

Ik weet niet eens meer precies wanneer ik het boek zag liggen. De bioloog was uitgepraat en er werd een volgende gast geïntroduceerd, we moesten nog even geduld oefenen, het lekkerste hapje werd voor het laatst bewaard: een moordenaar, samen met de bekende schrijver die zijn tijdelijke vrijlating had bewerkstelligd.

Ik wist dat het niet mijn eigen exemplaar van *Luchtplaats* was dat op het zwarte bijzettafeltje naast de bank lag. Het mijne lag nog altijd op de keukentafel, waar ik het had neergelegd nadat Derek het gisteravond tegen het einde van onze maaltijd voor me had gesigneerd.

'Het is goed,' zei ik tegen mijn zoon, terwijl ik me iets voorover boog zodat ik het boek zo onopvallend mogelijk van het tafeltje kon pakken. 'Als je dat niet wilt, doe ik het niet. Ik snap het wel, echt waar. Ik begrijp dat je te oud bent om je moeder op docenten af te sturen.'

Ik keek even opzij naar mijn zoon en sloeg het boek toen open op de titelpagina.

Voor Niek. Daarna las ik de opdracht die Derek er voor mijn zoon in had geschreven.

Mijn hart werd koud.

Ik las de opdracht nog een keer.

'Dank je,' zei mijn zoon, terwijl hij zijn hand op mijn bovenbeen legde. 'Dat is een hele geruststelling.'

SIMON

Ik kon er niets aan doen, maar ik voelde me toch een beetje als die bioloog en documentairemaker die steevast levende wurgslangen of schorpioenen meenam naar talkshows. Daar kropen de dieren over de tafel of over zijn ontblote bovenarm. 'Er gebeurt niks,' zei de bioloog, waarna hij zijn lippen tuitte om een python op zijn bek te kussen. 'Het gaat erom dat je rustig blijft. Rust, dat voelen die beesten heel goed aan.'

Dat gevoel werd nog versterkt doordat Hans Rombouts zich eerst tot mij richtte – alsof ik de begeleider was, de dierenoppasser die het dier waar het allemaal om draaide losjes meevoerde aan een riem of ketting. *Zo, vertel eens, wat heb jij voor bijzonders meegenomen uit de gevangenis, Simon* – die toon.

In een paar zinnen gaf ik hoog op van Derek L.'s schrijftalent, benadrukte het tijdelijke van zijn vrijlating. 'Toch geloof ik dat iemand met zijn talent niet achter de tralies thuishoort,' zei ik. Ondertussen zocht ik oogcontact met de presentator. Ik keek hem natuurlijk al recht aan, maar nu schoten mijn ogen kort naar links, naar Derek L.

'Is dat zo?' vroeg Hans Rombouts. Vooralsnog negeerde hij mijn stilzwijgende advies om Derek L. zo snel mogelijk bij het gesprek te betrekken. 'Moet een moordenaar met talent – talent voor schrijven, voor schilderen, voor muziek – minder streng worden gestraft, misschien zelfs wel worden vrijgelaten, zeg je net, dan een moordenaar die nergens in uitblinkt?'

Door zijn licht sarcastische ondertoon klonk het inderdaad vrij belachelijk wat ik had zitten beweren, dat moest ik toegeven. In het voorgesprek van een paar dagen eerder met een jonge redactrice was dit aspect niet eens ter sprake gekomen. Maar de presentator stond erom bekend dat hij graag zijn eigen instinct volgde en de voorgesprekken vaak in hun geheel overboord gooide.

'Ik wil alleen maar zeggen dat je die twee zaken los van elkaar moet proberen te zien,' zei ik. 'Derek L. de schrijver en Derek L. die al jaren achter de tralies zit voor zijn vergrijpen.'

'Sinds wanneer noemen we een moord een vergrijp?' vroeg de presentator. 'Ik dacht dat een moord, of ik moet eigenlijk zeggen moorden, tot de zware misdrijven wordt gerekend.'

'Niet al die misdrijven, zoals jij ze nu noemt, zijn bewezen,' zei ik. 'Derek L. zit zijn straf uit voor de zaken waarvoor hij is veroordeeld. Maar ik dacht eigenlijk dat we het hier vanavond over zijn boek zouden hebben.'

'Daar kom ik zo op. Ik wil alleen het verband tussen die twee dingen even duidelijk op tafel hebben. Je bent er zelf over begonnen, Simon. Iemand met het talent van Derek L. zou eigenlijk moeten worden vrijgelaten, zei je net. Heeft Derek überhaupt berouw? Is hij tijdens al die jaren in de gevangenis tot inkeer gekomen? Of vormt hij nog altijd een gevaar voor onze maatschappij?'

'Dat moet je niet aan mij vragen,' zei ik.

'Derek?' richtte de presentator zich tot hem, eindelijk.

Derek L. spreidde zijn armen op de tafel, draaide zijn handen met de palmen naar boven. 'Zie ik eruit als een gevaar?' zei hij. 'Zeg het maar.'

Uit het publiek in de studio steeg besmuikt gelach op.

'Heb je spijt?' vroeg Hans Rombouts. 'Zou je iets tegen je slachtoffers willen zeggen?'

Naast mij hoorde ik Derek L. diep ademhalen, alsof hij genoeg lucht probeerde te verzamelen voor een lang antwoord, dacht ik eerst, maar waarschijnlijk probeerde hij zich alleen maar te beheersen.

'Ik kan niet over alles vrijuit spreken,' zei hij. 'Sommige zaken zijn nog niet verjaard. Maar wat jij slachtoffers noemt, waren lang niet altijd mensen die een positieve bijdrage aan de maatschappij leverden, om het zo maar te zeggen. Je kunt je afvragen of ik in sommige gevallen de maatschappij niet een dienst heb bewezen door het ergste vuil voor jullie op te ruimen.'

'Het ergste vuil?'

Ik zag hoe onecht, hoe gespeeld de verontwaardiging van Hans Rombouts was. Dat deed hij wel vaker: dan dacht hij waarschijnlijk aan zijn meer dan één miljoen kijkers, gewone mensen die ook permanent verontwaardigd waren over van alles en nog wat.

'We hebben het hier nog wel gewoon over mensen, toch? Of zie ik het verkeerd?'

'Jazeker. Mensen. De nazi's waren mensen, de bewakers van de concentratiekampen: allemaal mensen. Wat hebben we met die mensen gedaan? Hebben we ze een maand vakantie op de Canarische Eilanden aangeboden om een beetje bij te kunnen komen van het dag in, dag uit doodknuppelen van onschuldigen? Of hebben we ze gegeven wat ze verdienden?'

'Dus jouw slachtoffers hebben het helemaal aan zichzelf te wijten. Ze waren allemaal zo fout als wat. Ze hadden de pech dat ze iemand als jij tegenkwamen. Iemand met gevoel voor rechtvaardigheid.'

'Ik maak vooral bezwaar tegen het woord slachtoffers.' Derek L.'s stem klonk nog altijd rustig, te rustig misschien wel. 'Waar gehakt wordt vallen spaanders. Dat kan om iemand gaan die zijn oude kameraden bij justitie heeft aangegeven of gewoon om een concurrent die ongevraagd op ons terrein is gaan opereren. Dat zie je overal in de zakenwereld. Morgen kan ik het zijn, overmorgen iemand van de concurrentie, dat is het risico van het vak. Maar ik dacht – Simon zei het net al – dat we het over mijn boek zouden hebben. Dat heb ik een paar dagen geleden uitvoerig met iemand van jouw redactie besproken. Dat het vooral over mijn boek zou gaan.'

'Daar kom ik echt nog op,' zei de presentator, en hij richtte zich vervolgens weer tot mij. 'Is het een goed idee? Vond je het een goed idee van jezelf om deze moordenaar uit de gevangenis te halen zodat hij meer boeken zou kunnen verkopen?'

'Laten we het eerst over het boek zelf hebben,' zei ik. 'Over *Luchtplaats*.'

Naast mij hoorde ik Derek L.'s stoel kraken, er was in elk geval een geluidje hoorbaar toen hij ging verzitten – meer rechtop ging zitten, zag ik uit mijn ooghoek.

'In hoeverre geef je hiermee ook je eigen carrière een nieuwe push, Simon? Is het voor jou een soort stimulans? Een boost voor je inspiratie? Het moet toch iets wezenlijk anders zijn om over misdadigers te schrijven dan om goede sier te maken met een moordenaar van vlees en bloed?'

Ik gaf niet meteen antwoord, eerst keek ik naar Derek L. Ik had deze Hans Rombouts nooit vertrouwd, ik had voor zijn programma gekozen omdat het Derek L. hoge verkoopcijfers zou opleveren, dat was waar. Het was algemeen bekend dat de presentator zelf nooit een boek las, daar had hij zijn redactrices voor. Ondertussen koos hij wel de boeken uit waar iets mee was. Met de schrijver of met het onderwerp. Incest, een voetballer die aan lagerwal was geraakt, een wielrenner met een slopende ziekte. Vervolgens wreef hij net zolang over de gevoeligste plek tot die begon te bloeden. Bij de voetballer met het drugsverleden en het regelmatige hoerenbezoek speelde hij ook al de kaart van de collectieve verontwaardiging: 'Kun jij mij uitleggen waarom we dit zouden moeten lezen? Al die onsmakelijke details, wat moeten we ermee?' Terwijl hij kort daarvoor uitsluitend op die details had ingezoomd.

'Ik maak bezwaar tegen het veelvuldige gebruik van het woord moordenaar,' zei Derek L. 'Dat weten we nu wel. Ik ben hier uitgenodigd in mijn hoedanigheid als schrijver. Voor mijn boek dat hier op tafel ligt. Maar daar hebben we het nog altijd niet over gehad.'

De presentator staarde hem aan. Er viel een net iets te lange pauze voordat hij zijn volgende vraag wist te formuleren. Hij had geen zesde zintuig voor gevaar. Hans Rombouts besefte niet dat de schorpioen over de tafel in zijn richting kroop, hem al tot op enkele centimeters was genaderd.

'Maar wat ben je dan?' vroeg hij. 'Een kruisridder die het uit ons aller naam opneemt tegen het kwaad? De ideale schoonzoon, die zijn schoonmoeder behoedt voor een verkrachting?'

Ik kon het me verbeelden, maar het leek intussen doodstil te zijn geworden in de studio. Voor de vorm legde ik mijn hand op Derek L.'s onderarm. In gedachten moedigde ik hem aan om ook de volgende stap te zetten. Er hing iets in de lucht, ik wist nog niet wat, maar daar zou ik snel genoeg achter komen.

'Ik zou het gesprek hiermee als beëindigd willen beschouwen,' zei Derek L. kalm.

Weer bleef het iets langer dan een seconde stil – te lang.

'Dat bepaal ik nog altijd,' zei Rombouts.

'Je houdt je niet aan de afspraken,' zei Derek L. 'Daarnet heb ik in de foyer heel leuk met je redactrice staan praten. Met Chantal. Ze was heel enthousiast over mijn boek, dus kreeg ik het idee dat dat de voornaamste lijn van ons gesprek zou worden. Maar ik heb me kennelijk vergist. Je bent meer geïnteresseerd in mij als een persoon die zich schuldig heeft gemaakt aan geweldsmisdrijven. Dat kan ook. Dat mag. Als dat onderwerp je zo interesseert, ben ik bereid om je nieuwsgierigheid te bevredigen.'

'Derek...' Ik legde een kalmerende hand op zijn schouder en hield ondertussen mijn andere hand voor mijn mond, omdat ik bang was dat de presentator en zijn miljoen kijkers anders de grijns op mijn gezicht zouden kunnen zien.

Hans Rombouts verschoof de papieren die voor zijn neus op tafel lagen.

'In het vrije veld zou ik je honderd meter voorsprong geven,' zei Derek L. 'Hier wil ik je uitnodigen om met mij naar buiten te gaan.'

'Simon...' begon de presentator, maar zijn stem kraakte, vervolgens viel hij helemaal stil.

'Maak je niet ongerust,' zei Derek L. 'Maak je uitzending rustig af. Na afloop gaan we samen naar buiten. Niets ernstigs. Gewoon een lesje in bescheidenheid. Maar ik zou je programma's van volgende week wel alvast afzeggen, als ik jou was.'

HANNA

Het kwam door iets wat Derek zei. Of eerder Simon. Nee, het was nog weer anders: het kwam door iets in Simons ogen toen Hans Rombouts hem vroeg of hij ooit jaloers op Derek was geweest.

'Jaloers?' zei Simon, en ik zag het in zijn blik, in hoe hij naar de presentator keek. Afgezien van het feit dat hij soms te verveeld kan kijken is Simon op tv een echte *natural*. Hij lijkt ontspannen, hij komt in elk geval ontspannen over, maar ik ken hem langer dan vandaag. Andere mensen gaan blozen wanneer ze die ontspannenheid dreigen te verliezen, Simon gaat hooguit iets meer rechtop zitten, soms knijpt hij zijn ogen even samen of doet hij een haarlok achter zijn oor. 'Waarop zou ik jaloers moeten zijn?'

'Op dat het bij hem allemaal echt is,' zei Hans Rombouts. 'Dat hij niets heeft hoeven verzinnen.'

'Ik kan Derek niets meer leren, als je dat soms bedoelt,' antwoordde Simon, terwijl hij inderdaad iets meer rechtop ging zitten, zijn ogen samenkneep en een haarlok achter zijn oor duwde. 'Eerder andersom.'

En toen draaide hij zijn hoofd naar Derek. Hij knipoogde nog net niet, maar er gebeurde wel degelijk iets toen ze elkaar aankeken. Ik zag Simon zijn uiterste best doen om níét te knipogen.

'Je kunt nog zoveel research doen, maar verzonnen verhalen zullen altijd van de echte te onderscheiden zijn,' zei Rombouts. 'Wat je in vrijheid achter je bureau opschrijft kan nooit dezelfde intensiteit hebben als iets wat op basis van eigen ervaringen is geschreven in een gevangeniscel.'

'Als je me vraagt of ik met hem zou willen ruilen, dan zeg ik: niet met zijn jaren in de gevangenis, maar misschien wel met zijn leven in vrijheid. In zekere zin is hij vrijer geweest dan wij, Hans.'

Ik kende die blik van Simon, de manier waarop hij naar Derek keek. Zo had hij mij vaak aangekeken tijdens etentjes, wanneer de echtparen bij wie we thuis waren uitgenodigd te lang doorgingen over iets. Over hun vakantie naar Thailand, hun oudste zoon die cum laude was afgestudeerd, het tweede huis dat ze hadden gekocht, een tweede huis dat niet eens hun tweede maar hun derde huis was. Je hebt mensen die geen maat weten te houden, ze geloven oprecht dat dit alles ook voor anderen interessant zou kunnen zijn. Simon schopte me nooit onder de tafel, hij keek me alleen maar aan. *Tijd om afscheid te nemen*, zei hij met zijn ogen.

Later vond ik de echtparen die ons te eten hadden uitgenodigd terug in zijn boeken. Redelijk goed vermomd uiteraard, maar ook weer niet te goed, het was alsof hij het ze indirect alsnog wilde inpeperen dat hij zich stierlijk had verveeld in hun gezelschap. 'Het geeft niet, lieve schat,' zei hij tegen mij. 'Ze herkennen zichzelf echt niet. Ze houden het eenvoudigweg niet voor mogelijk dat een goede vriend als ik ze op deze manier, zo natuurgetrouw, zou afschilderen in een boek. De grootste kans is dat ze denken dat het over anderen gaat. Over de Morsmannen bijvoorbeeld, of de Langevelds, die zijn tenslotte nog vervelender dan zij.'

Eerst had Simon een blik met Derek gewisseld, daarna had hij Hans Rombouts recht aangekeken en hem bij zijn voornaam aangesproken.

'Wat doe je, mama?' vroeg Niek toen ik van de bank opstond.

'Ik moet even boven kijken,' zei ik. 'Volgens mij staat de droger nog steeds aan. Ben zo terug.'

Ik holde nog net niet de trap op, maar ik zette er stevig de pas in, probeerde een tempo aan te houden dat als normaal kon worden beschouwd.

Wij hebben een inloopkast in onze slaapkamer met aan weerszijden allemaal laden boven elkaar. Ik pakte een stoel en klom erop. Met mijn vingers voelde ik in de bovenste lade aan mijn kant van de kast.

Het was weg. Mijn dienstwapen lag er niet meer. Ik ging op mijn tenen staan en voelde nog een keer, dieper, zo ver als ik kon komen in de lade. Maar eigenlijk wist ik het al. Ik had het al geweten toen ik Simon zo had zien kijken.

'Mam, je hebt wat gemist,' zei Niek toen ik weer beneden kwam.

'Ja,' zei ik, zonder dat het echt tot me doordrong wat hij tegen me zei. In mijn hoofd werd de ene gedachte razendsnel verdrongen door de volgende. Iemand bellen, was een van die gedachten. Naar het hoofdbureau bellen, mijn eigen afdeling, het nummer dat dag en nacht bereikbaar bleef. Of nu zo snel mogelijk naar de studio. Op de fiets kon ik er zijn voordat de uitzending was afgelopen.

'Weet je wat Derek daarnet zei?' vroeg mijn zoon. 'Hij zei tegen die vent, tegen die Hans Rombouts, dat hij zijn uitzendingen voor volgende week beter kon afzeggen.'

'Ja,' zei ik.

'Hij zei dat hij hem na afloop van de uitzending mee naar buiten zou nemen. Je had de kop van die Rombouts moeten zien! Stijf van de zenuwen. Hij zat de hele tijd stom te lachen. Hij dacht dat hij een pak rammel zou krijgen. Mam, luister je?'

'Ja,' zei ik. 'Ik luister.' Dit was niet helemaal de waarheid. Ik hoorde Nieks woorden maar niet de inhoud.

'En toen,' zei Niek, 'toen zei Derek: "Je hoeft niet zo benauwd te kijken. Het was maar een geintje. Maar je geloofde het wel, hè? Geef het maar toe, je geloofde het."'

Ik hoorde het enthousiasme in Nieks stem, zag zijn ogen gloeien van opwinding – van bewondering.

'Zo tof,' zei hij. 'Echt, hij durft gewoon.'

II

DEREK

Ik was niet als de leeuw die ze na een half leven in gevangenschap weer uitzetten in de vrije natuur. De leeuw aarzelt. Hij maakt niet meteen een grote sprong naar buiten, hij snuffelt eerst nog een beetje aan de tralies, aan het droge gras dat ze op de bodem van de kooi hebben neergelegd, rekt zich nog een keer langzaam uit. Hij wil eigenlijk niet, daar komt het kort gezegd op neer. In feite rekt hij tijd. Wanneer we een leeuw zien in de dierentuin, voelen we vooral medelijden. Zo'n trots en wild dier in zo'n klein verblijf, hij kan amper twintig passen zetten, tot aan de vijver en terug. En dan moet hij die beperkte ruimte ook nog eens delen met andere leeuwen, geen wonder dat hij de hele dag ligt te slapen, hij weet niet meer wat leven is.

Maar wanneer we goed kijken naar leeuwen in de vrije natuur, dan zien we dat die ook niet zo bar veel uitvoeren. Ja, in natuurfilms zien we ze vooral in actie. De natuurfilmer heeft niets aan slapende leeuwen. Hij wacht net zolang tot de leeuw achter dat ene afgedwaalde zebraveulen aan gaat. Altijd een veulen, of anders een ziek exemplaar. De les hier is dat de leeuw niet te veel moeite wil doen. Waarom zou hij zich bovenmatig inspannen als hij met drie of vier sprongen een zieke zebra de halsslagader kan doorbijten?

Alle dieren zijn lui. Luiheid is de enige levenshouding, luidt de boodschap van de natuur. En wat hebben wij mensen met die boodschap gedaan?

Ook de eerste mensen voerden niet al te veel uit. Ze liepen van de ene plek naar de andere, plukten af en toe een noot of wat bessen. In mijn verbeelding lopen ze nooit snel, waarom zouden ze ook, er is weinig te doen, het is ergens anders niet per se interessanter. Bij slecht weer, bij kou, storm of sneeuw schuilen ze in grotten. Daar doden ze de tijd met rotstekeningen maken. Tijd zat, naar het aantal tekeningen van herten, mammoeten en buffels te oordelen. Af en toe jagen ze op dieren, met de nadruk op af en toe. Een beetje buffelvlees voor de afwisseling.

Waren ze gelukkig? Dat is altijd de moeilijkste vraag. Ik denk eigenlijk dat ze zich daar niet mee bezighielden. Mijn leven lijkt meer op het leven van de jagers en verzamelaars dan op dat van de meerderheid van de huidige mensheid. Ook ik eet alleen wanneer ik honger heb, verder lig ik voornamelijk op de bank of op een strand. Ik kijk naar de golven, als ik het te heet krijg neem ik een duik, zwem een paar slagen en draai me om. Daar zie ik het strand en mijn ligstoel. Daar ligt mijn leven, denk ik dan. Het is een gevoel dat bijna altijd met een geluksmoment gepaard gaat.

Maar ik let altijd heel goed op, ook dat heb ik gemeen met de jagers en verzamelaars. Zij moesten op hun hoede zijn voor een in de bosjes verstopte sabeltandtijger. Terwijl ik watertrappelend meedein op de golven, laat ik mijn blik over het strand gaan. Ligt er iemand in de buurt van mijn ligstoel die er niet echt uitziet als een vakantieganger? Loopt er een man in zwembroek zogenaamd achteloos naar de vloedlijn om een beetje slecht geacteerd voor zich uit te gaan staren? Onder in de strandtas, met mijn zonnebrand, een boek en mijn zonnebril, ligt mijn blaffer.

Ik ga nooit te ver de zee in. Ik moet binnen een halve minuut bij die strandtas kunnen zijn.

Het is niet zo dat ik ongevoelig ben. Eerder het tegendeel. Mijn overgevoeligheid zit me soms in de weg. In het interview met de journaliste heb ik er een beetje omheen gepraat, maar ik kan er echt niet goed tegen als ze kinderen hebben. Liever weet ik helemaal niets van ze. Ik liep een keer met een man het bos in. Hij liep voorop, ik hield hem onder schot. Ik kende hem niet, zag hem die dag voor het eerst. 'Heb je kinderen?' vroeg ik hem in een moment van zwakte. 'Heb je een vrouw? Een vriendin?'

Het kwam door dat bos. Het was herfst. Overal die rode en gele bladeren en alle kleurschakeringen daartussenin. Ik zag een eekhoorn een boom in schieten. Ik hoorde de bladeren onder onze voeten. Het was het verhoogde bewustzijn. Ik kende deze toestand maar al te goed. Het komt door de adrenaline. Je ziet alles, elk detail. Het was een Nederlands bos, je hoort altijd wel ergens een autoweg of een trein. Of er komt een vliegtuig over. Met het verhoogde bewustzijn komt de overgevoeligheid. Ik kan er de klok op gelijkzetten. Ik zie de mooie dingen – de kleuren van de bladeren, de eekhoorn – en tegelijkertijd maken die mooie dingen me droevig. Niet sentimenteel. Ik weet niet eens precies waaraan ik denk op zo'n moment. Het is misschien juist dat het hoofd helemaal leeg is. Dat je ogen en je oren alles opnemen omdat er vanbinnen zoveel lege ruimte is. Ik kijk naar de eekhoorn en ik zíé hem. Ik zie hem echt. Wat een schoonheid, denk ik. Wat een prachtige wereld waarin er zoiets moois als een eekhoorn kan bestaan.

Hij moest pissen. 'Kan ik even pissen?' vroeg hij. 'Ik hou het niet meer.' Ik zei niet: je kunt het net zo goed nog even ophouden, over vijf minuten hoef je nooit meer te pissen. Nee, ik ben van de rituelen. Van een waardig einde. Een laatste gesprek. Een laatste sigaret. Het is hoe dan ook het einde, je hoeft ze niet ook nog eens te vernederen.

Ik liet hem pissen, daar begon het mee. Hij ging een beetje half achter een boom staan, met zijn rug naar me toe. Eerst lukte het niet. Ik stak een sigaret op. Ik keek om me heen of ik de eekhoorn nog ergens zag. Toen begon het te klateren. Een echte straal, maar zonder kracht. Alsof je een glas water omkeert, meer was het niet. Ik zag de damp van de bladeren opstijgen. En ik rook iets. Er zijn bepaalde geuren die de ontmenselijking versnellen. Ik begon mijn geduld te verliezen. Niet alleen zag ik de eekhoorn nergens, ik had opeens ook schoon genoeg van al die mooie herfstkleuren. Ik wilde naar huis. Ik wilde misschien nog wel het liefste naar bed. Gordijnen dicht, donzen dekbed over mijn hoofd.

Het duurde even voordat ik doorhad dat hij stond te huilen. Ik dacht eerst nog dat hij de laatste druppels aan het afschudden was, maar er waren allang geen druppels meer. Iets hield me tegen om het op dat moment te doen. Ik kon hem nu makkelijk in zijn rug of in zijn knieën schieten en het daarna afmaken, maar ik deed het niet. 'Wat is er?' vroeg ik. 'Heb je spijt? Een beetje laat voor spijt, vind je zelf ook niet?' Ik hoorde mezelf praten, alsof ik het niet zelf was maar iemand anders. Het had geen enkele zin, het waren zinloze woorden. Het heeft geen enkel nut om iemand die er straks niet meer is spijt te laten betuigen.

Toen moest hij opeens nog meer. 'Ik hou het niet,' zei hij. Voor ik er iets aan kon doen, had hij zijn broek tot zijn knieën getrokken en was hij neergehurkt. Zo veel mogelijk achter de boom, maar toch nog veel te goed in het zicht.

Dit keer ging het sneller. Er was opnieuw damp. Een nieuwe geur, die me nog kwader maakte. Ik moest hier weg. Weg uit dit bos. Maar een kakkende man door zijn hoofd schieten, dat ging ik niet doen, dat wist ik van mezelf. Ik wendde mijn blik af toen hij een handvol bladeren pakte.

'Hoe zit het?' vroeg ik dus, toen we verder liepen. 'Heb je een vrouw? Een vriendin? Kinderen?' Ik had hem een sigaret aangeboden en ik vermeed het om naar zijn hand te kijken toen hij hem aanpakte. In een film is dit zo'n moment; ze hebben nog een laatste onwaarschijnlijke plotwending nodig om het verhaal tot een goed einde te breien. In een seconde van onoplettendheid wordt het personage met het pistool overmeesterd. Nu zijn de rollen omgedraaid. In het echte leven zijn die plotwendingen er doorgaans niet. Het einde is ook echt het einde. Misschien gaat dat te snel voor een avondvullende speelfilm, maar daarvoor zijn we hier ook niet, om het bioscooppubliek met onverwachte wendingen te vermaken.

Nee, hij had geen vrouw, wel een soort van vriendin. Geen kinderen. Ik haalde opgelucht adem, nog altijd door mijn mond, zoals ik dat vanaf het moment dat hij achter de boom neerhurkte was gaan doen. Ik kneep mijn ogen even stijf dicht en deed ze toen weer open in de hoop het bos terug te krijgen, de herfstkleuren weer te zien. Maar ik was een bepaald punt gepasseerd waarvan geen terugkeer meer mogelijk was. Geen kinderen! dacht ik. Waar ben je geweest? Wat heb je met je leven gedaan?

Hij huilde niet meer. Hij haalde alleen zo nu en dan de rug van zijn hand langs zijn neus. De hand waarmee hij de bladeren bijeen had geraapt. Er was iets opgeschoven ter hoogte van zijn broekriem, ik durfde eerst niet goed te kijken maar toen deed ik het toch: er was een streep lichtbehaarde witte huid zichtbaar. Hij had de sweater niet goed over zijn broek getrokken na het kakken. Ik keek nog een keer, en ik zag nu ook nog iets anders, een verticale streep, donkerder dan de huid. Het begin van de bilnaad, dacht ik het volgende moment, en ik voelde opnieuw een onredelijke woede in me opkomen. Die woede was niet goed, wist ik. Wie woedend de afwas doet, zal meerdere glazen breken. Ik knipperde met mijn ogen, richtte mijn blik op de toppen van de bomen, de blauwe lucht en het zonlicht dat door de takken heen viel, in een laatste wanhopige poging om mijn kalmte te herwinnen. Maar het was sterker dan ik, mijn blik werd weer naar het donkere begin van de spleet toe getrokken. Hij had zich met bladeren afgeveegd, bedacht ik. Misschien maar half. Het was te weerzinwekkend om lang bij stil te blijven staan. Boven het geluid van onze schuifelende voeten in het bladerdek uit hoorde ik mijn tanden knarsen.

Ik had het me zoals gezegd anders voorgesteld. Een waardig einde. Een laatste sigaret. Ik zou hem laten knielen. Misschien zou hij me smeken om zijn leven te sparen. Maar hij zou in elk geval niet met een smeekbede over zijn kinderen op mijn geweten kunnen werken, dat zou me tenminste bespaard blijven. Ik dacht aan die scène in een van de eerste films van de gebroeders Coen. *Miller's Crossing*. Een man smeekt op zijn knieën om zijn leven, in net zo'n bos als dit. Ik denk wel vaker aan filmscènes, dat maakt wat ik doe gemakkelijker, legt er een glans overheen. Aan *Goodfellas* nog wel het vaakst. Maar ook aan *Casino*, *The Departed* en *The Irishman*. In *Goodfellas* stoppen ze iemand in de kofferbak van een auto. Ze denken dat hij al dood is en daarom gaan ze rustig een bord pasta eten bij de moeder van Joe Pesci. Wat is al dat bloed? vraagt die moeder. We hebben een hert aangereden, antwoordt Robert de Niro.

Ik had deze vent ook in de kofferbak laten plaatsnemen en was zo met hem naar het bos gereden. Hij wilde eerst niet. Logisch, maar ik kon niet anders. Ik heb me zelfs tegenover hem verontschuldigd. 'Ik ben alleen,' zei ik. 'Ik kan je niet op de achterbank laten zitten. En ook niet voorin. Dat is gewoon geen goed idee. Ik kan dat risico niet nemen.'

Maar hij wilde nog steeds niet. 'Ik kan dat echt niet,' zei hij. 'Ik ben claustrofobisch. Heb je niet een stuk touw of zo? Kun je me niet vastbinden zodat ik op de achterbank kan liggen?'

Maar ik had geen stuk touw. Terwijl ik hem onder schot hield, ben ik toen snel in de auto gedoken, aan de passagierskant, en heb ik een warm blikje cola en een al aangebroken zakje M&M's uit het dashboardkastje gepakt. 'Hier,' zei ik. 'Dit is voor jou, als je nu tenminste rustig in de kofferbak klimt.' Hij keek nog altijd bedenkelijk, maar hij nam het blikje en de M&M's wel aan. 'Het is niet ver,' zei ik. 'Het is maar een klein stukje. Geloof me, ik zal je niet laten stikken.'

In *Miller's Crossing* heeft de smeekbede succes. Het personage dat de trekker moet overhalen beleeft een moment van zwakte en laat de in het bos voor hem neerknielende man gaan. Natuurlijk komt die vent later terug om wraak te nemen. Hij kent op zijn beurt geen genade. Laat nooit iemand gaan, is de moraal van de film.

Ik keek weer omhoog, naar de takken van de bomen die zwart afstaken tegen de blauwe lucht, als op een Japanse prent, tot het pijn deed aan mijn ogen. Ik kneep ze nog eens stijf dicht en deed ze weer open, struikelde bijna omdat ik vergat naar de grond te kijken. Weer keek ik om me heen, ik vocht uit alle macht tegen de aandrang om naar het witte, behaarde stuk huid en het donkere begin van zijn bilspleet te kijken. Als op datzelfde moment de eekhoorn zijn ondeugende kopje om de stam van een boom had gestoken was het anders gelopen, ik weet het zeker. Zo'n klein beestje, zo mooi gemaakt, die slimme oogjes en die rode staart, zo snel als hij langs een boomstam omhoog kan schieten. We waren nog niet ver genoeg van de weg, tussen de bomen zag ik nog altijd mijn auto geparkeerd staan, als ik achteromkeek.

We moesten dieper het bos in. Daar zou ik hem laten knielen en hem zijn laatste sigaret laten roken. Het waardige einde. Maar er was niets waardigs aan de man die net zijn gat met herfstbladeren had afgeveegd en vervolgens zijn sweater veel te slordig had aangetrokken.

Ik had ooit iets met een meisje dat in een studentenhuis woonde waar een muizenplaag woedde. De muizen waren overal, met drie of vier tegelijk liepen ze over het aanrecht, tussen de kruimels op de broodplank en over de vuile borden. Toen ik het deksel van de overvolle vuilnisbak opendeed om de resten van ons ontbijt erin te schuiven, zochten vijf muizen in paniek een veilig heenkomen. Twee muizen vielen uit de bak op de grond. Ik deed een stap opzij en voelde het meteen, iets zachts onder mijn tenen, een geluidje alsof er ergens een takje afbrak. *Krak*. Ik tilde heel langzaam mijn voet op, ik wilde het eigenlijk niet zien, het liefst wilde ik tot in de eeuwigheid zo blijven staan, met de dode of mogelijk slechts gewonde muis onder mijn tenen. Ik kneep mijn ogen dicht en tilde toen toch langzaam mijn voet op. Het muisje lag in een vreemde knik. Hij bewoog zijn pootjes maar kwam nauwelijks een millimeter van zijn plek. Op het fornuis stond een koekenpan, waarin een van de studenten zo te zien eieren had gebakken. *Uit zijn lijden verlossen*, zeggen we op zo'n moment, maar ik wilde het gewoon niet meer zien, ik voelde dezelfde onredelijke woede als bij de aanblik van de witte onderrug en de donkere bilspleet. Ik haalde de trekker over. Een schot klinkt altijd onwaarschijnlijk hard in een stil herfstbos, je denkt dat iedereen het zal horen. Hij viel voorover in de bladeren, begon te schreeuwen terwijl hij heftige bewegingen met zijn benen maakte, maar je kon goed zien dat de coördinatie al niet meer honderd procent was, iets in de verbinding tussen ledematen en hersenen was doorgesneden. 'Hou je kop, viezerik!' riep ik, en ik schoot nog een keer in zijn rug. De muis was er na één klap met de koekenpan geweest, maar ik sloeg nog een keer, en nog eens, tot het platte hoopje muis onherkenbaar was. Ik wist niet meer wie ik uit zijn lijden verloste, de muis of mezelf. Ik vermoedde toen al dat ik de half verlamde, bloedende en machteloos over de keukentegels kruipende muis nooit meer van mijn netvlies zou kunnen branden – en dat vermoeden is waarheid geworden.

Nu boog ik me over de man en schoot hem van dichtbij in zijn nek en daarna nog een keer in zijn achterhoofd. Ik was de controle kwijt, nog net bijtijds wist ik me te bedwingen en niet mijn hele magazijn op zijn hoofd te legen. Reservepatronen had ik niet meegenomen, die lagen nog in het dashboardkastje van de auto, nooit loste ik meer dan één schot. Eén schot recht in het voorhoofd was afdoende.

Toen werd het stil. Zo stil als het alleen maar kan worden in een bos waar net vier schoten hebben weerklonken. De knallen weerkaatsten tussen de bomen, kwamen als een echo terug. Ik maakte me er zorgen over. Bij één schot denken mensen nog aan een jager. Bij vier denken ze in eerste instantie aan vuurwerk. Dat is altijd zo, alle getuigen van een afrekening hebben het over vuurwerk. Omgekeerd denken ze bij vuurwerk zelden aan een liquidatie. Ik keek om me heen, kneep mijn ogen samen en tuurde dieper het bos in om te zien of er misschien iemand op het geluid van de schoten was afgekomen – en op hetzelfde moment zag ik de hond. Een grote hond was het, ik heb niet echt verstand van hondenrassen maar dit was onmiskenbaar een golden retriever. Met grote sprongen kwam hij op me af en toen hij me tot vijftig meter was genaderd, verstevigde ik mijn greep op het pistool in mijn broekzak.

Hopelijk was het niet nodig, ik ben niet van het doodschieten van dieren. Over het algemeen ben ik goed met honden. Sommige zien me meteen als hun vriend, andere begrijpen dat ze geen geintjes met me moeten uithalen. Hun haren gaan rechtovereind staan omdat ze in mij een dier herkennen. Ze ruiken dat ik verder van de mensen af sta. Ik blijf ze strak aankijken. 'Sta!' roep ik met vaste stem. 'Blijf waar je bent.'

Er kwam een keer een hond op me af stormen van een boerenerf, ik was een jaar of vijfentwintig, toen wist ik nog niet dat ik deze kracht in me had. Ik wees met mijn wijsvinger naar een plek tussen zijn ogen. 'Blijf staan!' zei ik met vaste stem. Het meisje van de muizenkeuken was erbij. We waren op de fiets, kwamen langs de boerderij, en terwijl het meisje probeerde aan de hond te ontkomen door harder te trappen, zette ik mijn fiets stil en stapte af. Naast dat ik probeerde te voorkomen dat de hond ons allebei zou verscheuren, wilde ik ook indruk op haar maken. 'Blijf staan! Stil!' zei ik, en ik wees met een priemende wijsvinger naar de hond. Die vinger deed het hem. Die vinger en mijn toon, die duidelijk maakte dat ik geen tegenspraak duldde. Zijn bek viel letterlijk open. Ik zag zijn roze tong, kwijl viel op het asfalt, zijn scherpe tanden, die hij nog geen halve minuut geleden in onze enkels had willen zetten.

Ik geef het toe: ik was bang. Maar ik was sterker dan de hond. Je hoort dat honden angst kunnen ruiken, maar deze hond rook niks. 'Ik dacht dat hij ons allebei zou doodbijten,' zei het meisje later snikkend. 'Derek, het spijt me zo. Ik vind het zo erg dat ik op de vlucht ben geslagen.'

Ik zei niets. Ik genoot van mijn heldenrol. Later vertelde ze het verhaal wel tien keer: aan haar ouders, aan haar vrienden en vriendinnen. Ik zat erbij en ik genoot, haalde mijn schouders op. *Wat had ik anders moeten doen? Het had niets om het lijf.* Een kat begrijpt instinctief dat een leeuw van een andere orde is. Te hoog gegrepen. Zo voelde ik het. Ik wilde niets liever dan het morgen opnieuw proberen.

De golden retriever was een jonge hond, speels – kwispelend kwam hij op me af en stak zijn kop tussen mijn benen. 'Jaja,' zei ik. 'Hondje is lief. Wat een mooie, lieve hond ben jij!' Ik boog me voorover om hem aan mijn hand te laten ruiken, wat hij deed zonder zijn tanden erin te zetten, en daarna krabbelde ik hem boven op zijn kop. Ondertussen tuurde ik in de richting waaruit hij was komen aanlopen.

'Kira!' Een vrouwenstem. 'Kira!'

En het volgende moment zag ik ze, een vijftigtal meter verderop tussen de bomen: een echtpaar, groene halflange wandeljassen, rubberlaarzen, kakikleurige hoedjes zoals sportvissers die wel dragen.

'Hier,' zei ik. De golden retriever (Kira!) had zijn kop tussen mijn benen uit gehaald en zijn neus in de lucht gestoken. Daarna was hij in een rechte lijn naar de plek gelopen waar de man voorover in de bladeren lag. Hij snuffelde eerst aan de enkels, liep vervolgens langs het lichaam omhoog naar het hoofd en begon toen zachtjes te janken. 'Hier, Kira, kom maar...'

Ik omklemde het pistool in mijn broekzak, schoof met mijn duim de veiligheidspal naar achteren en deed een paar grote stappen in de richting van het naderende echtpaar. 'Kom maar, Kira,' zei ik. 'Kom maar. Hij is hier,' riep ik. 'Uw hond is hier.'

Ik versnelde mijn pas, en daar waren ze. Er was daar een pad, ze stonden naast elkaar.

'Goedemiddag!' zei ik zo opgewekt mogelijk, zonder mijn hand uit mijn broekzak te halen. Ik keek achterom. 'Waarschijnlijk een konijn,' zei ik. 'Hij is vast achter een konijn aan gegaan.'

'Ze,' zei de vrouw.

Ik keek haar aan. Ze had een lief gezicht; rimpels, geen make-up – het soort gezicht dat nauwelijks op zal knappen van make-up, dat beter naturel kan blijven, dat weet ze zelf ook.

'Kira is een vrouwtje,' zei ze.

'Wij hoorden net knallen,' zei de man. 'Schoten, kan ik beter zeggen.'

'Ja, die heb ik ook gehoord,' zei ik. 'Ik weet niet, kinderen met vuurwerk misschien. Ik bedoel, ik heb ze niet gezien, maar het was hier vlak achter.'

Het zou ongeloofwaardig zijn als ik had gezegd dat ik niets had gehoord. Ik gokte erop dat deze twee brave wandelaars zoals alle oorgetuigen van schietpartijen en liquidaties de knallen in eerste instantie als vuurwerk zouden interpreteren – maar ik gokte verkeerd.

'Dat denk ik niet,' zei de man. 'Ik heb bij de commando's gediend, ik kan de knal van een rotje wel van een schot onderscheiden.'

'Peter zei meteen: "Daar wordt geschoten,"' zei de vrouw.

'U dacht misschien aan jagers?' vroeg ik. 'Ik geloof niet dat hier gejaagd mag worden. Bovendien is het niet het seizoen, als ik het goed heb.'

'Geen jagers,' zei de man, terwijl hij me strak aankeek. 'Een jachtgeweer heeft een heel andere knal. Dit waren pistoolschoten.'

Ik keek naar zijn gezicht. Het had iets onverstoorbaars, té onverstoorbaar naar mijn smaak, als een te zware ordnerkast die je nooit in je eentje van zijn plaats krijgt. Je hebt rechtlijnige mensen, en je hebt mensen wier rechtlijnigheid in de vorm van hun gezicht is gaan zitten. Zo'n gezicht had deze gepensioneerde commando: zijn wenkbrauwen vormden één horizontale streep, de vouwen en rimpels in zijn wangen liepen recht naar beneden. Terwijl hij me zwijgend aankeek, liepen zijn lippen evenwijdig aan zijn wenkbrauwen, met onderaan nog een stukje volkomen rechte kin. Zijn gezicht was verdeeld in vakken, als een pagina van een kasboek, een kruiswoordpuzzel, een parkeerterrein.

'Pistoolschoten?' vroeg ik, en ik probeerde een lach. 'Nou, dat lijkt me sterk. Wie loopt er nou een beetje in een bos met een pistool in het rond te schieten?'

Het was op dat moment dat de hond het pad op kwam stuiven en tegen de vrouw opsprong. 'Kira!' zei ze. 'Daar ben je. Rustig maar. Rustig.'

Ik weet niet of zij en haar man het toen ook al zag, ik zag het in elk geval meteen: onderaan de bek van de hond en rond zijn neus kleurde zijn vacht rood van het bloed. Ik dacht op dat moment aan DNA. Hoelang zou het duren voordat de recherche erachter kwam dat het geen konijnenbloed betrof?

'Wacht eens even, Anneke,' zei de man, en hij deed een stap naar voren. 'Kira, kom hier. Kom bij de baas.'

Ik had er opeens schoon genoeg van. Bovendien had ik honger en moest ik pissen. Die ochtend had ik alleen een kop koffie genomen. Ik wist hier in de buurt een eetcafé met de beste uitsmijters ten oosten van Amsterdam. Daar had ik me op verheugd toen ik de man in de kofferbak had laten stappen. Ik had toen al een leeg en hol gevoel in mijn maag, maar die lege maag hield me scherp. Het zou snel voorbij zijn, had ik me voorgesteld. Na afloop zou ik drie eieren eten. Drie eieren met ham en een dikke laag gesmolten kaas. Daarna mocht ik inzakken.

'Ga op jullie knieën zitten,' zei ik tegen het echtpaar, en ik trok mijn pistool uit mijn broekzak. 'Jullie handen achter in je nek. Blijf vooral rustig. Als jullie rustig blijven, gebeurt er niks.'

Bij het horen van mijn stem draaide de hond zich van de vrouw af en kwam naar me toe. 'En jij,' richtte ik me tot de excommando. 'Roep je hond bij je en maak hem vast. Je hebt toch wel een riem bij je, mag ik hopen?'

Ik was op dat moment tot alles bereid. Nee, er zou niets gebeuren, als het aan mij lag niet. Maar je moet wel te allen tijde tot alles bereid blijven, anders gelooft niemand je. Daarom richtte ik mijn pistool nu op de kop van de hond, die aan mijn enkels snuffelde. 'Rustig, Kira,' zei ik. 'Braaf. Je bent braaf.'

Maar ik had me voor niets zorgen gemaakt. Met een abrupte beweging wendde de hond zich van mij af en begon luid blaffend en kwispelend om zijn baasjes heen te rennen, die inmiddels naast het pad in de bladeren waren neergeknield. Voor Kira was er gewoon een nieuw spelletje begonnen.

En in zekere zin had de hond natuurlijk gelijk.

Het was pas tijdens zijn laatste bezoek, een paar weken voor mijn weekendverlof, dat Simon Hanson mij de vraag stelde. We zaten in de gemeenschappelijke bezoekersruimte, er was veel lawaai, echtgenotes hadden de kinderen meegenomen en die renden tussen de tafeltjes door als waren ze in een pannenkoekenhuis. Simon leunde over ons tafeltje heen, fluisterde bijna.

'Heb je trouwens...' begon hij, toen pauzeerde hij even en keek om zich heen. 'Dit is gewoon iets wat ik je wilde vragen, ik hoop dat we elkaar goed begrijpen.'

Ik zei niets, keek hem afwachtend aan.

'Heb je misschien...' vervolgde hij. 'Heb je nog – ik hoop dat ik duidelijk genoeg ben –, oude rekeningen openstaan?'

Nu was het mijn beurt om om me heen te kijken.

'Oude rekeningen?' Het was het beste om me van de domme te houden. Hoe minder ik zei hoe minder er later tegen mij gebruikt zou kunnen worden.

'Nou, ik bedoel eigenlijk...' zei Simon. 'Je zit hier natuurlijk niet voor niks. Iemand heeft je verlinkt, is gaan praten of werkte met justitie samen, ik weet hoe die dingen gaan.'

Hij trommelde met zijn vingers op het tafeltje, keek even opzij naar een kind dat bijna tegen hem aan botste. Daarna richtte hij zijn blik op een punt ter hoogte van mijn borst.

'Ik dacht: misschien wil je iets doen,' vervolgde hij. 'Tijdens het weekendverlof. Wil je dingen, eh... rechtzetten.'

Wie was deze schrijver eigenlijk? vroeg ik me nu voor het eerst af. Wie was Simon Hanson? Ik had een paar van zijn boeken gelezen. Daarin stak hij zijn sympathie voor gewelddadige misdadigers niet onder stoelen of banken. In de meeste thrillers was het de politie die aan het langste eind trok. Een geschifte of alcoholistische rechercheur lost de zaak op terwijl ze heel wat zorgen heeft als alleenstaande moeder: de zorg voor een autistische transgenderdochter, een vluchteling die haar probeert te verkrachten omdat de verhoudingen tussen mannen en vrouwen nou eenmaal anders liggen in zijn land van herkomst, een lieve landschapsarchitect op wie ze verliefd is geworden. Zo niet in de boeken van Simon Hanson. Een Amsterdamse wethouder Kunst en cultuur besluit schoon schip te maken. Een voor een rekent hij af met beeldend kunstenaars, acteurs, theaterregisseurs en schrijvers die een beroep doen op het toch al beperkte cultuurbudget van de gemeente. Hij maakt daarbij een zorgvuldige selectie: alleen de kunstenaars met te weinig talent worden uit de weg geruimd. Hij zoekt ze thuis op, houdt daar een lang betoog over de onevenredige druk die de betreffende kunstenaar op het totale budget uitoefent. Vervolgens schiet hij ze door het hoofd, verdrinkt ze in hun eigen bad of elektrocuteert ze achter de coulissen van hun laatste mislukte theatervoorstelling.

Joris Barman, zo luidt de naam van de wethouder, keert in meerdere boeken terug. Hij heeft de perfecte vermomming: zijn informele kleding – slobbertruien, spijkerbroeken –, de linkse praatjes die hij op recepties en galerieopeningen afsteekt, en ondertussen leest hij thuis Nietzsche en fantaseert hij over een wereld waarin uitsluitend de kunstenaars die over een 'innerlijke kracht' beschikken het recht hebben om te overleven. Niemand die hem verdenkt, al kruipt hij soms door het oog van de naald. Ronduit meesterlijk vond ik de balkonscène in *Nacht over de stad*. Op het Boekenbal in de Stadsschouwburg spreekt de wethouder een schrijver aan die al maanden in de top tien van De Bestseller 60 staat. Die schrijver heeft dat boek kunnen schrijven dankzij een werkbeurs van het zogenaamde Letterenfonds. Dat staat ook nog steeds voor in zijn boek: 'Dit boek kwam mede tot stand dankzij een werkbeurs van het Letterenfonds.' Daar spreekt de wethouder hem op aan. Wordt het niet eens tijd om dat geld, of anders in elk geval een deel ervan, terug te betalen nu het hem zo voor de wind gaat?

De schrijver sputtert tegen. Dat zijn twee zaken die je los van elkaar moet zien, zegt hij. Eerst was er de werkbeurs en daarna kwam het succes van het boek.

Ja, maar het staat nog steeds op de colofonpagina, dat je dat boek dankzij een flink subsidiebedrag hebt kunnen schrijven, zegt de wethouder. Dankzij gemeenschapsgeld dat door werkende mensen wordt opgehoest. Ik vind het gewoon een verkeerd signaal. De mensen zien je nu rijden in je mooie auto en door de stad lopen in je dure maatpakken. Waarom heeft die vent subsidie nodig? vragen ze zich af. En terecht.

Het is al ver na middernacht, op het balkon van de Stadsschouwburg is nog een enkele feestganger te vinden die daar even een sigaretje wil roken. De schrijver en de wethouder staan er, tegen de balustrade geleund, allebei een Gauloises zonder filter weg te paffen. De wethouder kijkt om zich heen, in een hoekje staat alleen een tachtigjarige schrijver te tongen met de zestienjarige dochter van een collega. Het is een riool, overpeinst Joris Barman. Niet alleen dit feest, de hele stad. Wie een rattenplaag bestrijdt, moet bij de nesten beginnen, eerst het ergste vuil opruimen. Barman ziet zijn kans schoon. Je bent niet meer dan een profiteur, zegt hij tegen de schrijver die weigert de werkbeurs terug te betalen. Je hebt je vette, hebberige hand in de pot met gemeenschapsgeld gestoken. Dan grijpt hij de schrijver onverwachts vast en kiepert hem in één keer over de balustrade. Bij de deur van het balkon loopt Barman de vrouw van de schrijver tegen het lijf. *De weduwe*, verbetert hij zichzelf in gedachten. Snel, we moeten naar beneden! zegt hij tegen haar. Je man is met zijn dronken kop op de balustrade geklommen en toen is hij gevallen.

Kort na de begrafenis krijgt de weduwe argwaan. De wethouder bezoekt haar thuis. Wat hij daar met haar doet zal ik niet verklappen, misschien zijn er mensen die *Nacht over de stad* nog niet hebben gelezen. Het knappe van het boek is dat je volledig met het personage van de wethouder meegaat, dat je je eenvoudigweg niet kan voorstellen hoe Joris Barman anders had kunnen handelen.

En nou vroeg de schepper van dit personage of ik nog oude rekeningen open had staan, of er misschien zaken waren die ik recht wilde zetten.

'Dat kan,' zei ik, om tijd te winnen. 'Dat zou kunnen.'

'Ik heb eraan zitten denken,' zei hij. 'We hebben drie dagen – nou ja: eigenlijk bijna vier – en drie nachten. Donderdagavond eet je bij ons thuis. Vrijdag hebben we de boekpresentatie, het etentje met de uitgever en 's avonds de tv. Zaterdag heb je vrij. Vanaf vrijdagnacht heb je in feite al vrij. We hebben dus tot zondagmiddag, wanneer ik je weer terug moet bezorgen.'

Ik zei niets.

'Het zou kunnen dat je op een van die vrije dagen of avonden een oude rekening wilt vereffenen,' vervolgde Simon Hanson.

'Ik zou daar alle begrip voor hebben. We gaan samen. We kunnen ergens wat eten, iets gaan drinken in een club. Als er maar genoeg getuigen zijn die ons in die tijdsspanne samen hebben gezien. Ik ben je alibi. Je waterdichte alibi. Hij is al die tijd bij mij geweest, zal ik zeggen.'

SIMON

Ik heb geen werkkamer. Geen speciale routines of eigenaardigheden. Wanneer ze bij ons voor de deur de straat openbreken en met drilboren aan de slag gaan, werk ik gewoon door. Ik vraag mijn vrouw niet of ze even buiten kan gaan informeren hoelang die herrie gaat duren. *Mijn man kan zo niet werken. Hij is schrijver.* Nee, er zijn geen geluiden, geen luchtjes, geen brandweersirenes die mij van mijn werk kunnen houden. Hoe minder hang-ups je hebt, hoe meer je op een dag gedaan krijgt. De enige die mij van mijn werk kan houden ben ikzelf. Ik kan een dag geen zin hebben. Goedbeschouwd heb ik nooit zin. Geen enkele dag. De schrijvers die beweren dat ze met een brede glimlach en handenwrijvend van plezier aan hun bureau zitten, vertrouw ik voor geen meter. Ze schrijven doorgaans ook te blije boeken. Boeken waarin ze zichzelf feliciteren met hun vondsten en metaforen, met hun vergezochte woordkeus in vrijwel elke zin. Het zijn schrijvers die hun eigen boeken in de weg staan, de lezer er het zicht op ontnemen. Ze geven de lezer de kans niet om bij het verhaal te komen. *Hier sta ik. Ik. Ik. Ik.* Als de lezer om de schrijver heen probeert te kijken, heeft het verhaal zich al schielijk uit de voeten gemaakt.

Er is geen plezier. Het is een klusje dat je maar het beste zo snel mogelijk achter de rug kunt hebben. Ik kijk op de klok. Ik geef mezelf anderhalf uur. Alsof ik een kast ga opruimen. Zo heb ik schrijven altijd gezien: als het opruimen van rommel, het aanvegen van een binnenplaats, het uit- en opnieuw inruimen van een afwasmachine. Er komt iets bij, je voegt iets aan de wereld toe, iets wat er eerst nog niet was. Maar je ruimt vooral iets op, je maakt schoon wat eerst nog vies was, je maakt vrij baan voor je eigen woorden.

Ik zit midden in de keuken aan tafel. Ik kijk naar buiten, naar de fietsers, de hardlopers, de mensen die hun hond uitlaten, de bomen van het park aan de overkant. Als ik vandaag nou eens oversla? fluistert een stem me in. Waarom ga ik niet naar buiten? Een wandeling door het park, of verder, de stad in op de fiets, een bezoek aan een boekwinkel, een broodje halfom en eentje met tartaar met uitjes, een hardgekookt ei en mayonaise, een film in een bioscoop. Ja, zo denk ik elke ochtend; ik ben mijn eigen baas, ik kan mezelf een dag vrijaf geven. Maar ik doe het nooit. Ik weet dat het beter voor me is om aan het werk te gaan.

Het is zoals wanneer je op het strand ligt en je het steeds warmer krijgt. Het binnenste van je hoofd voelt aan als een ongeluchte kamer waar ook nog eens een raam klemt. Je weet dat je moet gaan staan, dat je naar het water toe moet lopen – maar je stelt het moment nog even uit. En dan sta je plotseling op. Je kan niet eens zeggen dat je een besluit hebt genomen: het opstaan is er eerder dan het besluit. Je staat op uit je ligstoel en loopt naar het water. Het is koud, het is altijd koud, de eerste golf spoelt om je knieën, de pijpen van je zwembroek. Je kunt naar de ligstoel terugkeren om weer te gaan liggen, om nog duffer en warmer te worden. Wat ik hier vooral wil benadrukken is dat ik nooit ben teruggekeerd nadat ik eenmaal tot aan mijn knieën in het water stond. Nooit. Het kan nog even duren voordat je je met je hele lichaam in de golven stort, maar uiteindelijk gaat dat toch echt gebeuren, de uitkomst stond al vast op het moment dat je opstond van je ligstoel.

En dan gebeurt het. Inderdaad, het gebéúrt. Opnieuw is er van een besluit geen sprake. Iets doet je voorover storten, meteen ook in z'n geheel, je hoofd boort zich in een omkrullende golf. Een ijzige kou, het suizen in de oren, maar de kou is al na een paar seconden voorbij. Je komt boven water, je trekt je natte haar naar achteren, wrijft in je ogen, en je kijkt. Je kijkt in de eerste plaats naar de ligstoel waar je daarnet nog lag. De ligstoel voelt nu al als een vorig leven. Zojuist lag je daar nog, amper een minuut geleden, maar je was een ander. Nu is het perspectief honderdtachtig graden gedraaid. Je ziet jezelf nog net niet lui en vadsig liggen, als een aangespoelde potvis die ze met kettingen en vijf tractoren weer terug de zee in moeten zien te slepen. Meestal heeft de potvis al te lang op het strand gelegen, zijn eigen gewicht heeft zijn longen samengeperst, het is al te laat, zijn leven zal hier eindigen. Je kijkt naar je ligstoel, naar de kleurige handdoek die erop ligt, je rugzak met daarin een boek, je telefoon, je zonnebril, en dan pas kijk je naar de achtergrond: de ene keer een boulevard met huurappartementen – over de balustrades van de balkonnetjes hangen nog meer kleurige handdoeken te drogen – de andere keer uitsluitend rotsen, gele, zo goed als kale rotsen, alleen aan de bovenkant groeien een paar distels. De rotsen of de appartementen op de boulevard plaatsen jouw aanwezigheid op dit strand in perspectief. Je bent hier in elk geval gewéést, je kunt ook wegzwemmen en nooit meer naar de ligstoel terugkeren. Een voor een zullen de strandgangers huiswaarts keren, de verhuurder van de ligstoelen is al begonnen de lege ligstoelen op elkaar te stapelen. Hij zal het zijn die jouw handdoek en rugzak aantreft. Onmiskenbaar een verlaten handdoek, een verlaten rugzak. Even knijpt hij zijn ogen samen, er verschijnt een peinzende uitdrukking op zijn gezicht terwijl hij naar de horizon tuurt. *Het zal toch niet?* Maar de horizon geeft zijn geheim niet prijs, hij biedt slechts golven en nog eens golven, hooguit één enkel wit zeil in de verte, van een late zeilboot die nog voor het donker de haven probeert te bereiken.

Zo is het. Zo gaat het. Je verplaatst jezelf. Je verandert het perspectief, waardoor je plotseling niet meer naar de horizon kijkt maar naar jezelf. Naar je vorige zelf, beter gezegd, naar de plek waar je daarnet nog lag en waar je in een impuls bent weggegaan.

Schrijven is in wezen niet anders. Je begint met 'ik', maar die ik ben je niet zelf. Die 'ik' is degene die in het water ligt en overweegt of hij naar zijn ligstoel terug zal keren of naar de horizon zal zwemmen.

Toen ik nog maar net schrijver was werkte ik al drie jaar aan hetzelfde boek. Iets klopte er niet. Het was niet eens slecht, al had ik er inmiddels wel een gruwelijke hekel aan gekregen, alsof ik elke dag opnieuw in dezelfde pan stond te roeren, een gerecht dat onder mijn ogen bedierf en begon te stinken, de maden kropen tegen de zijkanten van de pan op en er zat niets anders op dan ze weer terug te duwen.

We woonden toen in een benedenhuis. De kinderen waren nog klein. Op een avond ging ik het huisvuil buiten zetten. Het gebeurde nadat ik de zak had neergezet. Ik draaide me om en zag mijn huis. Ons huis. De gordijnen waren nog open, binnen brandde licht. Ik zag Hanna bij de eettafel, ze tilde Niek van zeven maanden net uit zijn kinderzitje, onze tweejarige Tim zat op de bank voor de tv. Ik deed een paar passen opzij. Ik stond buiten in het donker, niemand van binnen kon me zien staan, en keek naar mijn gezin, naar mijn huis. Het straalde warmte en geborgenheid uit, maar in datzelfde huis bevond zich ook het boek waarin ik was vastgelopen. Ik deed nog een stap dichterbij, voorzichtig, ik wilde niet dat mijn vrouw of een van de kinderen mij zou zien, zou schrikken van mijn donkere silhouet voor het raam.

Je hoorde verhalen over mensen – over mannen vooral – die tegen hun vrouw zeiden dat ze even een pakje sigaretten gingen kopen om vervolgens nooit meer terug te keren. Zo was ik niet. Ik hield van Hanna, van mijn beide zoons. Maar ik realiseerde me wel iets anders toen ik daar voor het raam naar binnen stond te kijken. De schrijver Simon Hanson zou altijd thuisblijven. Hij zou gezellig blijven lachen aan het ontbijt, zijn kinderen naar school brengen, zijn vrouw meenemen naar haar favoriete restaurant en daarna naar de film. Het zouden mijn personages worden die een pakje sigaretten gingen kopen en nooit meer terugkeerden. Of beter gezegd: mijn personages, die was ik zelf, maar dan in de variant die een pakje sigaretten ging kopen.

In het ene na het andere boek leefde ik mijn duisterste fantasieën uit. Een vervelende buurman ruimde ik uit de weg. Als ik de buurman de volgende dag tegenkwam op straat, groette ik hem vriendelijk – vriendelijker dan anders. Ik wist immers dat hij al dood en begraven was. Dat er een voortijdig einde aan zijn zinloze bestaan was gekomen. Daar was niets duisters aan. Het voelde vooral als een opluchting, ik had er vrede mee dat deze mensen in het echt gewoon bleven voortbestaan, zolang ik ze in mijn boeken een kogel door het hoofd kon jagen of ze op andere wijze behulpzaam kon zijn bij het betreden van een andere wereld waarin ik geen last meer van ze zou hebben.

De afgelopen maanden was er voor het eerst iets begonnen te knagen. Ik leefde me opnieuw uit, ochtend na ochtend aan de keukentafel, soms hoorde Hanna me grinniken, dan wist ze meteen hoe laat het was. 'Heb je er weer een te grazen genomen?' vroeg ze. Ze verwachtte nooit een antwoord, ze zou het later wel lezen, dat was iets waar ik me elke keer weer het meest op verheugde. Ik wilde er altijd bij zijn, het liefst lag ik naast haar in bed, en als ik haar dan hoorde lachen, vroeg ik meteen: 'Ja, wat? Wat is er zo grappig?'

Met mijn laatste boek had ik hetzelfde gedaan. De aanzet tot mijn laatste boek, moet ik zeggen, een pagina of veertig, vijftig. 'Eerlijk zeggen wat je ervan vindt,' zei ik.

Na vijftien minuten had ik Hanna nog niet één keer horen lachen. Ik hees mezelf overeind in de kussens, keek met een schuin oog hoe ver ze al was. Ik hield het niet meer uit. Ik stond op en ging naar de wc, maar in plaats van daarna naar de slaapkamer terug te keren, liep ik de trap af naar de keuken. Daar dronk ik een glas water, trok de deur van de ijskast open, deed hem weer dicht. Ik voelde me als een aanstaande vader uit vroeger tijden, die op de gang van het ziekenhuis moest afwachten of het een jongen of een meisje zou zijn.

Toen ik na een halfuur de deur van de slaapkamer opende, zag ik het meteen aan Hanna's blik. Ze zat meer rechtop dan hoe ik haar daarnet had achtergelaten.

'Ik moest eerlijk zijn, zei je toch?' zei ze. 'Nou, kom maar naast me liggen. Maar ik waarschuw je, ik denk niet dat je het leuk vindt wat ik je ga zeggen.'

Dat was een paar maanden geleden. Nu reden we door nachtelijk Amsterdam. De klok op de kerktoren tegenover het Tropenmuseum gaf middernacht aan. Derek L. had het pistool uit het dashboardkastje gehaald, trok de veiligheidspal naar achteren en schoof hem toen weer terug.

‘Wat zullen we doen?’ vroeg ik op een zo luchtig mogelijke toon. ‘Eerst maar eens een biertje ergens? Dat hebben we toch wel verdiend.’

Er waren meerdere mogelijkheden. Meerdere hippe cafés die nog een uur of langer openbleven. We reden langs Louie Louie en De Biertuin, linksaf waren Botanique en Basquiat, bij het stoplicht naar rechts Bukowski en La Cervecería, rechtdoor Kuijper en The Rose Garden.

‘Bestaat Elsa’s nog?’ vroeg Derek L., terwijl hij het pistool weer in het dashboardkastje legde.

Ik had een vermoeden. Ik zag mezelf voor me, over een paar maanden. Opnieuw zou ik naast mijn vrouw in bed liggen. Misschien zou ze ook nu niet moeten lachen bij het lezen van mijn manuscript. Nee, ik vermoedde dat ik eerder zou horen dat ze haar adem af en toe inhield. Daarna zou ze het manuscript wegleggen en zich naar me toe draaien.

‘Eerlijk zijn, hè,’ zou ik zeggen, dit keer uitsluitend voor de vorm. ‘Als je het niets vindt, wil ik dat ook graag horen.’

‘Niets?’ zou Hanna zeggen. ‘Níéts?’ Ze zou diep ademhalen, misschien zou ze een eerste traan uit haar ooghoek wegpinken. ‘Dit is het beste wat je ooit hebt geschreven, Simon.’

HANNA

Vijf minuten na het einde van de uitzending probeerde ik voor het eerst Simons nummer – zijn telefoon ging niet één keer over maar ging direct naar voicemail. Natuurlijk, sprak ik mezelf moed in, iedereen moet zijn telefoon uitzetten tijdens tv-opnamen. Wellicht is hij vergeten om hem na afloop weer aan te zetten.

Ik belde nog een keer, en daarna nog eens. Elke vijf minuten belde ik. Op het schermpje van mijn telefoon zag ik de tijd. Middernacht. Het begin van een nieuwe dag. Niek was ondertussen naar zijn kamer gegaan. Hij had maandag en dinsdag weer examens, ik moest bekennen dat ik vergeten was in welke vakken. Ik kon het hoofdbureau bellen. Mijn eigen afdeling, maar een zwaar misdrijf kon je dit onmogelijk noemen. Nog niet, verbeterde ik mezelf. Ik kon het kenteken van onze auto doorgeven. Het volgende moment realiseerde ik me dat ik dat helemaal niet wist. Ik zou het eerst ergens op moeten zoeken.

De Range Rover was een bevlieging van Simon geweest. Of nee, geen bevlieging, een 'onverantwoorde uitgave', zo noemde hij het zelf. Na zijn eerste bestseller gingen we op zoek naar een groter huis. We zetten geld opzij voor de kinderen. We kochten een tweede huis in Barcelona. 'Allemaal goed en wel,' zei hij. 'Allemaal heel verstandig. Maar ik wil ook nog iets anders doen met al dat geld. Ik wil het ook over de balk kunnen smijten.'

Aanvankelijk had hij me proberen te interesseren voor de folders. In die folders reden de Range Rovers met veel opspattend water door doorwaadbare plaatsen in rivieren of raasden in een wolk van rood uitgelicht stof door de Sahara. 'Wat vind je?' vroeg hij. 'Glimmend zwart of mat? Een open dak?'

Op de website van het automerk stond een programma waarmee je met een paar muisklikken je ideale model kon samenstellen, waarna je het driehonderdzestig graden kon laten draaien. 'Deze velgen?' vroeg hij. 'Of toch deze?' Ik probeerde interesse te veinzen, maar ik zag het verschil niet. Alleen in prijs. Van het ene type velgen kon een middelgroot gezin een maand rondkomen, van het andere type twee maanden.

En dat geen verschil zien beperkte zich niet tot de velgen. Wanneer Simon mij ergens af kwam halen, of wanneer hij geduldig stond te wachten op het parkeerterrein van de supermarkt, moest ik altijd heel lang zoeken voor ik hem eindelijk zag. Ik zag alleen maar auto's. Ik wist nog net dat die van ons groot en zwart was, maar daar bleef het wel bij. Dan stapte hij uit en zwaaide – maar nooit meteen, hij liet me eerst een minuut of vijf spartelen met mijn gebrekkige kennis van auto's.

In mijn werk was het een handicap. Ik voelde me als de sollicitant die met een brilsterkte van min elf bij de luchtmacht probeert te komen. Op de laatste avond voor het landelijk examen van de politieacademie scrolde ik urenlang door een site met te koop aangeboden tweedehandsauto's. Na een uur wist ik me ongeveer twintig procent van de merknamen en de bijbehorende logo's te herinneren. Om vier uur 's ochtends had ik een score van negentig procent en hoofdpijn. Om acht uur deed ik examen en slaagde met een negenenhalf. Daarna zakte de hoofdpijn snel weg – en daarmee ook mijn kennis van automerken.

Er waren nog andere redenen waarom ik ervan afzag het hoofdbureau te bellen. De eerste en misschien wel doorslaggevende reden was het dienstwapen. Hoe had ik dat thuis opgeborgen? Kennelijk kon een ander – mijn eigen man, bedacht ik, en ik voelde mijn gezicht snel warmer worden – er makkelijk bij, wist iemand waar het lag. Wilde ik dat de zwarte Range Rover door vijf politie-Golfjes zou worden klemgereden, waarna de inzittenden met getrokken pistool zouden worden gesommeerd om met de handen boven het hoofd uit te stappen? Plat op hun buik op de rijbaan te gaan liggen?

Nee, ik moest het anders doen. Tot nu toe was ik de enige die wist dat mijn dienstwapen niet meer op zijn vaste plek lag. Er waren nog geen strafbare feiten gepleegd. Derek had een bekende tv-presentator in zijn eigen talkshow een beetje zitten dollen, meer stelde het niet voor. Nu was hij met mijn man op stap om van zijn tijdelijke vrijheid te genieten. Dat had Simon ook al aangekondigd. Dat ze na afloop nog ergens wat zouden gaan drinken.

Ik opende de app *Zoek mijn*. Onmiddellijk verschenen er vier puntjes op de kaart van Amsterdam, dicht bij elkaar: mijn eigen telefoon en die van Niek in zijn kamer boven, plus de iPads van Simon en mij. Ik verplaatste de kaart, zoomde uit en vond een vijfde puntje in Zuid-Holland, in het centrum van Delft om precies te zijn, dat was de iPhone van Tim. Maar daar bleef het bij. Geen zesde puntje in Amsterdam of omgeving. Met twee vingers vergrootte ik opnieuw de kaart. Hoe ver konden ze zijn gekomen in iets meer dan een halfuur?

Terwijl ik koortsachtig nadacht over het bericht dat ik op

zijn voicemail zou kunnen inspreken, drukte ik nogmaals op Simons nummer. Zijn telefoon ging deze keer niet eens naar voicemail. Een andere stem, een onbekende vrouwenstem, zei: 'Dit nummer is momenteel niet bereikbaar.'

Ik liep naar het raam en trok het gordijn een klein stukje open. Ik was me ervan bewust welke valse hoop me naar het raam had gedreven. Wat ik zou willen zien, namelijk dat onze zwarte Range Rover om de hoek zou verschijnen. We zouden nog wat drinken met zijn drieën. We zouden lachen om het angstige gezicht dat Hans Rombouts had getrokken – ook al had ik dat gezicht niet met eigen ogen gezien en moest ik afgaan op de beschrijving van Niek.

Maar de straat bleef leeg. Er was alleen het licht van de straatlantaarns, reflecterend op het vochtige asfalt. Ik bleef nog even staan, deed het gordijn niet meteen weer dicht. Vroeger bleef ik nooit te lang voor het raam staan, zelfs niet overdag. Ik dacht altijd aan een potentiële verkrachter die net voorbij zou kunnen lopen en een mentale aantekening zou maken: mooie vrouw op eerste verdieping. Nu zou die aantekening eerder zijn: eenzame vrouw, misschien gescheiden, niet zo jong meer. De verkrachter zou waarschijnlijk doorlopen.

Ik trok het gordijn dicht en staarde naar het schermpje van mijn telefoon. Elk moment kon dat nu oplichten, hield ik mezelf voor. Bovenin zou Simons naam verschijnen. Ik zou opnemen.

'Ik weet niet,' had Simon gezegd toen hij me een tijdje geleden een niet al te dik manuscript had overhandigd. 'Je moet me beloven dat je eerlijk tegen me bent. Ik heb het gevoel dat ik mezelf herhaal. Dat ik dit al eerder en beter heb gedaan.'

Elk jaar verscheen in dezelfde maand een nieuw boek van hem. De andere uitgevers hielden er rekening mee. Die maand was voor Simon Hanson, niemand zou ook durven. Elk boek legde het bij voorbaat af tegen de nieuwe Hanson. Hij had ook een vaste maand waarin hij aan een nieuw boek begon. Een vaste datum. Op de eerste van die maand begon hij aan iets nieuws. Niet op de tweede of de derde, en al helemaal niet op de dertigste of de eenendertigste van de maand ervoor. Nee, precies op de eerste.

Na een maand of twee vroeg hij me om de eerste hoofdstukken te lezen. Toen hij zei dat hij het gevoel had dat hij zichzelf herhaalde hoorde ik iets in de toon van zijn stem. Zoiets had ik in de afgelopen tien jaar nog nooit gehoord. Meestal was hij nog opgetogen na twee maanden, het zuchten en steunen begon doorgaans pas in de laatste fase. Dan kwam het boek hem de neus uit. Kreeg hij zin in iets nieuws. Hij moest oppassen dat hij het einde van het oude boek niet afraffelde. Vaak genoeg gebeurde dat toch. Bij meer dan negentig procent van de thrillers wordt het einde te gehaast geschreven, daarom blijven lezers vaak zo teleurgesteld achter. Met een leeg gevoel in de maag, alsof ze net een dubbele hamburger hebben verorberd maar nu alweer honger hebben. 'Geeft niks,' zei Simon als ik hem voorzichtig liet weten dat ik het einde een beetje onwaarschijnlijk vond. Te makkelijk. Alsof hij alle plotlijntjes aan elkaar had geknoopt, het geheel als een vuilniszak had dichtgesnoerd en met een plofje in de vuilcontainer had laten vallen. 'Volgende keer beter.'

En ik zag het ook aan zijn gezicht wanneer hij in een talkshow over het afgeraffelde boek zat te praten. Het droop zogezegd van dat gezicht af dat hij alle interesse in dat 'oude' boek inmiddels had verloren. Dat hij het liever over zijn volgende boek zou willen hebben. 'We zullen het einde natuurlijk niet verklappen,' begon de presentator van dienst voorzichtig, 'maar...' 'Nee, alsjeblieft niet,' zei Simon dan snel. 'Geen spoilers graag!'

Maar de spoiler was niet het al dan niet verklappen van het

einde. De spoiler was het einde zelf.

Ik heb het gevoel dat ik mezelf herhaal. Ja, dat had hij tegen me gezegd toen hij me het manuscript overhandigde. Hij dekte zich als het ware in tegen kritiek. Dat had hij niet eerder gedaan. Misschien had ik de signalen niet goed opgepikt, had ik moeten begrijpen dat het enige wat een schrijver die zegt dat hij het gevoel heeft dat hij zichzelf herhaalt wil horen, is dat hij zichzelf niet herhaalt. Zeker van zijn eigen vrouw.

Dat was dus ook het enige wat ik tegen hem had moeten zeggen, begreep ik veel te laat. *Nee hoor, je herhaalt jezelf hier en daar hooguit een beetje, maar toch weer op een andere manier. Je weet toch elke keer weer een nieuwe invalshoek te vinden om jezelf te herhalen.*

Dat had ik moeten zeggen. Ik dacht aan die beroemde schrijver die had gezegd: *Mezelf herhalen? Maar wie kan ik anders herhalen dan mezelf?*

Ik dacht toen dat Simon behoefte had aan de waarheid. Dat de waarheid hem goed zou doen.

'Dat met die kunstenaars zonder talent, dat heb je nu wel erg vaak gedaan,' zei ik. We lagen, ieder met een glaasje wijn, naast elkaar in bed; ik hoefde hem niet de hele tijd recht aan te kijken. 'En ook beter. In het begin is dat nog verrassend: een wethouder Kunst en cultuur die op eigen houtje het talentloze kunstenaarsbestand uitdunt. Bij het eerste boek was dat verrassend. Bij het tweede boek willen de lezers graag meer van hetzelfde, dat hoef ik jou niet te vertellen. Bij het derde wordt het een formule. Je voert een poppenspeler op als personage en de lezer weet meteen dat die poppenspeler eraan gaat. Omdat hij geen talent heeft, omdat hij denkt te kunnen wegkomen met slechte voorstellingen. Het is toch maar voor kinderen, denkt de poppenspeler. En in wezen heb je natuurlijk een punt dat zo iemand het niet verdient om te leven, maar omdat je het al zo vaak hebt gedaan, is er niets verrassends meer aan.'

Simon dronk ondertussen wat sneller van zijn wijn dan gebruikelijk. Ik keek opzij en zag hem naar me glimlachen, hij knikte, alsof hij mijn kritiek beaamde.

'Ja, ja,' zei hij. 'Dat snap ik. Maar ik heb niet eerder een poppenspeler opgevoerd. Weet je nog op Koninginnedag, toen Tim en Niek nog klein waren? Die poppenspeler bedoelde ik. Die man kon helemaal niks. Onze jongens begonnen te huilen, want het was wel eng. Dat doen de poppenspelers zonder talent, iets eng maken zodat die kinderen gaan gillen. Maar het was eng op niks af. Ik had die vent destijds al uit zijn poppenkast moeten trekken. Maar dat doe je natuurlijk niet in een beschaafde buurt met allemaal mensen die hun wangen met Nederlandse vlaggetjes hebben beschilderd. Je gaat zo'n poppenspeler niet ten overstaan van kleine kinderen een pak rammel geven. Hoewel ik me later vaak heb afgevraagd of ze misschien toch gewoon hadden geapplaudisseerd. Weet je wel, alsof het erbij hoorde. Dat denken mensen vaak, dat iets erbij hoort. Een komiek zakt in elkaar op het podium en het publiek denkt dat het een onderdeel van de voorstelling is. Het blijft nog minutenlang door lachen, terwijl de komiek dat gelach al niet meer kan horen, hij is dood. Begrijp je wat ik bedoel? Die poppenspeler heeft onze kinderen de stuipen op het lijf gejaagd. Weet je nog dat ze later nooit meer naar poppenkastvoorstellingen wilden? Dat is zo fijn aan schrijven. Destijds was ik te laf of te lui om die vent uit zijn kast te trekken. Maar het had er wel degelijk bij gehoord. In een rechtvaardige wereld krijgt zo'n lul het pak slaag dat hij verdient, terwijl de kinderen applaudisseren. In mijn boek heeft hij dat pak rammel alsnog gekregen. Veel te laat. Maar beter laat dan nooit.'

Simon schonk zijn glas nog eens bij, in zijn enthousiasme goot hij de helft over de rand. Wie was ik om hem dat te ontnemen? Ik kon het zo laten, maar ook ik had me destijds groen en geel geërgerd aan de gemakzucht van die poppenspeler. Ik begreep Simon wanneer hij zei dat de man jaren later eindelijk zijn verdiende loon kreeg, zij het slechts op papier, op de pagina's van een boek. Een boek dat ongetwijfeld ook wel weer een bestseller zou worden. De mensen slikken alles, ook de minder geslaagde boeken. *Volgende keer beter.* Dat waren al vaker de woorden van deze schrijver van haastig afgeraffelde boeken geweest.

Ik had het er dus bij kunnen laten. Ik had hem in de waan kunnen laten dat zijn nieuwe boek in aanzet veelbelovend was. Dat ik met spanning uitzag naar het vervolg. Maar nee, als ik hem nu zou zeggen dat hij zich geen zorgen hoefde te maken, dat hij op het goede spoor zat, dan zou hij misschien denken dat ik hem niet meer serieus nam. Dat het me eigenlijk niks kon schelen.

'Die poppenspeler, oké,' zei ik. 'Die kan nog wel, al heb je het vaker en beter gedaan. Die schrijver die over het balkon van de Stadsschouwburg wordt gekieperd, dat was destijds helemaal in de roos. Dat vinden lezers fijn om te lezen. Een profiteur die zijn verdiende loon krijgt. Maar wat je echt niet meer moet doen dat zijn die leraren. Ik bedoel die leraar. In elk boek zit er wel een. Daarmee laat je jezelf te veel in de kaart kijken. Lezers kunnen daarop afknappen. Is hij daar nou nog steeds niet overheen? zullen ze denken. Het is gewoon een beetje kinderachtig, Simon, ik zeg het maar gewoon zoals ik het vind. Je hebt gezegd dat ik eerlijk tegen je moest zijn.'

Ik wist niet wat ik kon verwachten. Hij zou in de verdediging kunnen schieten. Aan de leraar vasthouden zoals hij zich aan de poppenspeler had vastgehouden. Er was dan niks meer wat ik voor hem kon doen. Het was tenslotte *zijn* boek. Misschien was er nog niet eens zoveel aan de hand, hield ik mezelf voor. Hij zou een minder boek publiceren. So what? Volgende keer beter.

'Ja, ja,' zei hij, en hij bracht zijn lege glas naar zijn mond. Ik zette me schrap. 'Het is misschien inderdaad een beetje te veel van hetzelfde,' zei hij, terwijl hij zijn glas weer liet zakken en afwezig voor zich uit staarde. Ik zag het aan zijn blik, aan zijn ogen die bijna droevig stonden, als de ogen van een hond die zijn baasjes met hun koffers bij de buitendeur ziet staan. *Blijf. We komen zo weer terug.* Maar de hond weet wel beter. Het is niet de eerste keer dat hij ze met koffers ziet vertrekken.

Hij is afscheid aan het nemen van de leraar, dacht ik. Het is de rouwverwerking. Hij keek alsof het ergens pijn deed, diep vanbinnen.

'Het is natuurlijk wel heel goed geschreven,' schoot ik hem te hulp. 'Ik zag die man helemaal voor me. Zo zielig, zo'n verschrikkelijke figuur. Maar ik had sterk de indruk dat je diezelfde leraar al eerder hebt gebruikt. In een ander boek, ik weet even niet welk.'

Simon had de eerste jaren van zijn middelbareschooltijd op het Montessori Lyceum gezeten. Er waren een paar vrienden uit die tijd die hij zo nu en dan nog zag. Die vrienden hadden allemaal geen werk, ze konden niet op eigen benen staan. De een schilderde slechte schilderijen die niemand hebben wilde. Een ander had een winkeltje in tweedehands spulletjes dat anderhalve dag in de week open was (BEN EVEN WEG, stond er op de overige dagen te lezen op een bordje dat hij aan de deur had gehangen). Een derde leurde al sinds zijn achttiende met een filmproject over fabrieksarbeiders in de Vogezen. 'Er is een producent geïnteresseerd,' zei hij de laatste keer dat hij bij ons was komen eten. We hadden beiden al uren zitten gapen, maar de vriend pikte deze signalen niet op en ontkurkte ongevraagd nog een vierde fles wijn. 'Het gaat nu echt gebeuren. Deze documentaire móét gewoon gemaakt worden.' Dat zei hij nu al decennia. 'Ik dacht dat hij nooit weg zou gaan,' zei Simon, terwijl we ver na middernacht de afwasmachine inruimden. 'Ik word gek van die fabrieksarbeiders. Waarom gaat hij zelf geen werk zoeken?'

De leraren van het Montessori had hij allemaal weleens in een boek opgevoerd. De Bevlogen Leraar. De Verwarde Lerares. Het Onderwijsbeest (zo noemde de betreffende geschiedenisleraar zichzelf, als in: 'Ik ben een echt onderwijsbeest.'). De leraar handenarbeid die zijn handen niet thuis kon houden wanneer hij de meisjes uitlegde hoe ze hun van klei geknede theepotten in de oven konden bakken. De leraar Engels die verslaafd was aan zijn eigen voorleesstem: een heel uur per week besteedde hij aan het integraal voorlezen van *Alice in Wonderland*, zo hoefde hij geen lessen voor te bereiden.

En nu nam Simon dus afscheid van de leraar in zijn laatste, nog onvoltooide boek. Zo gemakkelijk ging dat dus, dacht ik aanvankelijk nog. 'Dank je wel,' zei hij tegen me. 'Ik ben blij dat je zo eerlijk tegen me bent geweest. Er is verder echt niemand in mijn directe omgeving die dat nog durft. Ik denk weleens dat het ze allemaal niets kan schelen. Kaftje eromheen en de boekwinkels in. Het verkoopt toch wel, redeneren ze waarschijnlijk – en terecht.'

Daarna was het grote rondhangen begonnen. Zijn middagen op de sofa met de tv op een van de betaalzenders met onbeperkt voetbal. Zijn rondjes hardlopen waarbij hij steeds langer wegbleef. Zijn sluiptochten naar het vriesvak en de ijskoude shotjes Grasovka.

Ik voelde me schuldig. Ik had het gevoel dat ik hem iets wezenlijks had afgepakt. Simon bleef steeds later op. Wanneer ik aankondigde dat ik naar boven ging, zei hij dat hij zo zou komen. 'Alleen nog even de samenvattingen kijken,' zei hij, en vervolgens lag ik een halfuur in bed te wachten. Een uur. Ik probeerde het niet op wachten te laten lijken door een boek te lezen, maar na dat uur merkte ik dat ik de eerste alinea op pagina honderdachtentwintig inmiddels voor de dertigste keer overlas. Het ging daar bovenaan die pagina over een personage dat George heette, iemand van wie ik bij god niet meer wist wie het was. Ik zou terug moeten bladeren naar het begin, de voorafgaande bladzijden moeten afspeuren naar de naam George. Maar daar had ik de energie niet voor. Waarom komt hij niet naar boven? dacht ik. Waarom gaat hij niet gelijk met mij naar bed? Zoals vroeger, nog maar een maand geleden. George sloop gewapend met een hamer een donkere hotelkamer binnen, er lag iemand onder de dekens, wist hij. Een man die Malcolm heette. En ik besefte dat ik nu toch echt zou moeten terugbladeren omdat ik ook geen idee meer had wie Malcolm was. Ik realiseerde me ook nog iets anders: ik kon alleen lezen als Simon naast me lag. Of beter gezegd: ik kon de concentratie die je voor het lezen van een boek nodig hebt alleen opbrengen wanneer ik de nabijheid van zijn warme lichaam voelde, zijn ademhaling hoorde terwijl hij ook af en toe een bladzijde omsloeg. Soms draaide ik me naar hem toe, streek met mijn vingertoppen over zijn lichtbehaarde buik, stak mijn pink in zijn navel. We hadden geen woorden nodig. Hij legde zijn boek weg en deed zijn bril af.

Maar sinds ons gesprek over zijn manuscript bleef hij dus steeds langer beneden, alsof hij hoopte dat ik al sliep wanneer hij uiteindelijk naar boven kwam. Ik hoorde de deur van de badkamer, hij deed geen moeite om zo min mogelijk geluid te maken. Ik hoorde dat hij zijn hoofd stootte, zachtjes vloekte. Vaak deed ik dan inderdaad maar of ik sliep. Wanneer hij zich zwaar ademend naast me op het matras liet zakken, rook ik de wodka door de tandpastalucht heen.

Het afrekenen met poppenspelers en leraren, met mensen uit onze eigen vriendenkring, was de motor van zijn schrijven. En die had ik hem afgenomen. Het was allemaal mijn eigen schuld. Ik kon hem niet verwijten dat hij op zoek was gegaan naar een nieuwe motor.

'Een leesclub van gevangenen!' zei hij. 'Hoe verzin je het!'

Maar hij was wel gegaan. En hij kwam enthousiast terug. 'Die kerels komen daar voorlopig niet meer uit, dat weten ze. En er was er een die zei dat hij dacht dat ik ze begreep. Dat hij dat in mijn boek had gelezen. Hij schrijft zelf ook. Binnenkort stuurt hij me wat op.'

Ik had toen nog niet naar een naam gevraagd. Als ik dat wel had gedaan, had mijn dienstwapen nu dan nog gewoon op zijn vaste plek in de bovenste lade van de inloopkast gelegen? Ik drukte nogmaals op Simons nummer. Toen ik zijn stem hoorde schrok ik.

'Hanna. Wat is er? Wacht even, ik ben aan het inparkeren.'

'Waar ben je?'

'We gaan nog even wat drinken, dat had ik je toch al gezegd? Ga gewoon naar bed, het wordt misschien wel laat.'

En hij had alweer opgehangen. Snel opende ik *Zoek mijn*, maar op het scherm verschenen alleen de vertrouwde vijf puntjes.

DEREK

Natuurlijk heb ik me vaak genoeg afgevraagd hoe het allemaal zo gekomen is. Je hebt tijd om na te denken in de gevangenis. Tijd is er gratis. Nergens is er zoveel tijd als daar. Ik heb de Niagarawatervallen gezien en ik weet nog wat er door me heen ging. Behalve dezelfde gedachten als iedereen – wat mooi, wat groot, wat indrukwekkend – dacht ik ook nog iets anders. Al dat water, dacht ik, dat gewoon maar wegstroomt. Zo is het ook met de tijd in de gevangenis. Hij stroomt weg. Hij verdwijnt in een put zonder dat iemand er ook maar een slok van gedronken heeft. Met dat water zou je honderdduizend wc's per minuut kunnen doortrekken, maar er gebeurt niets mee, het valt alleen maar van grote hoogte naar beneden.

Je hebt criminelen – inbrekers, moordenaars, oplichters – die alles op de omstandigheden schuiven. Op hun moeilijke jeugd. Een vader die ze aftuigt met een riem. Een alleenstaande moeder die de mannen thuis ontvangt: in je slaapkamertje hoor je het hoofdeinde van haar bed tegen de muur bonken. Injectiespuiten en watten met bloed op het toilet. Ze vergeten al die anderen met precies dezelfde achtergrond die geen moordenaar, inbreker of oplichter zijn geworden. Ik wil maar zeggen: er zijn geen excuses. Geen verzachtende omstandigheden. Een moordenaar kan gewoon een lul zijn, een oplichter een krent, een inbreker lui. Ik heb er vaak over nagedacht, over waar het precies is begonnen. Niet alleen gedurende mijn verblijf achter de tralies – tijdens de minuten, uren, dagen, weken, maanden, jaren waarin de tijd gewoon wegstroomde, je hem soms kon hóren wegstromen, als een kraan die iemand vergeten is dicht te draaien – maar ook al veel eerder.

Ik vroeg me gewoon af hoe het kwam. Op de basisschool was er nog niks aan de hand. Nou ja, bijna niks. Ik vond het leuk om naar school te gaan. Ik hield de thermometer niet tegen de lamp wanneer ik verkouden was, nee, ik stak hem gewoon niet in mijn kont. Weet je het zeker? vroeg mijn moeder. Wil je echt niet liever thuisblijven? Ik had een juf die elke donderdag over haar reizen vertelde. Wereldreizen waren dat, in die tijd nog een betrekkelijke zeldzaamheid voor een vrouw. Ze was alleen. Ze had geen man. Ze had alle tijd van de wereld. En vertellen kon ze. Die zomer was ze naar Jordanië geweest. Niemand ging in die tijd naar Jordanië, echt helemaal niemand. Ik hing aan haar lippen. Ik kon het me niet permitteren om een donderdag over te slaan, dan miste ik een aflevering.

Mijn ouders hadden hun zaakjes goed voor elkaar. Mijn vader deed iets bij een krant. In de hogere regionen zeg maar, we woonden in het duurdere deel van de Watergraafsmeer, in een zijstraat van de Hogeweg. Mijn moeder deed helemaal niks, zoals alle vrouwen in die tijd. Ik was blij toe. Ik vond het fijn dat mijn moeder gewoon thuis was als ik uit school kwam. Dat ze me vroeg wat ik op mijn maanzaadbolletjes wilde: pekelvlees of haring of alleen een hardgekookt ei. Tegenwoordig doen al die moeders iets uit angst om door feministen voor domme huisvrouw te worden versleten. Als vrouw mis je zo de mooiste tijd van je leven: de jaren waarin je kinderen opgroeien.

Er was in elk geval geld genoeg bij ons thuis. In de zomer huurden we een huisje in de Dordogne. Ik werd niet geslagen met een riem. Mijn moeder gebruikte geen drugs. Ze dronk wel een glaasje wijn, en soms ook wel eentje te veel, maar een alcoholist zou ik haar met de beste wil van de wereld niet kunnen noemen. Ze lachte veel als ze gedronken had. Dan streek ze me over mijn haar, pakte ze me bij mijn pols en streelde die zachtjes. Dat moest ze niet doen met mijn vrienden of vriendinnen erbij, maar dat deed ze ook nooit. En ze deed het alleen als mijn vader al van tafel was.

Vrienden hadden een krantenwijk, of ze werkten op zaterdag bij de Albert Heijn. Daar begon ik niet aan. Het leven was simpelweg te kort om voor dag en dauw in regen en wind van brievenbus naar brievenbus te fietsen, dat wist ik toen al. Bij de Albert Heijn wil je niet dood gevonden worden. Ook als klant wil je zo snel mogelijk naar de kassa's, naar de uitgang. Laat staan dat je daar de hele dag de kipfilet en de roombrie staat bij te vullen. Ik verstopte het spul in de koplamp van mijn brommer. Een blauwe Mobylette. Iedereen op school wist dat ze bij mij moesten zijn. Later, in het voetbalteam, breidde ik mijn werkzaamheden uit. Mijn klantenkring was inmiddels te groot geworden voor mij en mijn Mobylette. Meer dan de helft van de spelers verdiende bij door het spul naar de klanten te brengen. Ze gaven hun krantenwijk op, gingen nooit meer terug naar de Albert Heijn. Bij mij konden ze het driedubbele verdienen.

Op de basisschool vond ik het dus nog leuk. De middelbare school was een harde overgang. Alsof je na weken in een trainingskamp opeens bij de frontlinie werd gedropt. De middelbare school bereidt je niet voor op het leven maar op het kantoorleven. En niet doordat er zogenaamd kennis wordt overgedragen, maar door de stroperige manier waarop de tijd verstrijkt. De uren op de middelbare school heb ik ervaren als tijd die hard wordt en waarin vervolgens geen beweging meer te krijgen is.

En dan waren er de scheve machtsverhoudingen. Die heb je overal; in het leger, in de monnikenordes, op alle kantoren van de wereld. Maar nergens zijn ze zo scheef als op een middelbare school. De docenten voerden het woord. Wij luisterden. Wij zeiden niets. Als je iets wilde zeggen, moest je je vinger opsteken. Daarin werd de scheve verhouding al zichtbaar: in die opgestoken vinger. Ook docenten die niets te vertellen hadden, die openlijk gaapten waardoor je al hun vullingen en kiezen met tandsteen kon zien, die zich uitrekten, hun slaapverwekkende lesjes afdraaiden, al die docenten mochten een lesuur lang aan het woord blijven zonder dat ze ook maar één keer door ons werden onderbroken. Andere maakten het zichzelf gemakkelijk. Ze lazen iets voor uit een boek of ze lieten ons het werk doen. Dan deelden ze velletjes gelinieerd papier uit en moesten we een 'essay' schrijven. Over kruisraketten of kerncentrales, uit wind gewonnen energie. Als ik iets heb geleerd op de middelbare school dan is het wel dat alles in een groot gat verdwijnt, zoals het water dat van de Niagarawatervallen naar beneden stort zonder dat het iets of iemand dient. De Niagarawatervallen dienen alleen zichzelf.

Er is nog iets wat ik op de middelbare school heb geleerd. Op de middelbare scholen moet ik eigenlijk zeggen, ik ben nogal vaak van school gewisseld. Zoals gezegd had ik mijn handel. Ik haalde het spul uit de koplamp van mijn Mobylette en brak het in kleinere stukjes. Een weegschaal had ik niet. Ik schatte ongeveer de marktwaarde en bepaalde vervolgens de prijs. Er waren erbij die zeiden dat ze morgen zouden betalen. De meesten deden dat ook. Een enkeling niet. Ik heb je krediet gegeven, zei ik.

Een week geleden. Morgen. Morgen verloopt de deadline.

De meerderheid betaalde na zo'n waarschuwing alsnog. Er was er één, een jongen uit de eindexamenklas, die zichzelf heel wat vond. Een mooie jongen met halflang haar. Hij liep ook nooit alleen, altijd met een groepje volgelingen achter zich aan. Ik hield hem staande in de fietsenstalling. Ook de volgelingen bleven staan. Destijds was ik nog niet eens zo stevig gebouwd, ik werkte nog niet met gewichten. *Je gaat me morgen betalen*, zei ik, luid genoeg dat ook de volgelingen het zouden kunnen horen. Ik pakte zijn arm, draaide die op zijn rug en drukte hem met zijn mooie kop tegen zijn fietsstuur aan. Hij piepte iets onverstaanbaars. De volgelingen schoten hem niet te hulp. Vandaag blijft je arm nog heel, morgen moet hij in het gips. Ben ik duidelijk? Ik liet hem los. Ik klopte op de bovenarmen van mijn jasje, alsof ik het stof eraf sloeg, en ik schudde mijn vingers los, alsof ze met iets smerigs in aanraking waren gekomen. De volgelingen weken opzij, gaven me ruim baan. Op die dag is het begonnen, ik weet het zeker. Ik genoot niet van het geweld zelf, meer van het dreigen ermee. Je moet erin geloven. Je moet er voor de volle honderd procent in geloven dat je er niet voor zult terugschrikken het te gebruiken, dan gelooft de ander het ook.

Zo lagen de machtsverhoudingen. Ze waren in elk geval niet scheef. Ik verkocht iets. Achterstallige betalingen inde ik zelf. Het ging als een lopend vuurtje door de hele school dat je beter geen grapjes met mij kon uithalen. En het leverde nog iets op. Meisjes worden aangetrokken door gevaar. Niet alle meisjes, alleen de mooiste en de leukste.

Ik zag haar voor het eerst op het plein voor de school. Het zonovergoten plein, dat is althans hoe ik het me herinner. Later ben ik me pas gaan afvragen of dat zonovergoten niet vooral door haar kwam. Dit was op de eerste schooldag van mijn nieuwe school. Van de oude was ik afgestuurd, iets met een leraar die was uitgegleden op de trap en zijn enkel had gebroken. Dezelfde leraar die een dag eerder opeens in de fietsenstalling was opgedoken toen ik net de koplamp van mijn Mobylette eraf schroefde – en die er vervolgens iets van had gezegd. Ze konden niets bewijzen. Niemand had iets gezien. Niemand wilde in elk geval getuigen, wat in wezen natuurlijk op hetzelfde neerkwam.

Ik stapte op haar af. We gaven elkaar een hand. We keken elkaar lang genoeg aan en hielden elkaars hand lang genoeg vast om te weten welke belofte er in die handdruk en in onze blikken verscholen lag.

'Bestaat Elsa's nog?'

Ik had de vraag op een achteloze toon gesteld. Alsof ik alleen maar geïnteresseerd was in een bezoek aan een min of meer authentiek Amsterdams café. Een echt café zoals ze al meer dan honderd jaar bestaan, een café met een houten vloer, geen geforceerd interieur met slingerplanten, oude spiegels en zinken emmers met geraniums aan de muren. Of – het ergste van alles, mijn grootste nachtmerrie – met zelfgebrouwen bier uit de tap of in donkerbruine flesjes waar je niet doorheen kunt kijken. Toen ik voor het eerst de gevangenis in ging stond het zelfgebrouwen bier nog in de kinderschoenen. Kon er nog om gelachen worden. Daarna heeft het als een kwaadaardige ziekte om zich heen gegrepen. En ook het lachen is intussen verstomd. Het is bier dat je niet wegkrijgt, dat nog minutenlang achter in je keel blijft dwarsliggen. Je slikt en je slikt nog een keer, maar het blijft steken, als een te grote hap van een taai stuk draadjesvlees. Als je het eindelijk hebt doorgeslikt, is het de maag die in verzet komt en die het zelfgebrouwen bier zo snel mogelijk onverteerd retour wil sturen.

Ik heb nooit begrepen wat er mis is met de grote merken. Met Heineken of Jupiler. Met Peroni! Je ziet het meteen aan de kleur. Als de zon erop valt kun je erdoorheen kijken. De meeste dingen – strandvakanties, auto's, gebakken vissticks – zien er in reclames mooier uit dan in het echt. Maar een Peroni-biertje is in het echt het mooiste wat er is. Een ijskoud glas met druppeltjes erop. Gebrouwen door de hand van God.

'Elsa's,' zei Simon. 'Prima.'

En op dat moment piepte mijn telefoon. Ik keek even snel opzij naar Simon. *Heb jij een telefoon?* zag ik hem kijken. *Ik dacht dat gedetineerden geen telefoon mochten hebben.*

'Ja, ik heb een telefoon,' beantwoordde ik zijn niet-gestelde vraag. 'Dat ze daar denken dat ik wel zonder kan, is hun denkfout, niet de mijne.'

'En hoe –' begon hij, maar ik kapte hem af.

'Dat wil je niet weten. Ik heb altijd goeie contacten met buiten gehouden. Dan is zoiets snel geregeld.'

We reden over de Middenweg, staken de Hogeweg over. Rechts het Park Frankendael. Links aan de overkant de verlichte ramen van café Elsa's.

Ik haalde de telefoon uit mijn zak en keek op het scherm.

Ik ben er.

Simon had ingeparkeerd en zette de motor af.

Ik ook, zie je zo, schreef ik terug.

SIMON

Ik had het idee geopperd tijdens ons laatste gesprek voor zijn weekendverlof. Ik weet nog altijd niet goed wat me bezielde. Soms spelen we met een aansteker. We laten het vlammetje aan de takken van een kerstboom likken. En opeens, zonder waarschuwing, steken we hem echt in brand.

'En nog iets anders,' zei ik, terwijl ik even om me heen keek in de bezoekersruimte om te controleren of er niemand meeluisterde. 'Als je na afloop van je verlof niet meer terug zou willen...'

Hij zei niets, keek me alleen maar aan. Maar ik zag dat ik zijn volledige aandacht had.

'We moeten dat goed spelen, zodat ik niet de schuld krijg,' vervolgde ik. 'Dat ze denken dat ik je zou hebben geholpen. We moeten iets bedenken. Iets geloofwaardigs. Misschien moet het bij ons thuis. Dat je mij zogenaamd overmeestert. Dat je me onder bedreiging van Hanna's dienstwapen vastbindt. Het is beter als we het doen wanneer Hanna niet thuis is. Ze is een kei in vechtsporten. Boksen, kickboksen, judo. Een paar maanden geleden heeft ze zich opnieuw bij een sportschool ingeschreven. Nu voor jiujitsu. Ik neem aan dat je weet wat jiujitsu inhoudt?'

Hij zei nog altijd niets, knikte alleen even.

Over het dienstwapen hadden we het al eerder gehad. Ik had gezegd dat we het mee zouden nemen. Maar uitsluitend om mee te dreigen. Er mocht onder geen beding mee worden geschoten. De kogel zou direct naar Hanna leiden. Alleen al het feit dat ze in haar eigen huis van haar dienstwapen was beroofd, kon haar in ernstige problemen brengen. Maar het zou weekend zijn. Ik ging ervan uit dat ik het bijtijds terug zou kunnen leggen. Voordat ze iets zou merken.

'Wanneer jij je... eh... rekening vereffent,' had ik gezegd, 'gebruiken we het alleen om mee te dreigen. Dus ik hoop... ik neem aan dat je wel andere manieren weet om iemand... nou ja, om met iemand af te rekenen.'

Ik heb startkabels in de auto liggen, had ik er bijna aan toegevoegd. In *The Sopranos* had Tony Soprano iemand gewurgd met startkabels. Maar ik besloot die uiteindelijk niet te noemen. Ik veronderstelde dat Derek L. zelf het beste zou weten hoe je met iemand af kon rekenen zonder hem een kogel door het hoofd te jagen.

Het was de gedachte aan het dienstwapen die me ertoe had gebracht om, vlak voordat we bij Elsa's parkeerden, mijn telefoon in te schakelen. Ik zag het aantal gemiste oproepen. En op dat moment belde ze opnieuw. Ik luisterde naar Hanna, ik stelde haar gerust, en zette het apparaat vervolgens meteen weer in de vliegtuigmodus.

Het laatste wat ik wilde was dat mijn vrouw ongerust zou worden en dat ze het halve politiekorps van Amsterdam achter ons aan zou sturen.

We stapten uit en staken de Middenweg over. Ik vroeg me af of ik misschien beter had moeten opletten. Of Hanna's dienstwapen nog wel in het dashboardkastje lag of dat Derek L. het er in een moment van onoplettendheid mijnerzijds opnieuw uit had gepakt.

Niets had mij echter kunnen voorbereiden op wat me in café Elsa's te wachten stond.

We waren nog maar net door de klapdeurtjes of een vrouw kwam overeind vanachter een van de tafeltjes bij het raam. Ze zwaaide. Ik dacht dat ze naar iemand anders zwaaide en daarom keek ik in eerste instantie achterom. Maar toen legde Derek L. een arm om mijn schouders en dirigeerde met me zachte dwang in de richting van het raamtafeltje.

'Simon, mag ik je voorstellen,' zei hij. 'Mijn vriendin. Madeleine, dit is Simon.'

Ik ga haar niet beschrijven. Beschrijvingen sla ik zo veel mogelijk over in boeken. Zowel in de boeken die ik lees als in mijn eigen boeken. Ik laat de lezer liever zelf de ruimte invullen. Ik geef hem de vrijheid om op eigen houtje een gezicht bij een personage te verzinnen.

Zo ook nu. Laat ik ermee beginnen te zeggen dat ik niet wist dat Derek L. een vriendin had. Die was nooit ter sprake gekomen in onze correspondentie en tijdens mijn bezoeken aan de gevangenis. Ze was groter dan hij, dikker vooral. En ze leek ouder. Ze boog zich naar hem toe om hem op zijn mond te kussen. Daarna gaf ze mij een hand. Een warme hand, zoveel wil ik nog wel kwijt. Kan ik ermee volstaan nog te vermelden dat zij geen onaangename vrouw was? Integendeel zelfs. Verder matig ik me geen waardeoordelen aan. Over zoiets als leeftijdsverschil bijvoorbeeld. Ook niet over of koppels wel of niet bij elkaar passen. Ik kreeg alleen een vaag vermoeden, nadat we eenmaal waren gaan zitten en onze biertjes hadden besteld, dat deze avond weleens anders zou kunnen gaan verlopen dan ik me had voorgesteld.

Bij mijn laatste bezoek aan de gevangenis had Derek L. mij bij het afscheid nog een vraag gesteld. We waren al opgestaan, hij stak zijn hand naar me uit, maar trok hem vervolgens niet terug, hield de mijne nog wat langer vast.

'We hebben het nu over afrekeningen gehad,' zei hij, terwijl hij me strak aan bleef kijken. 'Over de mogelijkheid om mijn weekendverlof voor onbepaalde tijd te verlengen. Maar heb je zelf misschien nog een verzoeknummer, Simon? Ik bedoel, je hebt veel voor me gedaan. Zonder jouw tussenkomst had ik de komende tijd niet naar buiten gemogen. Ik wil je daar uiteraard voor bedanken. Misschien heb je zelf al wel iets in gedachten over de manier waarop ik dat het beste zou kunnen doen.'

Ik probeerde mijn hand niet terug te trekken, deed mijn best om niet met mijn ogen te knipperen, hem recht aan te blijven kijken.

'Misschien heb je zelf ook nog iemand op een lijstje staan,' vervolgde Derek L. 'Iemand die je liever kwijt bent dan rijk.'

'Ja,' zei ik. 'Dat zou heel goed kunnen.'

We zaten met zijn drieën aan een tafeltje bij het raam en dronken bier. Derek L. legde af en toe zijn hand op die van Madeleine.

'Ik wou je iets vragen, Simon,' zei hij, 'of eigenlijk wil ik helemaal niets vragen. Het punt is: Madeleine en ik hebben elkaar ook alweer een tijd niet gezien. Ik ga vannacht met haar mee naar huis.'

'Maar...' begon ik. Ik wist al meteen niet meer hoe ik verder moest. Ik dacht aan Hanna. Aan haar gezicht wanneer ik zonder Derek L. thuis zou komen.

'Ik heb begrip voor je verantwoordelijkheid, Simon,' zei Derek L. 'Echt waar. Maar je kunt op mij vertrouwen. Ik geef je mijn erewoord. Hanna ook. Ik wil gewoon een paar uur voor mezelf. Met Madeleine,' zei hij, en hij keek haar even liefdevol aan. 'Samen ontbijten, of een vroege lunch. Daarna kom ik naar huis. Beloofd.'

We bestelden nog een laatste rondje. Madeleine moest naar de wc.

'Ik hoop dat je weet waar je mee bezig bent,' zei ik toen we met zijn tweeën waren. 'Zondag moet je alweer terug. We hebben alleen nog morgenmiddag en -avond als je eerst ook nog gaat lunchen.'

'Rustig maar, Simon. Het komt allemaal goed. Tijd zat. Ik heb zitten denken: we beginnen met die gast van jou. Daarna kunnen we langs die leraar van Niek.'

'Huh?' zei ik.

'Die leraar die je zoon zogenaamd met zijn telefoon heeft betrapt. Flauwekul natuurlijk. Die lui hebben allemaal een autoriteitsprobleem. Maar ik twijfel wel. Daar heb ik het ook met Niek over gehad tijdens het etentje vanavond.'

Ik zag een beeld voor me, licht onscherp, als een reconstructie in een misdaadprogramma: het liep tegen het einde van de avond, in het restaurant was iedereen al een paar keer van plaats gewisseld. Derek L. en Niek zaten naast elkaar aan het verste eind van de tafel. Derek L. was Niek iets aan het uitleggen en op een bepaald moment legde hij een arm om de schouders van mijn zoon. Niek zei niet veel terug, knikte af en toe, en toen gooide hij plotseling zijn hoofd in zijn nek en barstte in lachen uit.

'Waar heb je het met hem over gehad?' vroeg ik op een zo luchtig mogelijke toon.

'Over dat piepje van zijn telefoon. En over die vergadering van maandag. Dan wordt definitief beslist of je zoon voor zijn eindexamen zakt. Onverdiend voor zijn eindexamen zakt. Door zo'n middelmatige sukkel wordt je zoon een jaar van zijn leven afgepakt. Dat willen we toch niet? Dat wil toch niemand?'

'Nee,' zei ik.

'Ik twijfel alleen of ík het moet doen, is het niet beter als hij het zelf doet? Die man op andere gedachten brengen, bedoel ik, hem doen inzien dat hij overhaast heeft geoordeeld. Dat heb ik met Niek afgesproken, dat hij daar nog over na gaat denken. Als hij toch niet wil, doe ik het met alle liefde. Maar het is niet helemaal het juiste signaal, dat heb ik gisteren ook tegen hem gezegd. Ik verdwijn zondag weer achter de tralies, maar je zoon is nog het hele eindexamen op die school aanwezig. Als een zichtbare reminder voor die leraar.'

'Maar wat gaat hij dan doen? Ik hoop niet dat je hem hebt gezegd...'

'Dat moet jij helemaal niet willen weten, Simon. Je zoon doet eindexamen. In een heleboel domme vakken waar hij later nooit meer iets aan heeft. Maar hij doet ook nog eindexamen in iets anders. Hij staat op de drempel van zijn volwassen leven. Zonder zijn ouders of andere volwassenen die het voor hem opnemen. Hij moet niet over zich heen laten lopen, dat is misschien wel de belangrijkste les. Hij is onrechtvaardig behandeld, daar zijn we het allemaal over eens, en hij zet het zelf recht, zonder hulp van zijn ouders of van mij.'

Ik wierp een snelle blik op de deur van het damestoilet en boog me over de tafel wat dichter naar Derek L. toe.

'Ik had eigenlijk gedacht dat we misschien vanavond al...' Ik fluisterde nog net niet, op een normaal stemvolume was het al moeilijk genoeg om boven het rumoer in het café uit te komen. 'Vannacht. Dat we samen naar –'

'Alsjeblieft, Simon, waarom die haast? Les één: begin nooit aan een klus als je moe bent, niet scherp genoeg. We hebben allebei een drukke dag achter de rug. We hebben onze rust verdiend. *Tomorrow is another day.* Zaterdag. Op zaterdag doen de meeste mensen boodschappen. We wachten tot een uur of drie, vier. Net voor borreltijd. Na afloop nemen we er een. Ik spreek uit ervaring. Er is een overschot aan adrenaline. En dorst. Veel dorst.'

Ik wandelde zo kalm mogelijk naar mijn auto, zeker de eerste meters, toen ik langs het raam van café Elsa's liep en ik Derek L. en Madeleine aan het tafeltje kon zien zitten. Ik zwaaide, maar ik kreeg niet de indruk dat ze mij zagen – waarschijnlijk waren ze me al vergeten.

Toen het café eenmaal uit het zicht was versnelde ik mijn pas. De Middenweg was zo goed als verlaten. Ik kroop achter het stuur van de Range Rover en trok het dashboardkastje open. Daar lag Hanna's dienstwapen. Ik haalde opgelucht adem en startte de motor.

Achter het raam op de eerste verdieping van ons huis – het raam van onze woonkamer – brandde nog licht. Ik had ook niet anders verwacht: Hanna zou opblijven tot we veilig thuis waren.

We, bedacht ik het volgende moment – ik had het een en ander uit te leggen.

Ik minderde vaart. Misschien moest ik nog een blokje omrijden, de ringweg nemen, net zolang rondjes blijven rijden tot zij naar bed zou gaan?

Ik reed de parkeergarage onder ons gebouw in. Heel even overwoog ik het pistool in het dashboardkastje te laten liggen. We zouden het immers nodig hebben. Maar toen bedacht ik me. Het was beter om het voorlopig terug te leggen.

Ik keek een paar keer om me heen en stapte toen uit. Er was op dit uur helemaal niemand in de parkeergarage. Daar stond ik, met het dienstwapen van mijn vrouw in mijn linkerhand.

Hoe zou het zijn? vroeg ik me een ogenblik af. Hoe zou het klinken als ik hier een schot zou lossen?

Ik heb later nog vaak aan dit moment teruggedacht. Ik had de banden van mijn eigen auto lek kunnen schieten, de zaterdag zou misschien anders zijn verlopen. Een of meerdere bewoners zouden de schoten wellicht hebben gehoord en de politie hebben gebeld.

De politie… Ik schoot bijna in de lach. De politie zat thuis op de bank op me te wachten, achter het verlichte raam van onze woonkamer.

Ik stak het pistool achter mijn rug in mijn broeksband en drapeerde mijn jasje eroverheen.

Bij onze voordeur bleef ik even staan voordat ik de sleutel in het slot stak.

Het is de normaalste zaak van de wereld, zei ik in gedachten tegen Hanna. *Het is de normaalste zaak van de wereld dat Derek L. tijdens zijn weekendverlof ook even alleen wil zijn met zijn vriendin.*

Maar ik vroeg me af wie ik gerust probeerde te stellen: Hanna, of toch in de eerste plaats mezelf.

HANNA

Eindelijk, het was bijna halftwee, hoorde ik beneden de sleutel in het slot van de voordeur.

'Ha,' zei Simon. 'Ben je nog op?'

Ik herkende zijn blik, de klank van zijn stem: iets te opgetogen, te gemaakt luchtig – zo klonk hij altijd als hij een paar glazen te veel op had.

Ik trok mijn wenkbrauwen op. *Ben je alleen?* wilde ik met het optrekken van mijn wenkbrauwen zeggen, zonder het direct te vragen.

'Het is een beetje ingewikkeld,' zei Simon. Hij keek me al niet meer recht aan: zijn ogen schoten van de sofa waarop ik lag naar de keuken. Misschien overwoog hij eerst naar het vriesvak te lopen. 'Of eigenlijk niet zo ingewikkeld. Ik werd erdoor verrast. Er was daar een vrouw. Zijn vriendin, zei hij.'

'Waar?' zei ik om tijd te winnen. Om in ieder geval niet te laten merken dat de mededeling over de vrouw ook mij verraste. Maar ik kon misschien veel beter doen alsof het me wel verraste, bedacht ik het volgende moment.

'In Elsa's. We waren in Elsa's. Een paar biertjes. En daar zat die vrouw al op hem te wachten.'

Ik haalde diep adem. 'Hoe heette ze?' vroeg ik toen toch maar. 'Weet je hoe ze heette?'

Simon dacht even na, of deed alsof hij nadacht, en schudde toen zijn hoofd.

'Geen idee. Je geeft iemand een hand, hoort een naam en het volgende moment ben je die naam alweer vergeten.'

Ik vroeg me af of ik Simon naar mijn dienstwapen moest vragen, of dat het beter was als ik dit onderwerp voorlopig liet rusten. Afwachten of hij er zelf mee zou komen. Toen hij zich omdraaide om naar boven te gaan zag ik iets opbollen aan de onderkant van zijn jasje. Ik voelde een glimlach op mijn gezicht – opluchting.

Later, toen Simon al sliep, pakte ik een stoel en zette die voor onze ladekast. Ik klom erop en voelde met mijn vingers in de bovenste lade.

Ik pakte mijn dienstwapen eruit en stapte weer van de stoel. Zo zachtjes mogelijk opende ik de deur van onze slaapkamer en stak schuin de gang over, naar het washok. Onder de deur van Nieks kamer een dunne streep licht. In het washok rook ik aan het pistool. In het donker haalde ik het magazijn eruit en telde het aantal kogels. Voor de tweede keer die avond slaakte ik een zucht van opluchting.

Simon draaide nooit een was. Hooguit zocht hij naar een bepaald favoriet sportbroekje om te gaan hardlopen. Of beter gezegd: hij zocht het niet zelf maar vroeg eerst aan mij of ik het misschien ergens had gezien.

Ik trok wat vuile kleren uit de wasmand en legde het pistool helemaal op de bodem.

III

SIMON

Ik ben de ongekroonde kampioen van de blurbs. Ik geef er te veel. Ik kan niet weigeren. Soms kom ik een boekwinkel binnen en zie ik in één oogopslag vijf boeken liggen met een quote van mij op het omslag. Dan begint mijn hart te bonzen en voel ik mijn hoofd warm worden. Mijn eerste impuls is om direct rechtsomkeert te maken; de boekwinkel, de stapels boeken met blurbs van mezelf op het omslag de rug toe te keren, maar iets dwingt me om voor de tafel met pas verschenen boeken te blijven staan. Om alle vijf de blurbs zo snel mogelijk te lezen. Mijn grootste angst is dat er doublures in zitten. Dat ik het boek van schrijver S. 'zowel geestig als ontroerend' heb genoemd en dat van schrijver L. ook. *Zowel geestig als ontroerend!* What the fuck is zowel geestig als ontroerend? Alsof *geestig* en *ontroerend* twee tegengestelde begrippen zouden zijn! Mijn hoofd wordt nu nog warmer. Zowel van schaamte als van woede. Ik weet dat ik me er weer eens te makkelijk van af heb gemaakt. Ik heb de juiste ingrediënten gebruikt maar de taart niet lang genoeg in de oven gezet. Het deeg heeft niet kunnen rijzen en is voortijdig ingezakt.

De ingrediënten van mijn blurbs zijn altijd dezelfde. Behalve *geestig* en *ontroerend* zijn het: dat ik het *niet meer weg kon leggen/in één adem heb uitgelezen*; dat het gaat om *een nieuw geluid/een heel eigen stem*; en dat we er *ongetwijfeld nog meer van zullen horen*. Ik roer de ingrediënten door elkaar tot een beslag en elke keer weer koester ik de vage hoop dat de taart dit keer anders zal smaken. Ik heb weleens geprobeerd om nieuwe ingrediënten te gebruiken, om bij wijze van afwisseling een heel andere taart te bakken, maar het is bij pogingen gebleven.

Schaamte, denk ik, terwijl ik mijn eigen blurbs op de omslagen lees. Woede. Ja, nu wel. Achteraf. Schaamte voor mijn eigen onvermogen om met iets anders dan dat eeuwige ontroerend aan te komen zetten. Woede om het feit dat ik op het verzoek van schrijvers S. en L. ben ingegaan. Nee, niet direct op hun verzoek, ze verschuilen zich meestal achter hun uitgeverij, achter een achttienjarige stagiaire die mij al ongevraagd een anderhalve kilo wegende drukproef heeft toegestuurd.

De drukproef kan niet door de brievenbus; vanuit mijn ooghoek zie ik de witte, gedeukte bestelbus van de pakketbezorger al half op de stoep geparkeerd staan. Ik zie hem rechts en links de straat af kijken, dan steekt hij over, in een rechte lijn naar onze voordeur. Mijn eerste reactie is om me plat op de grond te laten vallen. Om niet thuis te zijn als de bel gaat. Maar misschien heeft de bezorger mij daarnet al bij het raam gezien. Soms is het gewoon een boek, een gedrukt boek. *Met de complimenten van de auteur*, staat er in een onbekend handschrift op een kaartje dat tussen het omslag en de titelpagina is geschoven. Een boek dat je in elk geval voorlopig even weg kunt leggen.

Maar ik heb het al aan het formaat van het pakketje gezien. Dit is geen boek, dit zijn ook geen boeken. Het is al helemaal niet een door mijn vrouw bij Bershka bestelde blouse, daarvoor is het te massief, te hoekig – te zwaar vooral.

Ik kan de bel negeren, me ergens in huis verstoppen, zoals ik dat de laatste keer met Sint-Maarten ook heb gedaan. Hanna was niet thuis, normaal gesproken neemt zij dit soort zaken voor haar rekening. Ik kon het niet aan. Ik had niks in huis, Hanna was uit eten met een vriendin, ze was simpelweg vergeten om een platte schaal met snoepgoed klaar te zetten. Ik hoorde het eerste kindergezang bij de buren voor de deur en realiseerde me met een schok wat de datum was. Sint-Maarten! Wanneer is die onzin begonnen? Toen ik klein was ben ik nooit met lampionnetjes langs de deuren gelopen om stomme liedjes te zingen. In paniek keek ik om me heen, maar toen ging de bel al. Ik zag de lichtjes van de lampionnen door de half opengedraaide luxaflex. Ik had nog net de tijd gevonden om de lampen uit te doen, en ik liet me plat op de grond vallen.

En daar belt de pakketbezorger al voor de tweede keer. Ik neem het pakje (het pak!) van hem aan. Het gewicht van de drukproef trekt je naar beneden, alle moed, alle hoop stroomt uit je weg, een onzichtbaar plasje vormt zich aan je voeten. Ik wil het liefst hier op de treden van de trap gaan zitten en nooit meer opstaan. Ergens in een mailtje aan een stagiaire van een uitgeverij moet ik mijn medewerking hebben toegezegd, mijn bereidheid om, voor de negenennegentigste keer, een blurb aan te leveren. *Ademloos uitgelezen... kon het niet meer wegleggen...* Tot zover alles goed en wel.

Natuurlijk behoort het tot de mogelijkheden de drukproef ongelezen te laten. Je kunt de vaste ingrediënten op het aanrecht uitstallen en er een taart van bakken. *Dit is een roman die nog lang nadat je...* nee, dat kan niet, dan moet je twee keer het woord roman gebruiken... *lang nadat je de roman hebt dichtgeslagen blijft naklinken.* En wat moet er dan aan het begin?

Ergens, op een moment dat nu al niet meer terug te halen valt, was er een pak papier ontstaan. Een pak papier dat vervolgens naar diverse uitgeverijen was opgestuurd. Papier dat plaats innam op bureaus, op salontafels, omdat de betreffende uitgever of redacteur het manuscript uit pure wanhoop mee naar huis had genomen, in de ijdele hoop dat hij er met een glas wijn en een bakje nootjes eerder doorheen zou komen.

Maar hij bleef hangen op de bank, zijn vrouw was al naar bed, hij bleef zappen en wijn drinken tot hij zeker wist dat hij het manuscript niet meer objectief zou kunnen beoordelen. Het was tegen die tijd allang geen manuscript meer, alleen nog maar een pak papier. Als pak papier zou het ten slotte in de prullenmand eindigen. Het zou plaats innemen in een vuilniszak, een milieubewuste uitgever of redacteur zou het misschien nog van het overige afval scheiden en het in de papierbak kieperen.

Er zijn schrijvers die hun manuscripten uitsluitend digitaal aanbieden, als Word-document of als pdf. Je zou kunnen aanvoeren dat er dan tenminste geen ruimte wordt ingenomen door het ten dode opgeschreven manuscript, maar ik geloof daar niet in. Al die tienduizenden woorden, die duizenden zinnen, die honderden alinea's zíjn ergens, zoals ruimteafval door de kosmos zweeft. Niet direct zichtbaar voor het blote oog, maar de woorden en de zinnen nemen wel degelijk plaats in, zij het misschien hooguit in ons hoofd, in de vorm van schuldgevoel omdat we nog altijd niet verder zijn gekomen dan pagina 9. We gaan ook niet verder komen dan pagina 9. Wie toch doorleest neemt de verkeerde afslag, je hebt het bordje DOODLOPENDE WEG over het hoofd gezien, de bebouwing neemt geleidelijk af, het asfalt maakt plaats voor zand. Je had al veel eerder moeten keren. Op de laatste pagina opent zich het ravijn.

Met de cursor verplaatsen we het betreffende document naar

de digitale prullenmand rechtsonder op ons computerscherm.

Daarna klikken we op *prullenmand legen*.

Wie een mens opruimt, ruimt zoveel meer op. Niet alleen de pakken papier die niet door de brievenbus kunnen, maar ook de ruimte die de betreffende mens inneemt. In de tram en in de trein, in de rij voor de kassa van de supermarkt. Het voedsel dat de van de aardbodem verdwenen mens niet meer opeet, kan nu door een ander worden opgegeten. Met de duizenden kilometers toiletpapier die hij niet meer door de wc-pot spoelt, kan nu een ander zijn kont afvegen. Ook weg: de miljoenen woorden die hij in al die jaren uitspreekt. Woorden die bij een niet al te intelligent persoon – bij de meerderheid van de mensheid – al zijn vervlogen voordat ze zijn lippen goed en wel hebben verlaten.

We besluiten schoon schip te maken, de rommelkast na jaren van uitstel eindelijk uit te ruimen, we hebben ons een eeuwigheid geërgerd aan een vlek op het plafond, vandaag klappen we het keukentrapje uit en houden een doekje onder de kraan. We klikken de overbodige, uitsluitend plaats in beslag nemende mens aan met de cursor en slepen hem naar de prullenmand.

Op papier had ik al menig mensenleven beëindigd. Meestal zonder wroeging, zonder spijt of medeleven. Iemand moet dood om de vaart in het verhaal te houden. Nu was het zaak dat ik de vaart in mijn eigen verhaal hield, in het verhaal van mijn leven, dat we niet stil bleven staan, dat we de bladzijde konden omslaan.

We lokken de lezer mee, houden hem een vette braadworst voor in de vorm van een lijk. Hij wil nu alleen nog maar weten hoe het lijk daar komt, wie het is – wie het heeft gedaan.

Zo zouden de rechercheurs zich ook over het lijk van Gerard Maasland buigen. In alles doet zijn dood aan als een professionele afrekening: één enkel schot door het voorhoofd of in de nek. Geen kogelregen. Voor een kogelregen hadden we simpelweg niet de juiste wapens tot onze beschikking. Ik wist niet eens of ik erbij zou zijn wanneer Derek L. hem zijn laatste boswandeling zou laten maken, zijn laatste sigaret zou laten roken. Ik wist niet of hij dat wilde, of dat hij dacht dat ik alleen maar in de weg zou lopen. Ik zou dat helemaal aan hem overlaten.

Maar ik wilde het niet graag missen. Misschien zou Gerard op zijn knieën om zijn leven smeken. Ik ben in 1996 gestopt met roken, maar voor deze bijzondere gelegenheid zou ik die laatste sigaret met hem meeroken. Zo zag ik het voor me. Een herfstig bos, de geur van aarde en natte bladeren. Een mistflard, goudgeel uitgelicht door de opkomende zon. Een paar laatste woorden. *Verkeerde tijd, verkeerde plaats.* Ja, iets gewoons moest het zijn. Een cliché. Op de plechtige momenten, bij geboortes, bruiloften, begrafenissen, op het breekpunt tussen leven en dood, moeten we niet proberen origineel te zijn. *Ze lijkt op jullie allebei; u mag de bruid nu kussen; hij heeft een mooi en rijk leven gehad.* Dit laatste gold uiteraard niet voor Gerard, maar ik zou misschien wel iets voor hem kunnen doen.

Later dit jaar zou de vertaling van *Dood op tournee* in Amerika uitkomen. Ik zou iets achter in het boek kunnen zetten, op de laatste bladzijde. Geen dankwoord, nee, net iets anders. *Acknowledgements*, heet het in het Engels. Een woord dat in het Nederlands niet echt bestaat. *Dankbetuiging* is de vertaling die misschien nog het dichtst in de buurt komt. Je 'erkent' dat je boek niet helemaal op eigen kracht tot stand is gekomen. Amerikaanse auteurs bedanken er hun agent, een stuk of tien collega's die mooie woorden over het boek hebben gesproken of het manuscript hebben gelezen. Als laatste, helemaal onderaan, bedanken ze soms hun vrouw.

Ik zou iets moeten verzinnen. Een formulering die de lading dekt. *Ik bedank Gerard Maasland, zonder wie dit boek niet hetzelfde zou zijn geweest.* Niet ver bezijden de waarheid. Wat zeg ik: dé waarheid. En als een journalist me om nadere uitleg zou vragen, kon ik in diezelfde trant antwoord geven. *Een kennis. Een vriend. Een collega die ons kort na het verschijnen van mijn boek helaas is ontvallen. Wat? Of u hem zou moeten kennen? Nee, niet echt, hij is bij leven nooit gepubliceerd. Maar hij heeft een paar cruciale ideeën voor* Dood op tournee *aangedragen.*

Ik zou het hem kunnen vertellen. Kort nadat we onze sigaretten hebben uitgetrapt in de bladeren. Derek L. zou hem op een kalme toon die geen tegenspraak duldde verzoeken om op zijn knieën te gaan zitten. In een moment van stilte zouden we alleen het doorladen van zijn pistool horen. *Ik ga je met naam en toenaam noemen in de Amerikaanse editie. Je zult voortleven, je naam zal voortleven op de laatste bladzijde van mijn boek. Iedereen die ernaar vraagt zal ik vertellen dat ik je veel dank verschuldigd ben. 'Zonder Gerard Maasland was mijn boek een ander boek geworden.'*

Misschien was het allemaal toch te veel, bedacht ik het volgende moment. Te veel eer. En ik bedacht opeens nog iets anders. Zou Derek L. op het onzalige idee kunnen komen om mij de trekker zelf te laten overhalen? Dat was toch zoiets als aan iemand die dat nooit eerder heeft gedaan vragen om een kip de nek om te draaien?

Nee, dat zou hij nooit doen, stelde ik mezelf gerust. Derek L. was een professional. Aan de andere kant... Ik zou er niet voor terugschrikken. Ik zou mijn sigaret uittrappen. Het is iets wat je moet opruimen, zo moest ik het zien. Je maakt de wereld leger. Je versleept iets naar de prullenmand. Daarna haal je de trekker over – druk je op *prullenmand legen.*

Zo is het gegaan: op een dag is er een pak papier door mijn brievenbus gevallen. Nee, het paste niet door de brievenbus, de pakketbezorger moest aanbellen. Ongewenste, ongevraagde post voelt zoals gezegd zwaarder dan post waarop je hebt zitten wachten. Al bij het aannemen van het pakket voelde ik die zwaarte. Bij het lezen van de afzender nam het gewicht nog toe. Gerard had mij ook een mail met een aanhangsel kunnen sturen, een zogenaamde pdf. Maar ook dan is er sprake van gewicht. Van ongevraagde zwaarte. Je ziet het icoontje achteraan de mail. Iemand stuurt je iets toe. Je kunt de mail negeren, hem openen en hem daarna vergeten, maar wanneer je op het icoontje met het aanhangsel klikt, verandert er onherroepelijk iets. Je voelt het gewicht niet in je handen zoals bij een postpakket, maar ergens onder in je hart. Daar begint het. Vervolgens zakt het langzaam naar beneden, tot in je maag. Het is te veel ineens, als een moeilijk te verteren maaltijd, een stuk vlees in een restaurant, je vindt het beschamend om er meer dan de helft van op je bord te laten liggen. Je eet stug door, ook al heb je allang geen trek meer. *Het was heel lekker, alleen een beetje veel*, zeg je tegen de ober.

Ja, zo had het ook kunnen gaan. Dan had ik op het icoontje geklikt, waarna het aanhangsel met een vrolijke boog, als van een duiker die zich afzet op de duikplank, in het mapje met downloads was gesprongen. Er is opnieuw een keuzemoment. Het leven in vrijheid lonkt vanachter de horizon. *Laat toch zitten*, zegt het. *Je kunt het toch ook helemaal niet openen. Je kunt de mail wissen. Later zeg je dat je nooit iets hebt ontvangen. Wat vreemd, ik zal nog eens kijken. Wanneer zei je dat je het me had opgestuurd?*

Na het openklikken van het aanhangsel verandert je leven voorgoed. Er is iets bij gekomen wat er eerst niet was. Iets wat plaats inneemt. Iemand heeft dubbel geparkeerd voor je eigen auto, je moet bij alle buren gaan aanbellen. *Is die auto misschien van u? Ik kan er niet uit.* Ja, dat is het precies: je kunt er niet uit. Je kunt ook met een van woede rood aangelopen gezicht achter het stuur gaan zitten en met regelmatige intervallen zo hard mogelijk op de claxon drukken. Waar ik bij elke geopende pdf altijd eerst naar kijk is het aantal pagina's. Het aantal pagina's en de lettergrootte. Of er alinea's in zitten, dialoog. Het aantal uren dat er tijdens het lezen van je eigen leven af gaat.

Je kunt het natuurlijk bij bladeren laten. *Diagonaal lezen*, noemen sommige mensen dat. Redacteuren van uitgeverijen vooral. Redacteuren hebben altijd haast, het volgende manuscript op de stapel kan een meesterwerk zijn. Je scant de pagina's. Maar ik kan dat helemaal niet. Niet omdat het mijn eer te na is, maar omdat ik het gevoel heb dat er iemand over mijn schouder meeleest. *Je leest helemaal niet*, fluistert de meelezer me in. *Je slaat de helft over.* Betrapt, als een skiër die bij de afdaling een paar slalompoortjes heeft overgeslagen, minder ik vaart en keer ik op mijn schreden terug, naar het punt waar ik nog wel elke zin, elk woord las. Maar dat punt is nooit te vinden. Het is alsof mijn sporen door de vers gevallen sneeuw zijn uitgewist – ik moet helemaal terug naar het begin.

Ik lees alles. Niet alleen boeken en kranten en de ondertitels van een buitenlandse film, maar ook de onderschriften van verkeersborden, de teksten op de zijkant van het bestelbusje van de aannemer of de loodgieter tot en met het telefoonnummer en het websiteadres aan toe. Ik lees de teksten op de melkkartonnen, op de potten pindakaas, op de pakken penne rigate van Grand'Italia. Onderweg, op reis, lees ik alle plaatsnaamborden. Net als iedereen heb ik tegenwoordig mijn navigatiesysteem aan staan, maar ik lees nog altijd alles: elke afslag, alle plaatsnamen waar de afslag uiteindelijk naartoe kan leiden, de borden die het aantal kilometer naar het volgende benzinestation aangeven.

DEREK

Ik had gewoon acht maanden kunnen krijgen voor openlijke geweldpleging, maar dat liep helaas anders. Ik heb later nog weleens moeten lachen om dat 'openlijk'. Een Engelse toerist had meisjes lastiggevallen op een caféterras in Zuid en ik had hem inderdaad niet in het geniep een lesje geleerd. Niet ergens in een donker hoekje achter in het café of in het gangetje bij de toiletten, maar in het volle daglicht. Al bij de eerste linkse hoek op zijn kaak had hij, achteruit stappend en maaiend met zijn armen, in zijn val meerdere terrastafeltjes meegenomen. Een *technische knock-out* noemen ze dat in de vechtsport. Ik had een buiging gemaakt naar het applaudisserende publiek – iedereen was de luidruchtige Engelsman meer dan zat, alleen had niemand er wat van durven zeggen – en daarna mijn linkervuist in de lucht gestoken.

Toch moest er iemand hebben gebeld, want amper een minuut later klonk een politiesirene. Natuurlijk wisten de agenten wie ik was. Ze vroegen me om mijn autosleutels. Die had ik misschien beter kunnen weggooien voordat ik aan de Engelsman begon, maar waarschijnlijk hadden ze hem anders ook wel gevonden. In de auto lag mijn blaffer. In het dashboardkastje. Met nog wat andere dingen. Ze hadden de kofferbak geopend en het een en ander onder een slaapzak aangetroffen.

Al bij het eerste verhoor vroegen ze of ik Theo F. kende. 'Dat ligt eraan wat je onder kennen verstaat,' antwoordde ik. Theo en ik waren in die tijd een soort van compagnons. We waren in het gat gesprongen dat Max en Richard na hun ontijdige dood hadden achtergelaten en deelden de opbrengst van de handel. Allerlei handel, ik kan daar niet te veel over uitweiden. We haalden geld op bij rijke vastgoedjongens in ruil voor bescherming. Er kwamen trawlers rechtstreeks uit Colombia, die nog buiten de Nederlandse territoriale wateren een nieuwe naam, een nieuwe vlag en nieuwe papieren kregen, en via de sluizen van IJmuiden zo het Noordzeekanaal op voeren. De bankovervallen hadden we met enige spijt in het hart moeten laten.

Op zondagmiddag gingen we dimsummen bij Oriental City aan de Oudezijds Voorburgwal. Of eigenlijk was de enige die dimsumde Theo. Ik bestelde altijd hetzelfde: wantansoep en de combinatieschotel met char siu, eend en babi pangang. We bespraken wie ons in de weg zat. Met hetzelfde potloodje als waarmee hij op het langwerpige vel met alle dimsumgerechten zijn ha kau en siu mai aankruiste, noteerde Theo een paar namen op een papiertje en dat schoof hij naar me toe. Vaak lieten we dat papiertje liggen, tussen de gemorste bami en de lege flesjes Tsingtao-bier. Wie kon ons wat maken? Wie ging die papiertjes opvissen uit de afvalcontainer achter Oriental City?

De volgende dag gingen we zelfstandig aan de slag; het was beter als we de rest van de week zo min mogelijk samen werden gezien. Omdat mijn Braziliaanse schoonmaakster altijd op maandag langskwam, begon ik in een café bij mij om de hoek. Ik googelde het adres, bekeek de mogelijke vluchtroutes op Google Maps en Street View. Soms wachtte ik iemand gewoon thuis op, ergens in de bosjes van zijn voortuintje of aan de overkant van de straat. De grote jongens met lijfwachten en gepantserde Mercedessen lieten we met rust. Het waren de onderknuppels die een kogel door het hoofd kregen. Als je genoeg onderknuppels van een bepaalde grote jongen omlegde, kwam de boodschap ook wel over. Andere keren maakte ik er meer werk van. Ik wachtte geduldig tot de onderknuppel uit de sportschool kwam. In het geval dat er geen geschikte vluchtroutes waren, drukte ik hem een pistool in de zij en nodigde ik hem uit om in de kofferbak van mijn auto plaats te nemen. Ik had mijn favoriete bos. Weinig wandelaars door de week. Ik maakte er wat van, van een executie. Niet ver van het bos was ook mijn favoriete eetcafé, ongeacht het tijdstip bestelde ik twee biertjes bij mijn uitsmijter.

De volgende zondag zaten we weer bij Oriental City. Wanneer het Theo's beurt was geweest, feliciteerde ik hem. Ik had het dan al uitgebreid op het nieuws gezien of in de krant gelezen. Meestal waren er foto's. Een auto. Rood-witte linten. Soms zo'n partytent die ze opzetten om het lijk af te schermen voor nieuwsgierige blikken. Mannen in witte pakken. Het hele forensische rechercheteam dat het sporenonderzoek kwam doen. Maar er was weinig te onderzoeken. De richting waaruit de kogel was gekomen misschien. *De schutter moet daar achter die conifeer hebben gestaan en toen Peter X. naar zijn voordeur liep het tuinpaadje op zijn gestapt.* Ja, goed gezien! Daar hoef je geen deskundige voor te zijn, dat ziet Jan van de haringkar op de hoek ook wel.

'Je bent gezien,' zei Theo op een van die zondagmiddagen in Oriental City tegen me. 'Een overbuurvrouw van tachtig die altijd voor het raam hangt heeft je de straat zien oversteken.'

Ik zei in eerste instantie niets, lepelde een gestoomd balletje wantan uit mijn soep en stak het in mijn mond. Ik keek Theo alleen maar aan, met een blik waarin ik een vraag probeerde te leggen.

'Ga voor een maand het land uit,' zei hij. 'Een paar maanden. Neem het ervan. Zie het als een welverdiende vakantie. Ik zag laatst een aanbieding voor Dubai. Altijd zon. Lekker veel clubs. Vrouwen die voor alles in zijn.'

Ik ging uiteindelijk niet naar Dubai maar naar Zuid-Spanje. Mij niet gezien in zo'n zandbak met parasols. In Spanje was ik al vaker geweest. Málaga, Fuengirola. Ik verveelde me er nooit. Als ontbijt een *café con leche* met een tosti op een terras, 's middags ergens lunchen met bier of wijn. Ik had mijn favoriete tent vlak buiten de markthal van Málaga. Inktvisjes, *pulpo*, *chanquetes* of een moot zwaardvis met olie, peterselie en knoflook, meer hadden ze daar niet nodig om het goddelijk te laten smaken. Ik dacht erover om daar ooit een huis te kopen.

Ik miste Amsterdam niet. 's Avonds wandelde ik door de smalle straatjes. Overal restaurants, overal terrassen. Ik streek ergens neer, bestelde een bordje met *jamón de bellota*. Ik was nergens op uit. Vanaf mijn tafeltje keek ik het allemaal rustig aan. Na twee biertjes wisselde ik af en toe een blik. Het duurde nooit lang. Soms liet ik me meetronen naar een of andere buitenwijk, andere keren gingen we direct naar mijn hotel.

Ik had het met die Engelsman wellicht bij een waarschuwing moeten laten. Een glas in zijn gezicht, alleen de inhoud, niet het glas zelf. Ik had niet met de auto moeten gaan. Als ze mijn auto niet hadden gevonden, had ik die zomer weer gewoon door de straatjes van Málaga kunnen slenteren. Ze hadden me waarschijnlijk liever voor altijd vast willen zetten, maar er was niet genoeg bewijs. Ik kreeg drie jaar met aftrek van voorarrest. Drie jaar die door goed gedrag nog eens werden teruggebracht naar tweeënhalf. Het laatste halfjaar kreeg ik een zogenaamd open regime. Overdag mocht ik naar huis, zolang ik me 's avonds om zes uur maar weer bij de gevangenispoort meldde.

Op een van de eerste dagen van het open regime heb ik het toen grondig voor mezelf verknald. Ik kan het niet mooier maken dan het is, het was helemaal mijn eigen schuld. Als je me toen had verteld dat ik nog geen anderhalf jaar later op de boekpresentatie van een door mijzelf geschreven boek aanwezig zou zijn, zou ik je recht in je gezicht hebben uitgelachen.

SIMON

Alweer een jaar of wat geleden was ik uitgenodigd op het festival van Cheltenham. Ik zou daar worden geïnterviewd, samen met een Engelse thrillerschrijfster. Een paar maanden voor het festival stuurden de organisatoren me een pakketje met daarin twee boeken van de schrijfster: haar meest recente, dat tijdens het interview zou worden behandeld, en het voorlaatste, waarmee zij een prijs had gewonnen, de Gold Dagger Award.

Ongevraagde boeken. Ruimte en gewicht. Ik rook aan beide boeken van de mij onbekende schrijfster. Over enkele maanden zou ik samen met haar op een podium zitten. Net zoals ik het niet kan helpen dat ik de tekst op de pot pindakaas en op het pak penne rigate lees, het verkeersbord dat de afslag naar de A86 aankondigt, kan ik, wanneer ik eenmaal aan een boek ben begonnen, niet meer stoppen. Het helpt als het een goed boek is. En dat was hier gelukkig het geval. Ik begon met het boek dat de Gold Dagger had gewonnen en daar vloog ik zogezegd doorheen.

Daarna pakte ik het tweede boek van de schrijfster, dat tijdens het interview op het festival ter sprake zou komen. En opnieuw was het goed, ik had in elk geval geen moment de aanvechting om het terzijde te schuiven. Maar net als na het lezen van haar eerste boek, bleef ik ook nu met een leeg, hongerig gevoel achter. Ik ben me ervan bewust dat ik dit gevoel ook bij de lezers van mijn eigen boeken oproep. Ik sleur ze aan hun oor door het verhaal, pas op de laatste pagina laat ik ze weer los. Er zijn lezers die na zo'n leeservaring besluiten om de eerstkomende tijd geen boeken van mijn hand meer te lezen, andere willen zo snel mogelijk meer van hetzelfde.

In de boekwinkel bij mij om de hoek trof ik geen andere boeken van de schrijfster aan. In het American Book Center op het Spui nog één. Ik zocht online bij Bol.com en Amazon; er waren nog vijf boeken naast dat derde boek dat ik binnen twee dagen uit had. Ik besloot de kortste weg te nemen, niet te wachten op pakketbezorgers.

'Kun je niet slapen?' vroeg Hanna toen ze zich om vier uur 's nachts naar me omdraaide en het bleke schijnsel van het iPad-scherm op het dekbed zag vallen.

'Ik lees alleen nog even wat,' antwoordde ik. Inmiddels had ik nog maar twee boeken te gaan. Ze waren wel allemaal wat minder dan het boek dat de Gold Dagger had gewonnen. Je kon het talent van de schrijfster er al in zien doorschemeren, zoals men zegt, maar ook niet meer dan dat.

Een maand later werd ik op het festival van Cheltenham aan haar voorgesteld. We stonden in een winderige tent, het was een klein uur voordat ons gezamenlijke interview zou beginnen. In een hoekje van de tent pruttelde thee. Op een schaal lagen sandwiches, op een kleinere schaal diverse soorten koekjes en gebak. Er waren zitjes met versleten banken en stoelen, die de indruk moesten wekken dat ze niet nieuw meer waren – alsof hier iemand woonde. Er stonden een paar boekenkasten, met werk van de schrijvers die op het festival optraden. Ook mijn eigen boek stond in een van die kasten, had ik na een korte ronde door de tent vastgesteld. Hierbij had ik ook het belangrijkste meubel gevonden: een hoge ijskast met een glazen deur waarachter de ijskoude bierflesjes verleidelijk lonkten. Naar *míj* in ieder geval, iemand die aan geen enkel openbaar interview begon terwijl er uitsluitend thee door zijn aderen stroomde.

Een zo'n bierflesje had ik in mijn linkerhand terwijl ik met mijn rechter de hand van de schrijfster drukte. Het was mijn tweede van die middag. Ik wil hier over één ding duidelijk zijn: ik was nergens op uit. Ik had zogezegd geen bijbedoelingen. En tegelijkertijd wil ik mezelf ook niet bij voorbaat excuseren. Een schrijver heeft altijd bijbedoelingen. Op het moment dat hij op een feestje bij jouw groepje komt staan, zijn het in de eerste plaats de bijbedoelingen die hem die kant op hebben gedreven. Hij verveelt zich stierlijk, maar misschien vangt hij zo nog iets op, een verhaal dat hij zou kunnen gebruiken – iets voor het boek waaraan hij werkt.

'Ik heb uw boek gelezen,' zei ik, terwijl ik de hand van de schrijfster nog even vasthield en hem daarna losliet. 'Ik vond het heel bijzonder. Heel ingenieus zoals het in elkaar zit. Tot aan het laatste moment weet je niet wie het gedaan heeft.'

Ik zag de kleur in het gezicht van de schrijfster veranderen. Ze bloosde nog net niet, het was eerder of er van buitenaf licht op haar typisch Engelse, witporseleinen huid viel. Ook in haar ogen gloeide plotseling iets: alsof je op de kooltjes van een al bijna uitgedoofd vuur blies. Ik wist hoe het ging. Ik had het al vaker gezien: hoe het gezicht van een schrijver veranderde wanneer je ze een compliment maakte. Die fysieke reacties ken ikzelf niet, ik hoor de complimenten aan, ik wacht met ongeduld tot iemand is uitgesproken – in feite verveel ik me dood. Ik weet dat ik iets goeds heb geschreven, ik hoef dat echt niet nog eens van een ander te horen.

'Dank u,' zei ze. 'Wat fijn om te horen. Ik heb uw boek...' – ik zag dat het haar zichtbaar moeite kostte om op de titel te komen – 'ik ben halverwege, het was een drukke tijd, maar het greep me meteen bij de kladden. Ik lees het nog dit weekend uit.'

'Ik heb ook uw andere boek gelezen,' zei ik, 'waarmee u die prijs hebt gewonnen. Ook weer een geweldige plot. Spannend tot aan het eind. Een einde dat ik echt niet zag aankomen.'

Er was een ongeschreven code onder thrillerschrijvers. We wisten allemaal hoe het zat. Nadat we een boek dichtsloegen waren we de inhoud alweer vergeten. Dat lag in de aard van de boeken die we schreven besloten. We voerden de lezer driehonderd bladzijden mee, daarna lieten we hem los. Of lieten we hem achter, beter gezegd.

'Wat aardig van u,' zei de schrijfster. 'Ik maak dat bijna nooit mee, dat een collega op een gezamenlijk event meer dan één boek van mij heeft gelezen.'

Nu bracht ik het flesje Peroni naar mijn mond, nam bedachtzaam een slok. 'Ik heb ook uw eerdere boeken gelezen,' zei ik. 'Allemaal. Eerlijk gezegd begrijp ik niet dat u pas zo laat bent doorgebroken. Die eerdere boeken doen in kwaliteit niet onder voor uw latere werk.'

Nu werd haar gezicht helemaal bleek en trok ze één wenkbrauw op. In haar blik meende ik een zweem van ongerustheid te bespeuren. Te laat besefte ik mijn fout. Wie was ik eigenlijk? Ik voelde me plotseling een stalker. Een opdringerige fan die haar lastigviel. Die bij een signeersessie je complete oeuvre ter signering uit een plastic tas opdiepte.

Ik keek even om me heen, op zoek naar iets wat een andere draai aan ons gesprek zou kunnen geven.

'Waarom worden dit soort festivals in dit land altijd in tenten gehouden?' vroeg ik.

'Excuse me?'

'Ik heb wel vaker in Engeland op festivals opgetreden. In Edinburgh, in weet ik veel waar. Altijd in tenten. Koude tenten, natte tenten met flapperend plastic en kieren waardoor de wind naar binnen blaast. Jullie hebben een overschot aan prachtige gebouwen. Uit de zestiende, achttiende en negentiende eeuw. Leegstaande gebouwen vaak. Landhuizen waarvan de eigenaren de eindjes alleen aan elkaar kunnen knopen door rondleidingen voor toeristen te organiseren. Ook hier in Cheltenham heb ik de prachtigste gebouwen zien leegstaan. Waarom wordt het festival niet in zo'n gebouw gehouden? Waarom moeten we hier allemaal een verkoudheid oplopen?'

Het was allemaal waar, mijn verbazing was oprecht, ik hoefde die niet te spelen. Maar voordat de schrijfster antwoord kon geven, dook de moderator naast ons op om ons naar de 'theatertent' te begeleiden.

Het event zelf verliep zoals de meeste openbare interviews verliepen. Er zat een man of veertig op ongemakkelijke houten bankjes. De meesten hielden hun regenjassen aan. De schrijfster kreeg meer vragen uit het publiek dan ik. Na afloop zaten we naast elkaar te signeren in de tent van boekhandel Waterstones, zij met een glas witte wijn naast zich, ik met mijn derde of vierde biertje. Haar rij was langer dan die van mij.

We namen nog een laatste drankje in de artiestentent. De schrijfster vertelde met iets te veel nadruk over haar man en twee kinderen, maar misschien verbeeldde ik me dat maar. Daarna werd het al snel tijd om over de houten vlonders de weg terug naar mijn hotel te vinden.

Er ging een jaar voorbij. Ik schreef een nieuw boek: *Nog dezelfde dag terug.* Op de avond van publicatie was ik te gast in de talkshow van Hans Rombouts. Het gesprek begon gemoedelijk, of anders gezegd: zoals meestal ging het niet over het boek zelf maar over allerlei bijzaken. Over de Amerikaanse filmproducent die de rechten van een van mijn oudere boeken had gekocht, hoe groot de eerste druk van het nieuwe boek was (honderdduizend exemplaren), en in hoeveel talen mijn bekendste boek, *Menselijke resten*, inmiddels was vertaald (achtendertig). Zoals gezegd las Hans Rombouts bij mijn weten nooit een boek. Het kwam dan ook als een volslagen verrassing toen hij opeens over de Engelse schrijfster begon. Ik noem haar naam niet, het is het beste voor iedereen als ze in Nederland onbekend blijft, en haar boeken onvertaald.

'Ik weet het niet, je moet het me niet kwalijk nemen, Simon,' begon hij, 'maar de plot van *Nog dezelfde dag terug* deed me sterk denken aan *No Candles on Saturday*.'

Ik wist meteen hoe het zat. *No Candles on Saturday* behoorde tot het oudere werk van de Engelse schrijfster. Een van de boeken die ik in grote haast had gelezen om ze allemaal bijtijds uit te hebben en daarna weer was vergeten.

'Ken je haar?' vroeg Hans Rombouts. 'Ben je bekend met haar werk?'

Ik dacht razendsnel na. Hoe groot was de kans dat de redactie van de talkshow bij het googelen van de naam van de schrijfster op het festival van Cheltenham was gestuit en daarbij ook mijn naam als een van de deelnemers was tegengekomen? Bij *Nee, hoe zei je dat die vrouw heette?* zou de volgende vraag van Hans Rombouts kunnen luiden: *Dat is toch merkwaardig, Simon, dat je je haar niet meer herinnert. Iets meer dan een jaar geleden heb je samen met haar op het festival van Cheltenham opgetreden. Weet je echt zeker dat je haar niet kent?*

'Ik heb een paar boeken van haar gelezen,' zei ik ten slotte, 'maar niet dit boek, geloof ik. Wat was de titel ook alweer?'

'*No Candles on Saturday.* Weet je het zeker, Simon? De overeenkomsten springen onmiddellijk in het oog. In beide boeken is sprake van een vermist meisje, en verdwijnt de vader tijdens zijn zoektocht naar zijn dochter.'

Sprongen die overeenkomsten jou in het oog of een van je redactieleden? was de wedervraag die nu door mijn hoofd schoot. *Nee, niet goed*, dacht ik het volgende moment. *Wie in de tegenaanval gaat, is al bij voorbaat schuldig.*

'Weet je wat het is, Hans. Er zijn duizenden thrillers, maar in feite zijn er misschien tien of twintig plots. Ik weet niet of het jou bij het lezen ook overkomt, maar ik ben al die boeken na het bereiken van de laatste bladzijde ook meteen weer vergeten.'

Ik wierp Hans Rombouts een uitdagende blik toe, met name tijdens de zin *Ik weet niet of het jou bij het lezen ook overkomt…* – daar deed ik mijn uiterste best om niet al te sarcastisch te klinken.

Rombouts raadpleegde de papieren die voor hem op tafel lagen, waarschijnlijk op zoek naar een opvallend detail dat in beide boeken voorkwam. Tegelijkertijd was dit raadplegen van zijn papieren het definitieve bewijs dat hij noch mijn boek, noch het boek van de Engelse schrijfster zelf had gelezen.

'In beide boeken is er sprake van een brand,' zei Hans Rombouts, maar hij klonk al anders, minder zeker van zichzelf, als een kind dat met één voet op de kant de dikte van het ijs test. 'Een brand in een pakhuis. De hoofdpersoon zit opgesloten op de bovenste verdieping –'

'Ja, maar bij mij is het niet de vader maar de dochter die daar opgesloten zit,' onderbrak ik hem. 'Dat is een wezenlijk verschil.'

Hans Rombouts zei niet meteen iets terug. Pas toen ik de glimlach die om zijn lippen speelde zag, drong mijn misstap tot me door.

'Maar daarnet zei je dat je *No Candles on Saturday* niet had gelezen,' zei hij.

'Het komt nu weer beetje bij beetje terug,' zei ik snel. 'Doordat je over dat pakhuis begon. Wie weet heb ik het ooit gelezen, dat is heel goed mogelijk. Maar het is een beetje als met de oude Egyptenaren en de Inca's. Gaan we de Inca's ervan beschuldigen dat ze niet op eigen houtje op het idee voor het bouwen van hun piramides zijn gekomen? Of nemen we gewoon aan, zoals historici ook doen, dat ze onafhankelijk van elkaar op een vergelijkbaar idee zijn gekomen?'

'Alles goed en wel, maar is het niet eerder zo dat je de plot van het boek van iemand anders hebt geleend, zodat je die niet zelf hoefde te verzinnen?'

Ik wist plotseling wat ik moest doen. Ik moest de aandacht van de hoofdzaak afleiden. Of beter gezegd: ik moest zorgen dat hoofdzaak zo snel mogelijk in bijzaak zou veranderen.

'In *Nog dezelfde dag terug* voert de zoektocht van de vader hem naar het buitenland. Naar Frankrijk.'

Hans Rombouts zei niets, knikte alleen maar even.

'Naar Frankrijk toch?' drong ik aan.

'Ja, ik dacht het wel. Ik weet even niet –'

'In *No Candles on Saturday* blijft de hoofdpersoon dichter bij huis en zoekt hij zijn dochter in de afgelegen Schotse hooglanden.'

'Ja, dat is allemaal goed en wel, maar de hoofdzaak is hier toch dat ze allebei op reis gaan. Op zoek gaan naar hun dochter.'

'In mijn boek gaat de vader niet naar Frankrijk,' liet ik mijn eerste dieptebom vallen. 'Hij vertrekt naar Griekenland. Naar Athene, die scène op de Akropolis is cruciaal, dat moet je toch toegeven?'

'Zeker, zeker. Ik heb ook nooit beweerd dat je niet kan schrijven, Simon. Het gaat mij om de hoofdzaak, zoals ik al zei. De vraag luidt: "Heb je *No Candles on Saturday* gelezen en daarna een aantal belangrijke plotwendingen zonder bronvermelding naar *Nog dezelfde dag terug* overgeheveld?"'

'De vader in mijn boek vertrekt niet naar Griekenland,' zei ik zo rustig mogelijk. 'Er is helemaal geen scène op de Akropolis, laat staan een cruciale. In *Nog dezelfde dag terug* koopt de vader een retourticket naar Barcelona. Zonder al te veel van de plot te verraden, is dat waar de titel op slaat. Hij denkt dat hij aan één dag genoeg heeft om daar zijn dochter terug te vinden. En de vader in *No Candles on Saturday* gaat niet naar Schotland maar naar Cairo. Een klein geografisch verschil misschien, je zou het een detail kunnen noemen. Het is heel goed mogelijk dat je daaroverheen hebt gelezen.'

Hanna was nog op toen ik die avond thuiskwam.

'Goed gedaan,' zei ze, nadat ze me op mijn mond had gekust. 'Maar ik begreep het niet helemaal van die Engelse schrijfster. Ik kan me nog herinneren dat je avondenlang in bed haar boeken lag te lezen.'

Ik haalde mijn schouders op, trok mijn onschuldigste gezicht en wierp een steelse blik op het halflege glas rode wijn dat op het bijzettafeltje naast de bank stond.

'Wil jij nog meer wijn?' vroeg ik. 'Ik heb zelf ook wel trek in iets.'

'Simon...'

Ik had al een stap in de richting van de keuken gezet, naar het vriesvak, maar bleef nu staan.

'Je hebt je daarnet kranig geweerd,' zei Hanna. 'Ik was trots op je. Maar ik moet het je toch vragen. Heb je dat boek van die Engelse schrijfster overgeschreven? Of heb je op zijn minst haar plot gebruikt? Het zal heus waar zijn dat die Rombouts beide boeken nooit heeft gelezen, maar het idee voor je thriller kwam toch ook niet helemaal uit de lucht vallen?'

Ik keek naar mijn vrouw. Naar Hanna. Op zulke momenten was zij de doorgewinterde rechercheur die zich niets op de mouw laat spelden. Wanneer ik haar vraag zou ontwijken, zou ze me met haar twee volgende strikvragen alsnog als een bedrieger ontmaskeren.

'Ik vind het niet erg, Simon,' zei ze. 'Ik wil gewoon dat je eerlijk tegen me bent.'

Ja, zo ging het. Zo deed ze het. Niet Hanna mijn vrouw, maar Hanna Hanson, de rechercheur die begrip voor de moordenaars kon opbrengen. Met dat begrip verleidde ze die moordenaars vervolgens tot een bekentenis. Ik kon haar nog uitleggen dat ik het niet bewust had gedaan. Dat was de waarheid. Ik had het boek – alle boeken – van de Engelse schrijfster gelezen en iets van de plot moest in mijn onderbewuste zijn blijven hangen. Zo had ik het ook ervaren: alsof het idee voor de plot van *Nog dezelfde dag terug* voor de volle honderd procent uit mijn eigen brein afkomstig was. Is dat dan nog plagiaat te noemen? Als we dit al plagiaat noemden, dan wist ik er nog wel een paar. Ik plagieerde ook mezelf. Meer dan eens was ik aan een nieuw boek begonnen om me pas na veertig pagina's te realiseren dat ik zoiets al eerder had geschreven. Het overkwam me ook met sommige scènes. Is dat soms ook plagiaat? Willen we de originaliteit van de Inca's in twijfel trekken door ze met een plaatje van de Egyptische piramides om de oren te slaan? Schrijvers, filmmakers, schilders en componisten, allemaal leenden we iets van elkaar. Als dat lenen te opzichtig in het oog sprong, dekten we ons in tegen de beschuldiging van plagiaat door het een 'citaat' of een 'eerbetoon' te noemen. Was *Nog dezelfde dag terug* goedbeschouwd geen eerbetoon aan *No Candles on Saturday*? Zij het dan zonder bronvermelding. Maar misschien was ik juist niet laf geweest, had ik me zogezegd niet ingedekt, zoals al die anderen die de ideeën van elkaar pikten zonder dat ze daarover ooit verantwoording hoefden af te leggen.

Hoe komt u op uw ideeën? Dat vragen ze altijd op de avonden in bibliotheken en theaters, op de literaire festivals zoals dat van Cheltenham. *Ik haal mijn ideeën overal vandaan*, antwoord ik doorgaans. Ik heb dit altijd een pijnlijke vraag gevonden. De mensen die hem stellen komen zelf kennelijk nooit op ideeën. Op geen enkel idee misschien wel. Tegelijkertijd kennen ze een bijzondere eigenschap toe aan de mensen die dat wel kunnen, alsof de ideeënrijkdom iets is wat ons boven de rest van de mensheid verheft, terwijl het voor schrijvers, componisten, filmmakers net zoiets natuurlijks en vanzelfsprekends is als een glas water drinken. *Uit het dagelijks leven*, zeg ik, terwijl ik mijn blik razendsnel door de zaal laat dwalen, op zoek naar een opgestoken vinger, een andere vraag. *Uit mijn eigen jeugd, uit films en tv-series, uit boeken van anderen.*

Ik keek dus naar Hanna. Ik kneep mijn ogen iets samen, waardoor zij weer moeiteloos veranderde van inspecteur Hanna Hanson in de vrouw die ik drieëntwintig jaar geleden op een feestje had aangesproken. We stonden inmiddels in de keuken. Ik had het vriesvak opengetrokken en daarna weer dichtgeschoven. Ik had de fles Bombay Sapphire gepakt en haar gevraagd of ze ook een gin-tonic wilde.

'Heb je dat boek van die schrijfster overgeschreven, Simon?' drong ze nu aan. 'Of heb je anders in elk geval een eigen draai aan haar plot gegeven?'

Ik haalde diep adem.

'Nee,' zei ik.

In de daaropvolgende weken gebeurde er niets. Ik had op een follow-up gerekend. Een ijverige journalist – er waren er genoeg die mij op zijn zachtst gezegd geen warm hart toedroegen – die ook mijn andere boeken onder de loep zou nemen. Maar er gebeurde hoegenaamd niets. Misschien was het luiheid van de journalisten: het vergde heel wat tijd en doorzettingsvermogen om al mijn plots met andere plots te vergelijken. De spreekwoordelijke speld in de hooiberg. Wel verscheen er een dag na het interview een klein stukje in *Het Parool* met als kop: HANS ROMBOUTS-SIMON HANSON: 0-1. Ik had de talkshowpresentator eens goed op zijn nummer gezet, was de strekking van het stukje, hem alle hoeken van de studio laten zien. Ook hier geen woord over *No Candles on Saturday*, het festival in Cheltenham of *Nog dezelfde dag terug*. In de jaren daarna werd ik nooit meer voor zijn programma uitgenodigd. Dat was op zich niet heel erg, er waren nog meer talkshows op de televisie, en ik wist dat de boycot niet eeuwig zou duren. Ik wist het in elk geval op de dag dat ik Rombouts de vette worst van Derek L. en *Luchtplaats* voorhield.

Zo kwam ik er veel makkelijker mee weg dan ik aanvankelijk had durven dromen. Gerard was een ander verhaal. Die zou niet zo makkelijk weggaan – niet uit vrije wil in elk geval.

HANNA

Het plan leek simpel. Met de nadruk op léék. In de film *A Simple Plan* vinden drie mannen een zak met een miljoen dollar in een neergestort vliegtuigje ergens in de lege bossen van Montana. De piloot zit dood in de cockpit. Ze besluiten de zak te begraven. Als na een maand niemand zich als de rechtmatige eigenaar heeft gemeld, zullen ze de buit verdelen. Natuurlijk loopt het fout af, de film eindigt in moord en doodslag. Ik heb later nog vaak aan *A Simple Plan* moeten denken. Ik heb hem opgezocht op Netflix. Het is zo'n film die je meerdere keren kunt zien. Als je de slechte afloop weet, wordt hij eigenlijk nog beter.

We hadden gehoord dat Theo F. zich na talrijke omzwervingen in Laos, Thailand en Dubai weer in Amsterdam en omgeving ophield. Op het hoofdbureau hadden we een aparte ruimte waar de precieze handel en wandel van Theo F. werden bijgehouden. Precies zoals je je dat voorstelt: op een wereldkaart met vlaggetjes en prikkertjes, portretfoto's van direct betrokkenen. Onder al die foto's stonden een voor- en achternaam, soms een bijnaam en een geboortedatum. Onder grofweg de helft stonden behalve een geboorte- ook een sterfdatum en een nummer dat verwees naar een vlaggetje op de wereldkaart: de locatie waar de betreffende persoon om het leven was gekomen, vaak door één enkel schot door het achterhoofd of anders in een kogelregen.

We haalden onze informatie uit verschillende bronnen: informanten, telefoontaps, het schaduwen van handlangers. Het was lang geleden dat Theo F. zich in het openbaar had durven te vertonen. De laatste keer, in een bekende Amsterdamse eetgelegenheid waar hij een ober had gemolesteerd, dateerde alweer van vijf jaar geleden.

In de jaren voorafgaand aan dat incident kon je Theo F. nog gewoon door de stad zien flaneren. In cafés en restaurants zat hij altijd aan een tafeltje helemaal achterin, met zijn rug tegen de muur en met vrij zicht op de ingang. Het leek wel of hij er plezier in had om in zijn eentje de stad in te gaan. Of hij genoot van de spanning. Een crimineel met de statuur van Theo F. kon zich natuurlijk ook in een gepantserde auto laten verplaatsen, zich door gewapende lijfwachten laten omringen. Maar het was net of hij het contact met de straat niet wilde verliezen. Hij was klein begonnen in Amsterdam-Oost. Van straatroof stapte hij al snel over op bankovervallen, drugshandel en afpersing. Drie keer was hij gewond geraakt bij een schietpartij. De laatste keer vlogen de kogels de voorbijgangers in een drukbezochte winkelstraat om de oren. Theo F. lag een week op de intensive care van het OLVG met een doorboorde long. 'Een halve centimeter naar links en hij was er niet meer geweest,' zei de dienstdoende specialist, die ons in eerste instantie verbood om hem te verhoren.

Twee dagen voordat hij uit het ziekenhuis zou worden ontslagen, vond dat verhoor alsnog plaats. De linkerhelft van zijn borstkas was met verband bedekt. Met een van pijn vertrokken gezicht hees Theo F. zichzelf omhoog in de kussens zodat hij min of meer rechtop kwam te zitten.

'Ik kan jullie helaas niet verder helpen,' zei hij voordat we ook maar één vraag hadden gesteld. 'Waarom ze mij moeten hebben? Misschien kunnen jullie dat eens uitzoeken.'

Zoals gewoonlijk waren er geen bewijzen. Op het lichaam van de hevig bloedende Theo F. was geen vuurwapen aangetroffen. Zo ging het altijd. We hielden hem aan voor een verkeersovertreding of een achterstallige belastingaanslag. We verhoorden hem een middag op het hoofdbureau. Hij vroeg niet eens om een advocaat, dat moest je hem nageven. 'Ik heb niets te verbergen,' zei hij ook nu weer, in het OLVG. 'Als jullie mijn huis willen doorzoeken, *be my guest*. Ik zal jullie echt niet vastpinnen op het gebrek aan een huiszoekingsbevel.'

Naast verhoren deden we ook andere dingen. We stuurden een ansichtkaart op de verjaardag van een van zijn kinderen. We reserveerden een tafeltje in een bekend restaurant in Amsterdam-Zuid naast de tafel waar hij met vijf van zijn kompanen had gereserveerd. Allemaal om hem te laten merken: we zijn op de hoogte, we houden je in de gaten.

Ik ging meestal samen met Ernst Blok, mijn meest directe collega. We bestudeerden de menukaart en proostten met ons glas spa blauw of een colaatje light naar de aan de belendende tafel verzamelde criminelen. En zij proostten terug. Met een grijns, maar niet van harte. Het praatte toch wat ongemakkelijker met twee rechercheurs aan het tafeltje naast het jouwe. Die etentjes duurden dan ook nooit lang. Niemand nam een toetje. Ze rekenden af en vertrokken.

Het restaurantbezoek diende nog een doel. De criminelen zouden elkaar aankijken. *Wie van ons heeft zijn mond voorbijgepraat? Wie is er wellicht informant geworden?* Soms deden we een inval in een illegaal gokcafé. Van de zes aanwezige criminelen namen we er vijf mee naar het bureau. Op zijn laatst na vierentwintig uur moesten we ze weer op vrije voeten stellen, maar we hoopten dat het zaadje was geplant. Met een beetje geluk troffen we die zesde een paar weken later op een verlaten parkeerplaats aan. In zijn eigen auto, voorovergeleund tegen het stuur. Het verbrijzelde portierraampje en de vijf patroonhulzen op het asfalt vertelden de rest van het verhaal.

Maar toen kwam er die keer dat de situatie omgekeerd was. Ik zat met Simon in ons favoriete restaurant, niet ver van ons huis. Onze bestelling stond nog maar net voor onze neus toen een ober een roos bij ons tafeltje kwam bezorgen.

Ik zette me al schrap. Dit was nog in de tijd dat er vaker wel dan niet rozen bij mijn tafeltje werden bezorgd.

'Het is van die meneer daar,' zei de ober met een discreet knikje naar een tafeltje helemaal achter in het restaurant. Theo F. hield een glas bier omhoog. Hij lachte breeduit en proostte. Ik pakte mijn wijnglas en proostte terug. Wat had ik anders kunnen doen? Ik keek naar Simon, die uiterlijk onaangedaan in zijn spareribs sneed.

'Wie is dat?' vroeg hij, zonder van het vlees op te kijken. 'Ken je hem?'

Wellicht haalde ik me te veel in het hoofd, maar het zat me niet lekker. Het kwam allemaal te dichtbij.

'Iemand die al lang en breed in een cel had moeten zitten,' zei ik, iets feller dan ik van plan was geweest. 'Je kunt rustig stellen dat meer dan de helft van alle liquidaties in Amsterdam op zijn conto kan worden bijgeschreven. Maar zoals wel vaker blijven de echt grote jongens altijd buiten schot.'

'Mmm,' zei Simon.

Ik was het die vrij zicht had op het tafeltje van Theo F., Simon zou zich om moeten draaien.

'Kan ik kijken?' vroeg hij.

'Nee, doe maar niet. Ik waarschuw je wel als hij weggaat. Het valt nu te veel op.'

Er zat een man tegenover Theo F. die ik alleen op de rug kon zien. Eén keer keek hij opzij om de aandacht van de serveerster te trekken.

Ik wist het meteen. Ik kende dat profiel. Derek had destijds nog geen baard, er was geen vergissing mogelijk.

Theo F. zou ik sneller terugzien dan ik toen had kunnen vermoeden. Niet in ons favoriete restaurant maar in een ziekenhuisbed in het OLVG amper twee weken later.

'Je bent van dichtbij nog mooier dan ik had durven dromen, Hanna,' zei hij. 'Ik had die hele bos rozen voor je moeten kopen.' Veel meer kwam er niet meer uit die middag.

In de lift naar de begane grond keek Ernst me aan. 'Wat was dat?' vroeg hij.

'Wat?' Ik probeerde me van de domme te houden. 'Dat we zijn huis mogen doorzoeken?'

'Nee, dat hij je kent. Dat hij je voornaam weet. En wat was dat met die bos rozen?'

Ik heb me later vaak afgevraagd van wie de roos eigenlijk afkomstig was. Had Derek Theo op het idee gebracht? *Niet meteen kijken, maar aan dat tafeltje bij het raam zit een vriendin van me. Van vroeger. Van de middelbare school. Hanna heet ze.*

'We volgen die lui van dichtbij. We nemen een tafeltje naast dat van hen in een restaurant. Ik neem aan dat zij op hun beurt inlichtingen inwinnen over ons. Jouw voornaam weten ze waarschijnlijk ook.'

'Maar die noemde hij niet. Mijn naam.'

Had ik hier nog iets tegen in moeten brengen? Jaren later zou ik spijt hebben dat ik dat niet had gedaan. Dat ik het erbij had gelaten. Ik kon tegen die tijd alleen maar hopen dat ons korte gesprek in de lift van het OLVG inmiddels uit Ernsts geheugen was gewist.

SIMON

Gerard Maasland en ik kenden elkaar van de middelbare school. Van het Montessori Lyceum om precies te zijn. In de tweede klas werden we vrienden, we speelden samen in een bandje en hadden een poosje hetzelfde vriendinnetje. Niet tegelijkertijd, eerst ik een paar maanden, daarna mocht hij haar hebben.

Ook na onze middelbareschooltijd bleven we elkaar regelmatig zien. We trouwden, ik met Hanna, hij met Annabel. We kwamen bij elkaar eten, twee keer zijn we samen op vakantie geweest met onze kinderen. Hanna en Annabel werden vriendinnen, misschien wel meer dan dat Gerard en ik vrienden waren – of bleven. Het belangrijkste verschil tussen Gerard en mij was dat hij het Montessori Lyceum had afgemaakt en ik er in de derde vanaf was gestuurd. Sinds het behalen van zijn middelbareschooldiploma had hij geen werk. Af en toe kluste hij wat bij, ook bij ons heeft hij een keer een badkamer verbouwd, maar dat was geen succes. De douche zat te laag en spoot steevast over de rand van de badkuip.

Gerard en Annabel lazen mijn boeken. Ik nodigde ze uit op presentaties. Annabel zei altijd zonder enige reserve wat ze ervan vond, zowel in positieve als in negatieve zin. 'Je wordt bedankt, Simon,' zei ze. 'Je hebt me weer een slapeloze nacht bezorgd. Ik kon het echt niet wegleggen.' Maar ook: 'Ik weet niet, ik had de hele tijd het gevoel: dit heeft hij eerder en beter gedaan. Die shoot-out aan het eind was mij net iets te veel Hollywood, ik hoop dat je het niet erg vindt dat ik het zeg.'

En ik vond het niet erg. Niet van haar in elk geval. Ze was een doorgewinterde thrillerlezer, ze verslond de ene na de andere. Michael Connelly was haar favoriet, maar ook elke nieuwe Harlan Coben, Lee Child en John Grisham vond zijn weg naar haar nachtkastje.

Gerard reageerde anders op mijn boeken, gereserveerd, alsof hij zijn werkelijke mening achterhield. 'Ja, ja dat was weer heel mooi gedaan,' zei hij bijvoorbeeld. 'Hoe die vrouw aan het eind haar man terugvindt. Proficiat!'

'Wat bedoel je?' vroeg ik. Ik wist eigenlijk allang wat hij bedoelde, maar ik wilde het uit zijn mond horen.

'Misschien heb je deze keer te veel ballen tegelijk in de lucht proberen te houden. Ergens is er in elk geval eentje op de grond gevallen.'

Bij een andere gelegenheid, we zaten bij ons thuis aan de keukentafel, de borden waren nog niet afgeruimd en ik had net een nieuwe fles wijn opengetrokken, zei Gerard: 'Proficiat met je eerste plek, Simon. Het is je weer gelukt. Maar dat is ook haast geen wonder met die publiciteitscampagne die je uitgeverij ertegenaan gooit.'

'Wat bedoel je?' vroeg ik ook deze keer; en ook deze keer wist ik het antwoord al.

'Nou, wat ik bedoel is dat het niemand kan zijn ontgaan dat Simon Hanson weer een nieuw boek heeft uitgebracht. Alleen al die enorme postercampagne bij de tramhaltes. Ik zou wel anders willen, maar het is bijna onmogelijk om jou niet tegen te komen als je de stad in gaat.'

Het was zo'n punt in de avond waarop ons gesprek zich in tweeën had gesplitst. Hanna zat tegenover Annabel, ik wist niet waar ze het over hadden, ving alleen de zin 'zo'n lichaam als van Brad Pitt' op – uit de mond van Annabel.

'Wacht even, wacht even,' zei ik tegen Gerard. *Mijn vriend Gerard*, dacht ik. Maar misschien was hij dat al een tijdje niet meer. 'Wat je in feite zegt is dat mijn kop op die abri's de mensen ertoe dwingt om mijn boeken te kopen. Zonder al die publiciteit zou niemand er iets van moeten hebben.'

'Nou, je kunt toch niet ontkennen dat het een belangrijke rol speelt. De mensen hebben geen idee welk boek ze zouden moeten lezen. Die affiches wijzen hun de weg. Dit mag ik blijkbaar niet missen, denken ze. Die vent staat zo groot met zijn kop op zo'n affiche, dat moet wel een belangrijk persoon zijn.'

'Maar waar je in feite aan voorbijgaat is het boek zelf,' zei ik, terwijl ik er getuige van was hoe Gerard zijn halfvolle glas wijn in één keer achteroversloeg. Hij was wellicht dronken. Ik zou mijn dronken vriend niet te hard moeten aanpakken, hij wist niet helemaal meer wat hij zei. Aan de andere kant geloofde ik juist in dronken mensen, en was ik van mening dat ze altijd de waarheid spraken. De man die in een donker hoekje op een feest alle vrouwen in hun billen knijpt, wil dat ook in het volle daglicht doen. 'Wat je zegt over die publiciteit is dat mijn boek niks waard is. Een prutswerk. Dat het uitsluitend aan al die affiches met mijn kop erop te danken is dat mensen het willen lezen.'

'Nee, nee, nee, dat heb ik niet gezegd,' sprak hij met dikke tong. 'Je moet mijn woorden niet gaan verdraaien, Simon. Je moet je er niet op een makkelijke manier van af proberen te maken.'

Ik zweeg even. Met een diagonale blik over de tafel probeerde ik de aandacht van Hanna te trekken, wat uiteindelijk lukte. Ik kantelde mijn hoofd naar links en rolde met mijn ogen.

'Wie heeft er nog zin in een ijsje?' vroeg mijn vrouw nu tot mijn niet-geringe opluchting. 'Het zijn heel gewone ijsjes. Snicker-ijsjes. Jij, Annabel? Gerard?'

'Het is allemaal veel te gemakkelijk,' zei Gerard, en ik hoopte dat ook Hanna nu haar aandacht naar het dronken gelul van Gerard zou verleggen. Dat ze hem op zijn nummer zou zetten. Op de een of andere manier voelde het beter als niet ik maar zij dat zou doen.

'Het is heel makkelijk om elke keer zo'n boek te schrijven,' zei Gerard toen we alle vier een hap van ons ijsje hadden genomen. 'Ze lijken allemaal op elkaar. Iedereen kan het inmiddels, Simon. Jij, de buurman van de overkant. Het spijt me dat ik het moet zeggen, maar het is inmiddels gewoon een formule geworden. Ik denk dat je dat zelf ook wel weet.'

Hanna keek nog lichtelijk geamuseerd, maar toen ik een blik opzij wierp, zag ik het gezicht van Annabel. Ik schrok van de blik in haar ogen, van hoe ze naar haar man keek, met een mengeling van droefheid en regelrechte afkeer.

Ik weet eigenlijk wel zeker dat tijdens dat etentje de gedachte voor het eerst bij mij heeft postgevat. Al ver voordat Derek L. in mijn leven kwam. *Ze zou beter af zijn zonder hem.* Annabel was tandarts, zij zorgde voor het inkomen van het gezin Maasland, kookte, draaide de wasjes en hield het huis schoon. Gerards enige bijdrage was het naar school brengen en weer ophalen van hun twee kinderen geweest toen die nog klein waren. En ook dat deed hij vaak zuchtend. 'Ik kom tot niks als ik twee keer per dag onderbroken word in mijn projecten,' zei hij in die tijd. 'Ik kan me nooit eens langer op één ding concentreren.'

Wij waren al sinds de opening van haar praktijk patiënt bij haar. Onlangs was ik nog voor controle bij haar langs geweest.

‘Ik heb dat boek van die Emily Parker gelezen,’ zei ze, terwijl ze over mijn wijd openstaande mond heen gebogen was. ‘*No Candles on Saturday*. Waar je het op tv over had.’

‘Hng,’ zei ik, iets anders kon ik in deze situatie niet uitbrengen. Ik stelde me plotseling voor dat zij haar boor zonder enige verdoving in een van mijn gezonde kiezen zou zetten. Ik zou snel bekennen. Ik zou aan Annabel bekennen dat ik Emily Parkers boek als basis voor *Nog dezelfde dag terug* had gebruikt.

‘Ik begreep niet helemaal,’ zei Annabel, ‘waar dat allemaal over ging. Er zijn inderdaad een paar opvallende overeenkomsten, maar voor de rest zijn het twee totaal verschillende boeken. Sterker nog, als jij al iets van haar boek hebt gebruikt, heb je het hooguit naar een hoger plan getild.’

Soms vertelde Hanna mij over de gesprekken die ze met Annabel voerde. Bij meer dan één gelegenheid was haar vriendin in tranen uitgebarsten. Het kwam erop neer dat zij steeds wanhopiger werd van Gerards passiviteit. Hij deed dan nog wel de boodschappen en kookte twee avonden in de week, maar het waren wel altijd dezelfde gerechten, of varianten op die gerechten. Annabel had Hanna ook verteld dat ze het steeds moeilijker vond om nog enig gezag over hun kinderen uit te oefenen. Als ze bijvoorbeeld iets zei over de rommel in hun kamer, over vuile borden die gewoon op het aanrecht werden neergezet in plaats van in de afwasmachine, keken ze haar alleen maar meewarig aan. Ze hoefden het niet eens hardop te zeggen, hun blikken zeiden genoeg. *Papa doet dat ook niet. Papa ligt de hele dag in zijn vieze kleren op de bank en ruimt ook nooit iets op.* Daar bracht Annabel dan in gedachten tegen in dat zij wél werkte, dat ze het fijn zou vinden om in een opgeruimd huis thuis te komen. Maar ze wilde niet dat haar kinderen een te negatief beeld van hun vader zouden krijgen. Of nog erger: dat ze haar een zeur zouden vinden.

Hoe zou het voor Annabel zijn, vroeg ik me die avond van het etentje voor het eerst af, als Gerard er niet meer was? Voor hun kinderen? Na de begrafenis zou het verdriet al snel plaatsmaken voor een gevoel van opluchting, zoals dat wel vaker gaat na begrafenissen. Annabel zou eindelijk duidelijke afspraken kunnen maken met haar kinderen, over wie de boodschappen deed, wie er op welke dag zou koken en wie het huis schoon zou houden. Misschien was dat laatste niet eens nodig, ze konden een schoonmaakster zoeken van het geld dat ze uitspaarden doordat Gerard er niet meer was, er was immers één mond minder te voeden.

'Dat is misschien een idee,' zei Hanna, terwijl ze naar mij knipoogde. 'Schrijf zelf een boek als je denkt dat het zo makkelijk is wat Simon doet. Wij zullen het beoordelen. Simon, Annabel en ik, wij zijn de jury.'

Ik keek even snel naar Annabel. Misschien ging Hanna te ver. Het was één ding om Annabels klaagverhalen over haar echtgenoot aan te horen, het was iets anders om die echtgenoot publiekelijk belachelijk te maken.

'Ja, doe dat,' beet Annabel haar man toe. 'Schrijf een boek. Een boek als dat van Simon. Een bestseller. Doe eindelijk eens een keer wat.'

Verbluft staarde Gerard naar zijn vrouw. 'Annabel, lieve schat!' lachte hij ten slotte, een lach die van heel diep leek te komen. 'Ik doe van alles, ik ben altijd bezig. Nee, ik boor niet dag in, dag uit in de vieze gebitten van anderen, maar ik ben net een nieuw project gestart, ik wilde jullie daar nog over vertellen.' Hij richtte zich kort tot Hanna en mij en wendde zich daarna weer tot zijn vrouw: 'En ik doe ook nog een hoop andere dingen. Ik kook, ik ben er voor de kinderen als ze uit school komen. Ik ben niet zo'n eeuwig afwezige vader zoals de meeste mannen. Als ze hulp of steun nodig hebben, ben ik in de buurt. Dat is ook wat waard.'

Ik wisselde een blik met Hanna. Ik wist zeker dat wij op dat moment hetzelfde voelden. Het was gênant om bij de ruzies van andere echtparen aanwezig te moeten zijn. Maar stiekem was het ook een beetje genieten.

'Misschien is het je ontgaan, Gerard,' zei Annabel, en ik hoorde een eerste trilling in haar stem, ze schreeuwde niet, integendeel, ze fluisterde bijna, zodat het nog beter te horen was hoe stil het plotseling aan onze keukentafel was geworden. 'Maar dacht je soms dat het leuk is voor hen, zo'n altijd aanwezige vader? Ik zie hoe ze naar je kijken. Hoe ze naar elkaar kijken als je iets tegen ze zegt. Ik heb het er onlangs nog met ze over gehad. Ze willen zo snel mogelijk het huis uit als ze eenmaal eindexamen hebben gedaan. Ik zou niets liever willen dan dat ze nog een paar jaar langer thuis zouden blijven wonen. Maar als ze straks weg zijn, is dat in de eerste plaats aan jou te wijten.'

'Dat is toch niet meer dan normaal, dat ze het huis uit willen?' zei Gerard. 'Wat denk je nou eigenlijk? Dat ze nog jaren bij jou op schoot willen zitten? Alsjeblieft, Annabel, word wakker!' Hij ademde lang uit door zijn neus. 'Weet je wat ze over jou zeggen? Wil je dat ook horen? Weet je wat ze achter jouw rug over je zeggen, over hun moeder die ze zo graag nog jaren thuis zou willen houden?'

Misschien was dit het moment om in te grijpen. We hoefden ook niet alles te horen. Er zouden dingen worden gezegd – er wáren al dingen gezegd – waarvan ze later spijt zouden krijgen dat andere mensen, hun vrienden, ze ook hadden gehoord. Gerard zou zich morgen misschien niets meer herinneren, maar Annabel vast en zeker wel. Hanna en ik zouden het ons herinneren.

Deze twee hadden al jaren geleden van elkaar moeten scheiden. Dat kon alsnog. Maar er kleefde wel iets onbevredigends aan een echtscheiding. Er moesten afspraken worden gemaakt. Spullen verdeeld. Hoe vaak wie waar de kinderen zou mogen hebben. Annabel zou hem nog altijd blijven zien, elke keer dat hij de kinderen kwam halen of brengen, zijn vermoeiende aanwezigheid.

Nee, dan was de dood beter. Op de begrafenis zou er verdriet zijn, misschien wel echt verdriet, al was het alleen maar om zoveel verspilde jaren. Al bij het geopende graf zouden Annabel en haar kinderen het af kunnen sluiten. Het verdriet afsluiten en aan een nieuw leven beginnen.

Ik keek opzij naar Annabel. In gedachten deed ik haar een belofte. Ik beloofde dat ik er iets aan zou doen. Ik zou haar haar eigen leven teruggeven, al wist ik op dat moment nog niet hoe ik dat ging doen.

'Wat zei hij nou ook alweer?' vroeg Hanna nadat Gerard en Annabel waren vertrokken en we samen de tafel afruimden en de vuile borden in de afwasmachine zetten. 'Dat jouw boeken heel makkelijk waren om te schrijven? Hij zou het zelf ook weleens even doen, toch? Hij zou zelf een boek schrijven.'

We moesten allebei lachen.

'Ach, dat is hij morgen alweer vergeten,' zei ik.

DEREK

Het was misschien een vergissing om al op een van de eerste dagen van mijn zogenaamde open regime naar mijn oude buurt terug te keren. Ik kon het me verbeelden, maar ik meende het van de gezichten van de mensen op straat te kunnen aflezen: hoe ze even keken, doorliepen, en daarna nog een keer keken. Ik vermeed de slager en de bakker waar ik vroeger altijd kwam. Ik kocht een paar broodjes, een ons lever en een ons pekelvlees bij de Albert Heijn op het Christiaan Huygensplein – de meisjes achter de kassa waren nog te jong, ze behandelden mij net zo vriendelijk als de overige klanten.

Bij café Elsa's vielen de gesprekken letterlijk stil. Dat was wat ik was die eerste dag: een *conversation killer.* Ik wist dat ik op zo'n reactie kon rekenen, maar toch was het raar als het je in het echt overkwam. Bij Elsa's hebben ze van die klapdeurtjes, zoals in een saloon in een western. Zo voelde ik me ook: alsof ik met getrokken pistolen door de saloondeurtjes kwam om een rekening te vereffenen. En in zekere zin was dat natuurlijk ook zo, maar niet met de cafébezoekers, met niemand in Elsa's op dat moment.

Al weet ik niet wat ik had gedaan als híj daar aan de bar had staan keuvelen met een biertje in zijn hand. Dan had ik niet voor mezelf ingestaan.

Een halfjaar eerder was hij voor het eerst op mijn bezoekuur verschenen. Een journalist, een bekende naam in misdaadkringen. Marc Verhoeven. Hij had een plan: een biografie, het verhaal van mijn leven.

'We delen de opbrengst,' had Verhoeven gezegd. 'Iedereen wil over jou lezen, ik verwacht er minstens een kwart miljoen weg te zetten.'

Ik had er wel oren naar. Ik hoefde hem niet alles te vertellen, niets wat mijn naderende vrijlating in gevaar kon brengen.

'Maar wel een paar dingen natuurlijk,' zei hij. 'Dingen die de mensen nog niet weten. Die ze graag willen horen.'

Ik stelde voor om hem alles over mijn leven te vertellen zodra ik uit de gevangenis was. Je kan nog zo'n goede journalist zijn, maar wat ik allemaal heb meegemaakt, verzin je zelf natuurlijk nooit.

Verhoeven had bij een later bezoek gevraagd of ik het goedvond dat hij alvast mijn vrouw zou interviewen.

'Ex-vrouw,' zo had hij zichzelf meteen verbeterd. 'Voor de volledigheid wil ik Chiara ook interviewen. Maar niet zonder jouw toestemming natuurlijk. Niet achter je rug om.'

Ik had iets gevoeld, ik weet niet goed hoe ik het moet omschrijven: een donkere wolk, zeggen de mensen soms, maar wat ik voelde was niet zozeer donker als wel compact en reukloos.

'Ze is niet mijn ex-vrouw,' had ik geantwoord. 'We zijn alleen maar tijdelijk uit elkaar.'

'Oké, oké,' zei hij. 'Wat jij wilt. Als jij liever niet hebt dat ik haar interview moet je het zeggen.'

Later had ik hardop moeten lachen om dat 'niet achter je rug om'. Je zou hooguit kunnen zeggen dat ik te goed van vertrouwen was geweest. Als ik toen had geweten wat me te wachten stond, was het bezoekuur anders verlopen. Anders geëindigd, kan ik beter zeggen.

Ik luisterde, ik knikte en ik gaf antwoord, maar ondertussen ademde ik zo veel mogelijk door mijn neus.

Wanneer was het begonnen? Hoelang was dit al aan de gang?

Ik betrapte mezelf erop dat ik niet eens echt verbaasd was, ja, dat ik er zelfs een klein beetje begrip voor kon opbrengen. Ex-vrouw van veroordeelde crimineel probeert een nieuw leven te beginnen, het verleden te vergeten. En dan komt er op een dag een journalist op bezoek. Een misdaadverslaggever die een boek over haar man – haar ex-man – wil schrijven. Hij is niet onknap, hij is charmant, geduldig – niet zo opvliegend als hij, denkt ze, en ze verdringt die gedachte weer even snel als ze is komen opzetten.

Bij zijn derde bezoek brengt de journalist bloemen voor haar mee, bij het vierde een doos bonbons. Ondanks zichzelf merkt ze dat ze het steeds leuker begint te vinden als hij langskomt, dat ze langer voor de spiegel staat, haar haar opsteekt en het dan weer los laat vallen – als ze de bel hoort, maakt ze haar lippen nog even vochtig met haar tong.

'Wanneer begint je open regime ook alweer?' vroeg hij die laatste keer dat we in de ontmoetingsruimte zaten, nadat de bewaker had aangekondigd dat we nog twee minuten hadden.

'Over twee weken,' zei ik.

'En hoeveel tijd heb je?'

'Overdag ben ik vrij. 's Avonds slaap ik weer gewoon hier.'

Verhoeven haalde diep adem, stond op, pakte zijn jas van de stoel. 'Ik zou graag met je langs een paar plekken willen gaan,' zei hij, met een schuine blik op de bewaker. 'Je weet wel welke plekken, denk ik.'

'Ja.'

Ik vroeg me af of hij het ging zeggen – of hij het zou durven.

Hij durfde het; hij zei het gewoon.

'En waag je alsjeblieft niet in de buurt van Chiara,' zei hij. 'Probeer niks op het spel te zetten, je weet wat ik bedoel. Laat haar met rust.'

Ik keek hem aan en knipperde even met mijn ogen, omdat ik dacht dat het hem gerust zou stellen.

'Ik heb een straatverbod,' zei ik tegen Marc Verhoeven. 'En ik krijg een enkelband.'

Dat was allemaal waar. Het enige wat niet waar was, was wanneer mijn open regime zou ingaan. Het was al over één week.

Bij de Primera op de Middenweg kocht ik een middelgroot postpakketje van karton.

Ik had het gecheckt op Google Maps: in de Pythagorasstraat was ik nog net buiten het gebied van het straatverbod, maar zodra ik de hoek omsla, de Copernicusstraat in, stuurt mijn enkelband een signaal uit en gaat ergens een alarm af.

Ik stelde het me zo voor: een centrale meldkamer met computers, de *enkelbandenmeldkamer*, bemand door hooguit twee personen, als bij piloten van een drone. De een had net een pizza besteld, de ander was even buiten een sigaretje gaan roken. Als ik de Copernicusstraat in liep, ging in de meldkamer een alarm af, het duurde even voordat de ene achtergebleven enkelbandenvolger doorhad welke van de misschien vijftig of zestig uitstaande enkelbanden was geactiveerd. Twintig, dertig seconden misschien? Niet veel langer, schatte ik, maar in die twintig of dertig seconden was ik de Copernicusstraat al uit en liep ik de Molukkenstraat op. Onder de stalen spoorbrug verloor de meldkamer even het signaal, de collega was inmiddels terug van zijn rookpauze, ze hadden nu ook beeld.

'Hij verdween… daar,' zei de een; hij wees naar het scherm.

De ander sloeg een paar toetsen op het toetsenbord aan, boven in het scherm verschenen nu mijn voor- en achternaam. En wie weet, misschien ook nog wel andere dingen, ik ben nooit in zo'n meldkamer geweest.

Mijn leeftijd. Mijn vergrijpen. Het aantal jaren dat ik vastzat. *Vuurwapengevaarlijk*. Ja, dat stond er misschien ook wel. Ik heb dat altijd een mooi woord gevonden, ook al was het in mijn geval misleidend: de mensen zouden kunnen denken dat ik niet gevaarlijk was wanneer ik zonder vuurwapen rondliep.

Het flikkerende puntje was inmiddels aan de andere kant van de spoorbrug weer tevoorschijn gekomen.

'Waar gaat hij heen?' vroeg de collega die buiten had staan roken.

Dan gaat de bel. 'Dat zal mijn pizza zijn,' zei de ander.

Ze stonden een ogenblik in tweestrijd. Hoe ernstig was dit? Het zou niet de eerste keer zijn dat een enkelbanddrager zich in verboden gebied begaf. In negen van de tien gevallen keerden ze na een minuutje of wat weer terug in het gebied waar ze wel vrij mochten rondlopen.

Ik bleef staan, toen draaide ik me om en liep terug naar de spoorbrug.

'Kijk, hij heeft het door, hij gaat terug.' Er werd voor de tweede keer gebeld, iets langer nu. 'Kun jij even opendoen, dat is mijn pizza.'

Het flikkerende puntje verdween onder de brug, verdween helemaal.

'Wat doen we? Geven we het door? Sturen we er een wagen op af?'

'Wacht nog even. Als hij er aan de goeie kant weer uit komt is het vals alarm, dat hebben ze niet graag.'

Ik wachtte onder de brug en telde tot twintig, ongeveer zo lang als het zou duren voordat ik er aan de goede kant weer uit zou komen. Maar ik wachtte vooral om te luisteren of ze al iets gedaan hadden. Of ik in de verte een sirene kon horen.

Als ik de sirene zou horen, blies ik het af. Maar als het nu stil bleef, stormde ik na die twintig seconden onder de brug uit, de nieuwe wijk in. Ik had het allemaal al honderd keer bekeken op Google Street View, deze wijk was nog half in aanbouw toen ik tijdelijk uit het openbare leven verdween, maar ook met een blinddoek voor mijn ogen zou ik de deur van haar flatgebouw in no time kunnen vinden. Ik had het uitgerekend. Minder dan twee minuten. Ik was een sportief type, ik had getraind, ik rookte al tien jaar niet meer. Binnen anderhalve minuut stond ik voor de deur. Ik belde aan, niet bij haar, bij de buren op de verdieping boven of onder haar.

Ja?

Ik ben de buurman van de begane grond, er is vanochtend een pakje voor u bij mij afgegeven.

Waar ik niet op had gerekend was dat de enkelband niet alleen de denkbeeldige bemanning van de enkelbandenmeldkamer zou waarschuwen maar ook mijzelf. Halverwege de Copernicusstraat, op anderhalf blok van de hoek met de Archimedesweg, begon hij te zoemen. En niet alleen te zoemen: hij trilde. Hij ging af, als een wekker.

'Godverdomme!' zei ik, en ik versnelde mijn pas. Misschien hadden ze me dit verteld, misschien ook niet – ik wist het me in elk geval niet meer te herinneren. Het zoemen (en het trillen) nam in frequentie toe naarmate ik me dieper in het gebied van het straatverbod waagde.

Toen ik onder de brug uit kwam rende ik al. Ik herkende de glazen nieuwbouw bij het kruispunt van de Molukkenstraat en de Carolina MacGillavrylaan van Google Street View. Zoals ik al zei was deze wijk nog maar half af toen ik de gevangenis in verdween. Tegenover de ringvaart langs het Flevopark lagen vroeger, in de jaren dat ik hier opgroeide, alleen wat volkstuintjes en een onderzoekslaboratorium waar proeven met nucleair materiaal werden gedaan. Klasgenootjes op mijn basisschool vertelden dat ze op de oever van de ringvaart kikkers met drie poten en twee hoofden hadden gezien. Op woensdagmiddag zochten wij soms de hele oever af, maar ernstig misvormde kikkers hebben we nooit gevonden.

Gelukkig waren er weinig mensen op straat die het zoemen van mijn enkelband hadden kunnen horen.

Hijgend bereikte ik de portiek van het bruine flatgebouw met de twee woontorens. Ik scande de naambordjes, wachtte tot ik op adem was gekomen en belde aan bij haar onderburen op de negende verdieping.

'Ja?' klonk al na tien seconden een vrouwenstem door de intercom.

'Ik ben de buurman van de begane grond,' zei ik. 'Er is vanochtend een pakketje voor u bij mij afgegeven.'

Ik hield het pakketje omhoog voor de camera van de intercom en begon tot tien te tellen; bij vier klonk er een luide klik en sprong de glazen deur open.

Net voor ik in de lift wilde stappen, kwam er nog iemand door de buitendeur naar binnen: een man in een blauw windjack, met kortgeknipt grijs haar en een bril. Het zou merkwaardig zijn als ik de liftdeur in zijn gezicht zou dichtslaan.

'Goedemiddag.'

'Goedemiddag.'

De man drukte op de vijfde, ik op de tiende.

Zwijgend begonnen we aan onze weg naar boven. Maar stil was het niet. Van ergens onder mijn broekspijp, ter hoogte van mijn enkel als je goed luisterde, klonk een duidelijk hoorbaar ritmisch zoemen. De man keek me aan.

'Mijn telefoon,' zei ik. 'Maar ik neem hem nu niet op. Eerst dit pakje afgeven.'

De man knikte even, maar hij bleef kijken. Ik zag het nu in zijn ogen gebeuren: hij kende mij ergens van, al wist hij nog niet helemaal waarvan. Er was een documentaire over mij gemaakt, de biografie waar Marc Verhoeven aan werkte was niet het eerste boek dat over mij was geschreven, er bestond al een boek over mijn jeugdjaren in de Watergraafsmeer, een boek met veel te veel foto's, van zowel vroeger als nu.

'Ik woon hier beneden,' zei ik. 'Op de begane grond. Ik heb u ook al vaker hier op straat zien lopen.'

Op de vijfde stapte de man uit. Verbeeldde ik het me of tastte hij al direct na het verlaten van de lift in zijn broekzak? Naar zijn telefoon wellicht?

De tijd drong. Toen ik op de tiende uitstapte hoorde ik het meteen: een sirene. Hier vlakbij. Aan het eind van de gang waar ik nu stond was een klein raam. Het flikkerende blauw van het zwaailicht reikte zelfs tot hierboven, tot de tiende verdieping.

Op het moment dat mijn ex-vrouw de deur opende (ik hoefde niet eens het pakketje voor het glazen kijkgaatje omhoog te houden, zoals ik van plan was geweest; zo ver omhoog dat zij niet mijn gezicht of mijn ogen zou kunnen zien) wist ik dat het geen vergissing was geweest. Ik hoefde ook niet mijn voet tussen de deur te zetten: ze deed hem uit eigen vrije wil verder voor mij open.

Ik zag het aan de manier waarop ze naar mij keek, aan haar ogen. Zo hadden die ogen mij ook aangekeken op het terras in het stadje Corleone op Sicilië waar zij als serveerster werkte. Dat was twintig jaar geleden. Ik was daar op vakantie vanwege *The Godfather*. Omdat ik de geboorteplaats van de familie Corleone had willen bezoeken, zoals een ander op bedevaart naar Santiago de Compostela gaat. Zij had het flesje Peroni en het glas op mijn tafeltje neergezet en had mij aangekeken. En ik had teruggekeken.

'Derek,' fluisterden haar lippen nu.

'Chiara,' zei ik.

'Wat is...?' Ze wees naar beneden, naar mijn schoenen, waar het zoemen van de enkelband vandaan kwam.

Uit de woonkamer klonken eerst alleen geluiden van een televisie die aanstond, maar nu ook nog een ander geluid: een mannenstem.

'Wie is daar?' vroeg de stem, en het volgende ogenblik verscheen de man in het gangetje dat de woonkamer met de voordeur verbond.

Ik kreeg een gevoel dat ik maar op één manier kan omschrijven. *Dit is het*, dacht ik, *dit is waarom ik leef*. Dit is wat mij onderscheidt van mensen als Marc Verhoeven, die altijd vanaf de zijlijn zullen blijven toekijken. Als een voetbaltrainer in de dug-out: zijn beste spits schiet de bal onhoudbaar in de kruising en de trainer kan hooguit zijn armen in de lucht steken – alleen maar juichen.

Er waren misschien dingen voorgevallen tussen mij en Chiara, technisch gesproken was zij op dit moment misschien mijn ex-vrouw. Maar ik had haar niet zomaar opgegeven, dat lag niet in mijn aard. Vandaag was ik gekomen om haar terug te halen.

Wat was precies het moment geweest waarop Marc Verhoeven in de gracht was gevallen die de dierentuinbezoekers scheidt van het eigenlijke leeuwenverblijf? Was dat al bij zijn eerste bezoek aan mij in de gevangenis? Of later, toen hij op het onzalige idee kwam om ook mijn vrouw te 'interviewen'?

Nee, waarschijnlijk was het nu, dacht ik toen ik het bovenste karton van het postpakketje scheurde en in een en dezelfde beweging de halve stoeptegel eruit haalde. De stoeptegel die ik in een ingeving van het stapeltje op de hoek van de Molukkenstraat en de Carolina MacGillavrylaan had gepakt, waar stratenmakers bezig waren een nieuw stuk fietspad aan te leggen.

Dit is wie ik ben, dacht ik toen ik zijn stomverbaasde gezicht zag, zijn handen die een afwerend gebaar maakten. Of eerder een sussend gebaar: *wacht even, we kunnen er toch over praten?* Maar leeuwen praten niet. Ze dragen ook geen enkelband.

Dit was mijn leven, samengebald in een paar seconden. Want veel langer dan een paar seconden zou hij niet meer aan het leven mogen ruiken.

SIMON

Het pak papier arriveerde op een zaterdagochtend om halftien. Wij hadden sinds een paar maanden een ongeduldige pakketbezorger die de gewoonte had al voordat ik bij de voordeur had kunnen zijn voor de tweede keer op de bel te drukken.

'Ja, ik kom al!' riep ik zo luid mogelijk terwijl ik met twee treden tegelijk de trap afdaalde. Door het raam van de woonkamer had ik de gedeukte witte bus al aan de overkant van de straat zien staan. Schuin op de stoep geparkeerd, met hetzelfde ongeduld als waarmee de pakketbezorger nu op de bel drukte.

Ik zag het meteen aan het formaat, voelde het aan het gewicht. Ik liep al anders toen ik de trap weer beklom, niet lichtvoetig en haastig zoals op de heenweg, maar zwaar ademend, tree voor tree, het postpakket met twee handen tegen mijn borst geklemd.

Ik installeerde me met een mok koffie aan de keukentafel. Dit waren de laatste ogenblikken van vrijheid – daar was ik me maar al te zeer van bewust terwijl ik naar de fietsers en de hardlopers op het fietspad keek – van een zaterdag met onbekommerd uitzicht op de horizon. Ik kon het pakket dicht laten, het pas maandag openen. Of het later die ochtend – of beter nog onder dekking van de nacht – in de papierbak hier vlak voor onze deur laten verdwijnen. Maar ik had inmiddels gelezen wie de afzender was.

Donkere dagen, luidde de titel op de eerste pagina van het manuscript. Daarboven in twee keer zo grote letters de naam van de auteur. Helemaal onderaan die eerste pagina stond een handgeschreven opdracht: *Voor Simon. Veel leesplezier! Laat je weten wat je vindt? Je Gerard.*

Ik begon te lezen. Vanaf de eerste alinea was duidelijk dat hij net zo'n soort boek als dat van mij had willen schrijven. Precies zoals hij tijdens ons etentje een klein halfjaar eerder had aangekondigd. Hij zou aantonen dat iedereen zo'n boek kon schrijven – en dat had hij gedaan.

Een internationaal bekende thrillerschrijver uit een niet bij name genoemd land gaat op tournee om zijn nieuwe roman te promoten. Hij komt overal; in grote steden en kleine dorpen, wordt op vijf continenten geïnterviewd, op tv, op de radio en in tot de nok gevulde theaterzalen en universiteitsaula's. Na afloop van elk optreden, na het verplichte diner met de uitgever en de organisatoren, laat hij zich naar zijn hotelkamer brengen. Daar drinkt hij steevast een paar shotjes uit de minibar. Snel, zonder de moeite te nemen een glas te pakken, zet hij de miniflesjes Stolichnaya, Gordon's en Ballantine's aan zijn mond en slaat ze in één keer achterover. Vervolgens verlaat hij zijn hotel en wandelt door de nachtelijke straten. In Helsinki, in Stockholm, in Dublin en Vilnius, in Toronto, München, Milaan en Sofia. Hij kiest zijn slachtoffers willekeurig. De ene keer is het een dakloze, de andere keer een taxichauffeur. Soms volgt hij ze tot aan de voordeur van hun huis. De volgende dag, of een paar dagen later, koopt hij in de vertrekhal van de luchthaven de plaatselijke kranten of speurt hij op zijn telefoon de online-edities af. Dat is voor hem de kick, meer dan het moorden zelf. Een raadselachtige moord, kennelijk zonder duidelijk motief gepleegd.

Dit gaat maanden zo door. Soms is de schrijver moe, beperkt hij zich tot een avondje zappen op zijn hotelkamer. Een andere keer maakt hij contact met een vrouw aan de hotelbar. Hij neemt haar mee naar boven, maar hij krenkt haar geen haar. Te veel sporen, te veel uit te leggen, een met bewakingscamera's volgehangen hotel, een lijk dat lastig weg te werken is – dat is in feite de enige reden dat deze vrouwen het kunnen navertellen.

Dan verschijnt er een vrouwelijke rechercheur van Interpol ten tonele. Zij ziet als eerste het verband tussen de tournee van de schrijver en de willekeurige slachtoffers. Ik zal het hierbij laten. Geen spoilers – al zijn het dan spoilers uit een boek dat niemand ooit te lezen zal krijgen.

Ik zag meteen wat hij had gedaan. Hij had het personage van de thrillerschrijver naar mij gemodelleerd. Niet een klein beetje, nee, helemaal, tot in de kleinste details. Al mijn onhebbelijkheden had hij uitvergroot. Het personage werd er een enigszins ongeloofwaardige figuur van. Een karikatuur. Maar wel een karikatuur waarin ik mezelf nog duidelijk wist te herkennen. Het kon me niet zoveel schelen. Gerard kende mij als geen ander. Wat had ik hem aangedaan? vroeg ik me af. Door simpelweg te bestaan had ik hem naar het tweede plan gedrukt. Naar het derde plan. Het vierde. De afgelopen dertig jaar was hij de vriend van Simon Hanson geworden. *Dé Hanson?* vroegen de mensen hem wanneer hij mij terloops ter sprake bracht. *De schrijver?*

In feite had ik hem natuurlijk niets aangedaan. Ik was een beroemde schrijver geworden, ik droeg geen schuld aan zijn totale mislukking. Hij had zelf de handen uit de mouwen kunnen steken. Iets kunnen worden, iets heel gewoons waarmee hij voldoende geld verdiende om zijn vrouw in staat te stellen minder uren in haar tandartspraktijk door te brengen.

Ik had er niet zo'n moeite mee dat hij een natuurgetrouw portret van mij had proberen te schilderen. Om de opgekropte frustratie over mijn bestaan van zich af te schrijven, want daar kwam het in feite op neer. Ik wist zeker dat hij het zelf als een 'ongenadig' portret zou bestempelen. Dat hij nu, op ditzelfde moment, thuis in zijn vuistje zat te lachen bij de gedachte dat ik, zijn oude schoolkameraad, deze woorden zat te lezen.

Irritanter vond ik het dat hij Hanna had gebruikt voor het personage van de rechercheur. Ook tot in de kleinste details. Details waarin hij meer dan eens bepaalde grenzen overschreed. Hij kwam simpelweg te dichtbij. In de beschrijving van haar ogen, van haar mond. Zo voelde ik het tenminste, alsof Gerard in geschreven vorm zijn vieze, begerige tengels naar haar uitstrekte – haar via een tussenpersoon (haar minnaar, een jonge rechercheur in opleiding) aanraakte op plekken waar alleen haar wettige echtgenoot dat mocht.

Er zaten een paar broeierige bedscènes in *Donkere dagen*. Tegen het eind van het boek – toch een spoileralert – wordt de rechercheur zelf slachtoffer van de rondreizende thrillerschrijver. Hij bindt haar vast in een verlaten loods op een industrieterrein. Daar gebeuren dingen die zelfs mij, doorgewinterde schrijver van expliciete scènes, te ver gingen. Het kostte me moeite om ze te lezen, ook al waren ze slecht geschreven. Het hele boek was slecht geschreven, daar kom ik straks nog op, maar ik denk dat deze expliciete scène nog smeriger en onverdraaglijker werd omdat je bij het lezen van al die smerigheid van de ene onbeholpen zin naar de andere moest strompelen.

Was Gerard soms heimelijk verliefd op Hanna? Was hij daarom jaloers op mij? Of was het een typisch geval van vrouwenhaat en haatte hij Hanna omdat ze zoveel mooier was dan zijn eigen vrouw?

Ik dacht nu aan Annabel. Zou zij dit ook hebben gelezen? Zou zij Hanna en mij ook als de twee hoofdpersonages hebben herkend? Of werkte het zo niet? Ik probeerde me een voorstelling te maken van Gerard en Annabel in bed. Annabel die het manuscript van *Donkere dagen* lag te lezen. Gerard die gespannen lag te wachten op haar oordeel. Of, waarschijnlijker: Gerard die niet het geduld kon opbrengen om op dat oordeel te wachten. *Hoe ver ben je al? Hoe vind je het?* En Annabel die een diepe zucht zou slaken, het was na middernacht, morgen had ze weer een drukke werkdag voor de boeg, in tegenstelling tot haar man. *Dit kun je echt niet maken, Gerard. Dit is zo duidelijk herkenbaar Simon. Hoe kun je zoiets doen? Hij is je vriend.* Gerard zou misprijzend snuiven. *Mijn vriend! Ja, dat is wat hij denkt. Maar hij heeft helemaal geen vrienden. Hij heeft mij alleen maar nodig om aan de kant te staan applaudisseren wanneer hij de zoveelste bestseller heeft afgeleverd.*

Annabel zou iets mompelen over het late uur, de weinige uren die ze nog zou kunnen slapen. Daar had Gerard natuurlijk geen boodschap aan. *Maar afgezien van Simon, wat vind je? Vind je het spannend? Is het moeilijk weg te leggen? Dat is toch altijd zo bij een goeie thriller, dat die je een slapeloze nacht bezorgt?*

Op dit punt gekomen zou Annabel meer rechtop in de kussens gaan zitten. *En dan die rechercheur... Dat is zo overduidelijk Hanna. Hoe haal je het in je hoofd? Hanna is mijn vriendin. En wat je allemaal over haar verzint, wat die schrijver met haar doet... Ik vraag me af of je wel helemaal gezond bent, Gerard. Of ben je soms verliefd op haar? Lig je 's avonds in bed over haar te fantaseren?*

Er zijn schrijvers die met een zekere stelligheid verkondigen dat je geen schrijvers moet opvoeren als personages in je boeken. Dat dit verboden terrein is. Ik heb dit altijd grote onzin gevonden. Schrijver is een beroep als elk ander. Waarom zou je wel loodgieters, makelaars en filmacteurs als personages mogen gebruiken en schrijvers niet? Het is bovendien een beroep dat je door en door kent. Waarom zou je al die kennis ongebruikt moeten laten? Door het beroep van schrijver buiten je boeken te houden, plaatsen we dat nog meer op een voetstuk, alsof het veel uitzonderlijker is dan het beroep van loodgieter of makelaar.

Ik moet eerlijk zijn. De plot van *Donkere dagen* was lang niet slecht. Het was een idee dat bij wijze van spreken ook van mij had kunnen komen. Maar alles werd verpest door de slepende stijl, de houterige woordkeus, de schreeuwerige dialogen die gespeend waren van elk werkelijkheidsgehalte. *'Ik zou je een klap voor je kop moeten verkopen, schoft!' schreeuwde hij buiten zinnen van woede.* Dat werk. Zondagsschrijvers zoals Gerard Maasland hebben nog niet begrepen dat de woede uit de dialoogzin zelf moet blijken. Dat *zei hij* in al zijn eenvoud en efficiëntie vele malen sterker is, sterker ook dan het *snikte zij met nauwelijks verholen verdriet* op de volgende pagina.

Wat stond me te doen? Gerard wachtte op een reactie. Op de eerste pagina van zijn prutswerk had hij me 'veel leesplezier' toegewenst. Ongeveer elke twintig pagina's stond ik op en liep ik handenwrijvend door de keuken. Er zat niets anders op dan hem de waarheid te vertellen, besloot ik. Ik zou de pijn niet verzachten. Ik zou hem nog geen sprankje hoop gunnen dat *Donkere dagen* ooit in de boekhandel zou liggen. Dat zou ronduit oneerlijk zijn, hield ik mezelf voor. Zachte heelmeesters... Nee, ik zou hem met open vizier tegemoet treden, als een arts tijdens een slechtnieuwsgesprek zou ik me aan de feiten houden: *Ik kan het niet mooier maken dan het is... Hoelang nog? Twee maanden, drie hooguit.*

En ik zou niets laten merken. Ik zou net doen of het me niet was opgevallen op wie hij zijn beide hoofdpersonages had gebaseerd. Dat pleziertje zou ik hem niet gunnen.

Ik zou op neutraal terrein met hem afspreken. Een caféterras. Een plek waar ik ook meteen weer weg kon. Een telefoontje, een WhatsAppbericht was makkelijk te simuleren: onrustig schuivend op mijn stoel zou ik naar een niet-bestaande stem in mijn oor luisteren, met een peinzende blik naar het schermpje van mijn telefoon kijken en een wenkbrauw optrekken: *Het spijt me, ik moet er helaas alweer vandoor. Niek staat zonder sleutels voor de deur.* Helemaal geen uitleg was misschien nog wel beter. *Ik moet gaan.* Het beteuterde gezicht van Gerard, het manuscript dat het grootste deel van het terrastafeltje in beslag zou nemen. *Maar je zei in het begin dat er ook goeie dingen in zaten. Kunnen we niet nog een keer afspreken binnenkort?*

Ja, zo zou het gaan. En zo ging het ook – min of meer. Een kleine week nadat ik me door *Donkere dagen* had geworsteld, zaten we op het terras van café Botanique. Terwijl we het nog over koetjes en kalfjes hadden, dronk ik mijn eerste flesje Vedett met grote haast leeg. Ja, ik dronk mezelf moed in, daar schaam ik me niet voor, het zou een pijnlijk en vies karweitje worden. Tijdens ons etentje had Annabel naar Gerard gekeken als naar een doodgereden egel. Aan mij de taak om de resten van het asfalt te schrapen.

Ik begon over de plot. Die was zoals gezegd niet slecht, dus dat was een makkelijke binnenkomer. Ik keek naar Gerards opgetogen gezicht terwijl hij naar me luisterde. Ik bestelde een tweede Vedett, dronk deze net als de eerste direct uit het flesje. In een glas zou het voor iedereen zichtbaar zijn hoe snel ik dronk. Het is al vaak gezegd: alcohol haalt de scherpe randjes van het bestaan, van de wereld, van onze medemensen – van alles. Het lukte me om te glimlachen, om met iets te brede armgebaren uiteen te zetten hoe hecht doortimmerd de plot in elkaar zat. Ik keek naar zijn stralende blik, zijn bijna onafgebroken knikkende hoofd. *Zie je wel*, zag ik hem denken. *Ik heb niet minder dan een meesterwerk geschreven. Zelfs de grote Simon Hanson moet toegeven dat ik talent heb.*

Ik haalde diep adem, zette het flesje aan mijn mond, merkte dat het leeg was en wenkte de serveerster. *En dan nu het slechte nieuws*, sprak ik mezelf in gedachten toe. Ik trok een ernstig gezicht, of beter gezegd: ik zag mezelf het ernstige gezicht trekken, het gezicht van de arts. Een oncoloog waarschijnlijk, die na wat inleidend gekeuvel op de ernst, het hopeloze verloop van de ziekte inzoomt. Hij bevochtigt zijn bovenlip met het puntje van zijn tong om de woorden er zo soepel mogelijk uit te laten komen. *Uitzaaiingen... onbehandelbaar... hoelang nog...? Twee, drie maanden?*

'Het verhaal is dus wel oké,' zei ik. 'Ik bedoel de spanningsopbouw. Je bent benieuwd naar hoe het verder gaat...' Op dat punt gekomen keek ik om me heen. Waar was de serveerster? Waar bleef mijn Vedett? 'Op zinsniveau val je echter meteen door de mand. Je bent een amateur, Gerard, mooier kan ik het niet maken. Je hoort bij die één miljoen landgenoten die "ook schrijven" maar het qua publiceren nooit verder zullen brengen dan een ingezonden brief in het huis-aan-huisblad.'

Ik pauzeerde even, deed wel mijn best om hem recht aan te blijven kijken. Zo stond het ook in het protocol van de oncoloog: *Sla nooit de ogen neer, wend de blik niet af wanneer je over de uitzaaiingen en de levensverwachting begint.*

'Maar...' begon hij, en daarna viel hij stil. Ik zag zijn gezicht, ik zag wat er met dat gezicht gebeurde.

Daar was eindelijk mijn Vedett. Ik zette het flesje aan mijn mond, dronk. Het effect begint bij mij altijd pas halverwege het tweede flesje, het derde dient om dat langgerekte moment van gelukzaligheid vast te houden. Zat ik hier maar alleen, dacht ik. Een terras, voorbijgangers, een achter de daken van de huizen verdwijnende zon: het was genoeg, het was altijd genoeg, meer had ik echt niet nodig.

Ik keek naar het verbouwereerde gezicht van Gerard. Zou hij gaan huilen? Of zou hij kwaad worden, het pak papier dat tussen ons in lag naar zich toe trekken, het onder zijn arm stoppen en er met grote passen vandoor gaan? Zou hij een dramatische slotzin uitspreken? *Ik dacht dat je mijn vriend was, maar dat ben je kennelijk niet. Hierbij zeg ik de vriendschap op!* En kun je iets opzeggen wat er al lang niet meer is?

Ik had er goed aan gedaan om hem de waarheid te zeggen, hield ik mezelf voor. Het was wreed om iemand met illusies op te zadelen. Hij zou nooit een schrijver worden. Er zat voor hem niets anders op dan terug te keren naar zijn oude bestaan. Dat van een mens die uitsluitend plaats inneemt. Die eet en drinkt en dat eten en drinken vervolgens weer afscheidt. *Een nietsnut*, schoot het opeens door mijn hoofd, en ik moest onwillekeurig lachen om dit al sinds jaren verouderde woord. Uit dezelfde categorie als *schavuit*, *bengel*, *dronkaard* en *klaploper*.

'Wat lach je?' vroeg Gerard.

'Niets. Een binnenpretje. Nee, ik moest opeens denken aan het Montessori Lyceum. Ik ben er bijtijds vanaf gegaan, maar jij...'

Achteraf moet ik toegeven dat ik niet goed weet wat me bezielde, het was niet nodig geweest om het allemaal nog erger te maken dan het al was. 'Gerard, je moet het me niet kwalijk nemen, maar heb je weleens gedacht aan het directe verband tussen jouw montessoriopleiding en je onvermogen om in je eigen levensonderhoud te voorzien? Al vanaf het allereerste jaar werd er gehamerd op creativiteit. Elk kind was creatief, elk kind was bijzonder. Ik kon niet tekenen, maar de juf moedigde me aan in mijn "zo geheel eigen vorm van expressie". Het montessorionderwijs leidt je niet op tot baliemedewerker van de ABN AMRO-bank. Eerder tot de nieuwe Picasso of de volgende Martin Scorsese. Maar wel een werkloze Picasso. Een Picasso die niet kan rondkomen, die zijn gezin niet kan onderhouden, omdat hij simpelweg niet het talent van een Picasso in zich heeft. Zo leeft de montessorileerling zijn ongelukkige leven in frustratie. Hij wil kunstschilder worden, filmregisseur, schrijver, dat denkt hij tenminste. Terwijl hij misschien wel gelukkig had kunnen worden wanneer hij gewoon een kantoorbaantje had genomen. Een kutbaantje, maar wel eentje waarmee hij op eigen benen had kunnen staan in plaats van zijn hand bij de uitkerende instanties op te houden of zijn vrouw op te laten draaien voor het inkomen. Je weet niet wat je hebt gemist, Gerard. Je hebt geen idee wat het met je eigenwaarde had gedaan als je van je eigen geld een mooie jurk voor Annabel had kunnen kopen.'

Ik had Gerard niets kunnen verwijten als hij me na deze monoloog op mijn bek zou hebben geslagen, maar ik moet toegeven dat ik het eigenlijk al wist: veertien jaar montessorionderricht en meerdere decennia van werkloosheid hadden zijn zelfrespect volledig uitgehold. Hij zou geen vinger naar me uitsteken.

Zonder zelfs maar de schijn op te houden keek ik nu op mijn horloge. Ja, ik moest weg. Er was nog hoop, de dag was nog niet helemaal verloren. Ik had mijn plicht gedaan. Met drie biertjes achter de kiezen zou ik op mijn dooie gemak door de Javastraat slenteren. Een glimlach op mijn gezicht. Niet het leven zou mij toelachen maar andersom: ik zou het leven toelachen. Ik zou de dag bekronen met een haring, met twee haringen; ik nam er nooit minder dan twee. Ik zou Hanna een appje sturen. *Wil jij nog iets van de viswinkel?* De dag die zo zwaar was begonnen, met iets waar ik al vanaf het ontwaken tegen op had gezien als tegen een plas kots die je moet opdweilen, zou een waardige afsluiting krijgen.

'Weet je zeker dat je niet bevooroordeeld bent?' vroeg Gerard. 'Ik bedoel, los van je tirade tegen het Montessori, die kennen we nu wel. Maar over mijn boek. Je zegt zelf dat de plot goed in elkaar zit. Moeten we het niet aan een onafhankelijke instantie voorleggen om te beoordelen? Aan jouw uitgever bijvoorbeeld?'

Ik keek hem aan, nee, waarschijnlijk staarde ik. Je hebt alles opgedweild en in de vuilniszak gedeponeerd, maar wanneer je deze uit de pedaalemmer trekt, scheurt hij en kun je opnieuw beginnen.

'Ik weet zeker dat als jij een goed woordje voor me doet, je uitgever het dan met meer interesse zal lezen,' zei hij. 'Jou kunnen ze zoiets toch niet weigeren?'

'Mijn uitgever,' zei ik, zonder vraagteken.

'Of anders kun je me op zijn minst een – hoe noemen jullie dat ook alweer? – een blurb geven. Met een aanbeveling van jou, van de grote Simon Hanson, zullen andere uitgevers het met meer belangstelling lezen.'

Nu staarde ik echt, zij het niet naar Gerard maar langs hem heen, in een onbestemde verte. Ik bedwong de aanvechting om de serveerster te wenken en nog een vierde Vedett te bestellen. Het was als met de feestjes waarop je tegen je zin dronken wordt omdat ze anders niet te harden zijn.

Ik trok het pak papier naar me toe, diepte een viltstift uit de binnenzak van mijn jasje op.

Donkere dagen *is zowel geestig als ontroerend. Ik kon het niet wegleggen.*

Gerard boog zich over zijn manuscript, kneep zijn ogen samen. 'Wat staat daar?' vroeg hij. 'Jezus, wat een handschrift heb jij toch!'

Het was waar. Ik was linkshandig. Maar al in de kleuterklassen van de montessorischool hadden ze me aangeleerd om met rechts te schrijven. Zo schreef ik vandaag de dag nog steeds: met rechts, maar zo goed als onleesbaar, ook voor mezelf.

Ik pakte het bovenste blaadje van de stapel.

'*Donkere dagen* is zowel geestig als ontroerend,' las ik mijn eigen tekst aan Gerard voor. 'Ik kon het niet wegleggen.'

HANNA

Wat had Derek ook alweer tegen me gezegd na afloop van de boekpresentatie en het etentje met de uitgever? We stonden buiten voor het restaurant, ik zou met Niek naar huis gaan, Derek en Simon zouden met onze auto naar de tv-studio naast Artis rijden voor de talkshow van Hans Rombouts.

'We gaan daarna waarschijnlijk nog wel ergens heen,' had Simon zachtjes in mijn oor gezegd. 'Dus maak je niet ongerust als het wat later wordt. Gewoon nog iets drinken ergens. Hij is al zo lang niet buiten geweest.'

En ik had begripvol geknikt. Derek stond iets verderop te lachen met een van de meisjes van de uitgeverij, maar toen onze blikken elkaar kruisten, was hij op Simon en mij toegestapt.

'Zo,' zei hij, terwijl hij zijn handen diep in de zakken van zijn te korte broek stak. 'Het officiële gedeelte zit er bijna op.'

Ik wist even niet wat ik tegen hem moest zeggen.

Op dat moment werd Simon aangeklampt door de uitgever, een kleine man met kleine oogjes die net zo rood waren als zijn brilmontuur. Derek maakte van de gelegenheid gebruik door zijn blik van mijn ogen naar mijn hals te laten glijden, hem twee seconden op mijn lippen te laten rusten, om via mijn haar ten slotte weer bij mijn ogen uit te komen.

Wat hij niet deed was wat de meeste mannen deden, vroeger, lang geleden: zijn blik van top tot teen over mijn lichaam laten glijden en daarna weer terug.

'Het is ongelofelijk,' zei hij, redelijk zacht, maar ook weer niet zo zacht dat niemand het zou kunnen horen.

Ik keek snel opzij naar mijn man, maar die was inmiddels druk in gesprek met de kleine uitgever.

'Wat?' zei ik, en onwillekeurig bracht ik mijn handen naar mijn haar, legde ze toen plat tegen mijn wangen.

'Dat je helemaal niet bent veranderd,' zei hij. 'Ik had het je al eerder willen zeggen. Je bent nog net zo...' – nu was het zijn beurt om even opzij te kijken – 'je bent nog net zo mooi als toen.'

Ik voelde de huid van mijn gezicht onder mijn vingers, voelde de warmte. Ik kon iets terugzeggen. Iets in dezelfde trant. *Jij bent ook niet veranderd.* Het was niet tegen te houden: ook ik liet nu mijn blik over zijn hele gezicht glijden, tot ergens in zijn hals – de tatoeage met de slangenkop.

'Toen-toen?' vroeg ik. 'Of toen?'

'Allebei.'

Ik keek naar zijn lippen terwijl hij dit zei. Ik dacht aan onze kussen in de fietsenstalling van zijn nieuwe school, waarop hij een paar weken nadat hij van de onze was afgestuurd was toegelaten. Het was een school die ze ons altijd als schrikbeeld voorhielden: wat er ook gebeurde, je moest koste wat het kost niet op die school terechtkomen.

Dat was toen-toen. De pauzes overlapten, zijn nieuwe school lag op amper vijf minuten fietsen van de mijne. Zijn lippen vertoonden hooguit iets meer barstjes, zijn mond hing nog op dezelfde manier half open als toen-toen, alsof hij voor het kussen was geschapen. Kussen die minutenlang duurden, we lieten ons niet van de wijs brengen door de opmerkingen van de overige leerlingen, we gingen er helemaal in op, we waren ver weg van alle scholen met hun lesuren, hun docenten en hun huiswerk – we waren met iets bezig waar zij alleen maar jaloers op konden zijn.

Toen-toen was iets anders dan toen. Toen was korter geleden, een jaar of twee inmiddels. Een crimineel die een appartementencomplex was binnengedrongen. Een crimineel met een straatverbod. Ik had die middag vrij, ik was alleen maar op de melding af gegaan omdat ik toevallig door die buurt reed. Science Park. Zoals gewoonlijk met de politieradio zachtjes aan.

Aan alle eenheden. Gevangene met open regime. Heeft een straatverbod. Vuurwapengevaarlijk. Draagt een enkelband.

Hadden ze toen al zijn naam genoemd? Ik weet het niet meer, het moet haast wel, ik had hem in elk geval gemist. Op de navigatie was te zien dat ik me op minder dan tweehonderdvijftig meter van het bewuste appartementencomplex bevond.

'Welke verdieping?' zei ik in mijn portofoon, terwijl ik schuin op de stoep en half op een grasveldje parkeerde. 'Hanson hier. Inspecteur Hanna Hanson. Copy? Welke verdieping? Ik sta voor de deur.'

De deur was een dik glazen geval. Geen tijd om ergens aan te bellen. Ik richtte net naast het slot en hield mijn onderarm voor mijn gezicht terwijl ik de trekker overhaalde. Een houten entreehal met naambordjes, een trap naar de eerste verdieping. Daar waren ook de liften, twee naast elkaar. Een van de twee was op de tiende tot stilstand gekomen, zag ik op het metalen bordje boven de liftdeuren. Ik drukte op het knopje van de tweede lift, die zich zo te zien op de vierde verdieping bevond.

'De tiende,' klonk een stem uit mijn portofoon. 'Copy, inspecteur Hanson? De tiende.'

'Copy.'

Ik trok de liftdeur open en drukte op de negende. Ik checkte mijn pistool, trok het magazijn naar beneden en klikte het weer dicht. Op de negende stapte ik uit, sloop met het pistool in beide handen voor me uit naar het trappenhuis, en daarna liep ik zonder geluid te maken de trap op naar een verdieping hoger.

Er waren drie deuren op de tiende. Een van de drie stond half open. Een halletje, jassen aan een kapstok, daarna een tussendeur met matglas.

In eerste instantie had ik geen vrij zicht nadat ik zachtjes de tussendeur had geopend. Er gebeurde iets, verder naar achteren in de woonkamer die ik nu betrad. Iemand lag op de grond, maar ik zag alleen zijn benen. Iemand anders zat boven op hem, half verscholen achter een brede zwartleren leunstoel. En er was een meisje – een jonge vrouw, zag ik in tweede instantie – dat in de weg stond.

Ik liet me iets door mijn knieën zakken, bewoog zijwaarts. 'Geen beweging!' riep ik. 'Niemand beweegt. Nu meteen!'

Geen beweging of ik schiet! hoor je in derderangs politieseries. Maar dit was de werkelijkheid. In de werkelijkheid horen ze als het goed is al aan de toon van je stem dat het je menens is.

Met de zwarte leunstoel als dekking deed ik nog twee stappen, richtte me toen langzaam iets verder op.

De rechterhelft van het gezicht van de man op de grond zat onder het bloed. Toch meende ik hem ergens van te herkennen, al wist ik niet meteen waarvan.

Uit mijn ooghoek zag ik hoe het meisje – de jonge vrouw – een stap naar voren deed.

'Staan blijven!' zei ik. 'Geen stap meer!'

'O nee!' riep ze, terwijl ze haar beide handen omhoogbracht naar haar hoofd. 'O nee!'

'Rustig, rustig!' zei ik. 'Politie. Ik ben van de politie. Iedereen rustig blijven.'

Als laatste keek ik naar het gezicht van de man die boven op de man met het bebloede hoofd zat. En hij keek naar mij. Ik zag zijn lippen bewegen, maar er kwam geen geluid. Ik kon het niet met zekerheid zeggen, maar ik vermoedde dat ook mijn lippen bewogen. Zonder geluid te maken zeiden we elkaars naam.

Er was een ogenblik van stilte. Van beweginglooshei d. En misschien ook wel een moment van verslapte waakzaamheid.

De man met het bebloede hoofd wist zich in één beweging op zijn zij te rollen. Tegelijkertijd raakte zijn vuist Derek vol op zijn neus.

'Kanker!' Derek greep met beide handen naar zijn gezicht. Hij liet iets los wat nu op het tapijt belandde. Een stuk steen, zag ik. Een stoeptegel. Ook aan de stoeptegel kleefde bloed.

Ik zal wel nooit te weten komen waarom de bebloede man met het vaag bekende gezicht vervolgens deed wat hij deed. Misschien had hij mij niet goed gehoord, had hij niet gehoord dat ik van de politie was, was het in de stress van het moment niet tot hem doorgedrongen. Of anders had hij de blik van herkenning tussen Derek en mij gezien, onze bewegende lippen, zag hij mij als een handlangster. Nogmaals: ik zal het nooit weten. Ik voelde een hand, zijn vingers die mijn enkel vastpakten in een ijzeren greep en er daarna een harde ruk aan gaven.

Ik verloor mijn evenwicht. En in mijn val moet ik de trekker van mijn pistool hebben overgehaald. Er klonk een schot. Ik probeerde uit alle macht mijn enkel los te trekken, en toen dat niet lukte schopte ik de man met mijn vrije voet zo hard mogelijk in zijn gezicht.

'Hanna!' riep Derek, en toen ik opkeek zag ik dat hij zijn handen nog altijd voor zijn neus hield. Bloed stroomde over zijn mond en kin. 'Hanna, pas op!'

Te laat zag ik wat ik had gedaan. Ik had kennelijk mijn pistool losgelaten, want het lag nu tussen de man en mij in op het tapijt. Een wit tapijt, herinner ik me, een tapijt met lange haren als van een hond.

De man dook op het pistool, hij was net iets sneller dan Derek. Hij krabbelde overeind en richtte het eerst op mij, daarna leek hij zich te bedenken en draaide de loop naar Derek.

'Wacht!' riep ik. 'Niet schieten!'

Ik zag hem aarzelen – en toen deed ik het. Ik had aan die ene seconde van aarzeling genoeg. Een achterwaartse kick. Ik liet me eerst op mijn buik rollen en zette me toen met al mijn kracht af.

Het pistool ging opnieuw af toen ik met de hak van mijn schoen de hand van de man raakte. Daarna vloog het even door de lucht en landde met luid gekletter op een lage glazen tafel. Dit keer reageerde Derek adequaat.

Met een van pijn vertrokken gezicht omklemde de man met het bebloede hoofd de hand waarmee hij daarnet nog het pistool had vastgehouden.

'Jullie kennen elkaar,' zei hij, en vervolgens barstte hij in een bulderend gelach uit. Verbijsterd staarden Derek en ik naar het bebloede en lachende hoofd. 'Ik weet het nu. Jij bent dat meisje van zijn school. Hanna. Ik weet het weer. Je hebt het me zelf verteld, Derek!'

Ik keek naar Derek. Die haalde zijn schouders op.

'Hij is bezig met een boek,' zei hij. 'Een boek over mijn leven. We zijn bij mijn jeugdjaren begonnen. Maar ik heb hem echt niet verteld...'

Opeens wist ik waar ik het gezicht van de man van kende. Dit was geen goed nieuws. Een journalist, een graag geziene gast in de diverse talkshows op tv. Dit was een te smakelijk verhaal voor

Marc Verhoeven om te laten liggen.

'Derek,' zei ik.

Ook Derek was inmiddels overeind gekrabbeld. We stonden nu alle twee. Derek met mijn pistool in zijn hand. Alleen de journalist zat nog op de grond.

Ik knikte naar Derek. Of beter gezegd: ik knikte in één beweging met mijn hoofd naar hem, het pistool in zijn hand en de journalist op de grond.

Doe het, zei ik met mijn blik.

'Wat?' zei Derek. 'Hanna, ik...'

'Vertrouw op mij,' zei ik. 'Ik haal je hieruit.'

Marc Verhoeven zal het waarschijnlijk op dat moment hebben begrepen. Hij was in dit verhaal het gewonde dier. Het hert dat door een schot van de jager is geraakt maar zich nog een aantal meters voortsleept door het bos. Het hert dat je uit zijn lijden verlost.

'Nee, wacht!' riep hij. 'Wacht! Dit kunnen jullie niet...'

In één stap was ik bij Derek. Hij stribbelde niet tegen toen ik mijn pistool uit zijn hand losmaakte.

Van amper een halve meter afstand richtte ik op het voorhoofd van de journalist. 'Verkeerde tijd, verkeerde plek,' zei ik, en ik haalde de trekker over.

Tegen het plafond zagen we de weerkaatsing van meerdere zwaailichten, hoorden we de sirenes van de patrouillewagens die voor het gebouw tot stilstand kwamen.

'Je kunt proberen om via de trap te vluchten,' zei ik tegen Derek. 'Maar ik zou het niet doen. Je kunt nergens heen.'

Derek staarde mij aan. 'Hanna...'

'Vertrouw op mij,' zei ik nogmaals. 'Doe precies wat ik zeg. Hou je precies aan het verhaal zoals ik het je nu ga vertellen.'

Ik deed een paar passen in de richting van de matglazen tussendeur. Om hem dicht te doen. Om ook de buitendeur dicht te doen. Het zou ons nog een paar minuten respijt geven.

Het was pas toen ik de woonkamer weer binnenkwam dat ik het meisje – de jonge vrouw – zag liggen, half verscholen achter de zwartleren fauteuil. Ik knielde bij haar neer. Donker haar, bijeengebonden in een paardenstaart. Een on-Nederlands gezicht. Spaans misschien, of anders Italiaans. Ze droeg een witte blouse met openstaande kraag. Er was nauwelijks bloed. Ik zag het ronde gaatje, net boven haar linkerborst.

'O, mijn god,' hoorde ik de stem van Derek, die achter me was komen staan – hij fluisterde bijna.

Ik hoorde ook nog iets anders, een indringend gezoem, als van een telefoon op trilstand – Dereks enkelband, naar ik later begreep.

'Chiara,' zei hij.

SIMON

En toen? Toen heb ik iets gedaan wat ik beter niet had kunnen doen. Of, nou ja, er waren verzachtende omstandigheden, ik was me er niet van bewust dat ik iets deed wat ik beter niet had kunnen doen.

Er waren een paar maanden verstreken sinds ik Gerard op het terrastafeltje van café Botanique had achtergelaten. Met zijn manuscript had achtergelaten, dat was belangrijk: het pak papier was nu weer bij hém, nooit zou het nog ruimte in mijn huis opeisen.

Ik begon aan een nieuw boek. Zoals altijd vrijwel zonder plan. Ik had meestal genoeg aan een eerste zin. Na die eerste zin kwam de tweede, daarna de derde. Aan het begin van de vierde zin was ik begonnen, zo voelde het. Ik had wat omtrekkende bewegingen gemaakt. Na het ontbijt was ik misschien iets te lang bij verschillende nieuwssites blijven plakken: de NOS-app, Teletekst, Voetbalprimeur en Buienradar. Na 13.00 uur zou het zeker beginnen te plenzen: 82% kans, 93% om 15.00 uur, ik had de hele dag voor mij alleen, ik zou me niet schuldig hoeven voelen als ik niet naar buiten ging. Ik had wat rondgetaxied over de luchthaven, in de rij voor de startbaan had ik nogmaals toestemming gevraagd aan de verkeerstoren, daarna had ik snelheid gemaakt, was ik – altijd weer een wonder – losgekomen van de aarde, had de zwaartekracht in zijn gezicht uitgelachen. Na de vierde zin zag ik de wereld alleen nog maar van steeds grotere hoogte, de huizen werden huisjes, de auto's autootjes, mensen vielen al helemaal niet meer te onderscheiden.

Minder dan een halve minuut dacht ik aan Gerard, aan zijn mislukte manuscript. Aan zijn beteuterde gezicht dat alleen heel even oplichtte toen ik er in mijn onleesbare montessorihandschrift een quote op had gekrabbeld. Ook dat gezicht was inmiddels ver weg. In al die maanden na ons laatste gesprek had ik niets meer van hem gehoord – en ik vermoedde dat dat ook nog wel enige tijd zo zou blijven.

'Moeten we Gerard en Annabel niet weer eens te eten uitnodigen?' vroeg mijn vrouw op de derde dag nadat ik aan mijn nieuwe boek was begonnen. 'Het is alweer best een tijd geleden.'

Ik zuchtte luider dan mijn bedoeling was geweest. Ik hoopte dat Gerard misschien wel volledig uit mijn leven was verdwenen, dat ik hem nooit meer terug zou zien. Ongetwijfeld had hij nog een paar pogingen ondernomen bij diverse uitgevers. Maar ik gaf hem niet veel kans. Wat zeg ik, geen enkele. Zijn boek was simpelweg te slecht voor woorden. Geen enkele bonafide uitgever zou daar zijn vingers aan durven branden.

'Maar zij hebben toch de laatste keer bij ons gegeten?' zei ik. 'Dan is het nu toch hun beurt?'

Ik wist hoe het zou gaan. Gerard en Annabel waren niet zo van het uitnodigen. Annabel had een drukke baan, was vaak te moe.

'Jij kunt ook alleen met Annabel afspreken,' zei ik nog. 'Het hoeft toch niet altijd met zijn vieren?' Toen ik het gezicht van mijn vrouw zag voegde ik eraan toe: 'Ik geef toe dat ik het een beetje gehad heb met Gerard.'

En zo gebeurde het ook. De maanden gingen voorbij. Hanna ging weleens een glaasje wijn drinken met Annabel, en als ze dan terugkwam hoorde ik geduldig haar verhalen aan. Klaagverhalen van Annabel over haar man.

'Waarom gaat ze niet bij hem weg?' vroeg ik een keer geërgerd. 'Waarom gooit ze hem niet de deur uit?'

De kinderen vormden het voornaamste obstakel, zo vertelde Hanna me. Annabel wilde de kinderen niet met een scheiding opzadelen, niet zolang ze nog op school zaten in elk geval.

Om een lang verhaal kort te maken zette ik Gerard Maasland uit mijn hoofd. Met succes, moet ik zeggen.

Ik schreef dus door, dag in dag uit, elke ochtend anderhalf uur aan de keukentafel. Je hoort schrijvers soms zeggen dat een boek 'zichzelf schrijft'. Zo ging het bij mij ook. Ik stond niet te lang stil bij elke afzonderlijke zin. Ik schreef door, alsof het boek al bestond en ik het alleen maar, als een beeldhouwer zijn beeldhouwwerk, uit de klomp steen tevoorschijn hoefde te hakken. Na drie maanden liet ik de eerste versie aan Hanna lezen. Ze was meteen enthousiast. 'Beter dan het vorige,' luidde haar oordeel. 'Misschien wel een van de beste van de laatste jaren.'

Het boek verscheen, er kwam zoals altijd een presentatie. In een café dit keer. Het was overvol, niet iedereen kon naar binnen. Vrijwel niemand kon de lovende woorden verstaan: van de uitgever, van een beroemde buitenlandse thrillerschrijver die ze zo gek hadden weten te krijgen om een paar woorden te spreken, ook al had hij alleen de eerste drie inderhaast vertaalde hoofdstukken kunnen lezen. Tot slot nam ik het woord. Ik hield het kort. Ik zou niet gaan voorlezen, verzekerde ik de dicht opeengepakte aanwezigen, een mededeling die met applaus werd ontvangen. 'Ik ga ook niemand bedanken,' zei ik tot slot. 'Ik heb dit boek helemaal zelf geschreven, dat mag ook weleens gezegd worden.'

Vrienden, kennissen, collega's kwamen me gelukwensen. Ook Gerard en Annabel. Ik had Gerard nu bijna een jaar niet gezien. Zoals alle mensen die nooit iets meemaken was hij niet zichtbaar veranderd: hij was nog net zo oud of jong als een jaar geleden, de dag waarop ik hem met zijn beteuterde gezicht bij het tafeltje voor Botanique had achtergelaten. Maar ik schrok van het gezicht van Annabel. Van de diepe wallen onder haar ogen.

'Annabel,' zei ik, en ik raakte haar even aan bij haar elleboog. 'Gaat het wel goed met je?'

Ze haalde haar schouders op. 'Ach weet je, Simon,' begon ze, en daarna viel ze stil; ik zag de tranen in haar ogen opwellen. 'Laat ook maar,' zei ze. 'Het is een te lang verhaal.'

Er verschenen uitsluitend positieve recensies. 'Simon Hanson overtreft zichzelf,' schreef *de Volkskrant*. De NRC noemde het een boek dat 'de grenzen van het genre overstijgt'.

Een paar weken later belde Gerard. 'Waar ben jij mee bezig?' vroeg hij.

'Wat?'

'Wat heb je gedaan?'

Zijn stem klonk nogal dwingend, normaal gesproken klonk hij altijd wat lijzig, kon je bijna horen dat hij thuis op de bank lag.

Hij wachtte mijn antwoord niet af. 'Mijn boek! *Donkere dagen*! Je hebt het bijna letterlijk zin voor zin overgeschreven. Hoe haal je het in je hoofd?'

Ik zal er niet omheen draaien. Soms openbaart de waarheid zich als een eerste zonnestraal die na een lange regenachtige dag door het wolkendek breekt. Ik dacht aan het pak papier op het tafeltje van café Botanique. Ik dacht aan de blurb die ik er in mijn onleesbare handschrift op had gekrabbeld. De quote wist ik me nog letterlijk te herinneren, het boek zelf had ik die middag voorgoed uit mijn gedachten verbannen. Ik zou er nooit meer aan denken, had ik me tijdens mijn derde Vedett voorgenomen. Ik zou het ergens begraven, op een onvindbare plek, zoals je een lijk begraaft. Zelfs ik zou de plek al na een paar maanden niet meer terug kunnen vinden.

'Ik had nooit gedacht dat jij je tot zoiets zou verlagen,' zei Gerard. 'Zoiets noemen we plagiaat. Ik heb mijn eerste versies nog, mijn opgeslagen documenten met datum en al. Voor een advocaat is dit zo klaar als een klontje. Het spijt me voor je, Simon, maar je hebt binnenkort heel wat uit te leggen.'

Daarop verbrak hij de verbinding. Ik onderdrukte mijn eerste impuls om door mijn boek heen te bladeren. Om op zoek te gaan naar bewijzen van het tegendeel. Om aan te tonen dat de verschillen tussen mijn eigen boek en *Donkere dagen* vele malen groter waren dan de overeenkomsten.

Ik wist gewoon dat het waar was. Gerard had gelijk. Hij stond volkomen in zijn recht. Ik dacht aan de eerdere keer. Het relatief onbekende boek van de Engelse schrijfster. Er was iets met creativiteit. Met inspiratie. Inspiratie en creativiteit hebben geen zesde zintuig voor wat origineel is en wat niet. Ze presenteren het idee van een ander als iets waar je helemaal op eigen kracht op bent gekomen.

Plagiaat. Het is een woord dat een voor iedereen zichtbaar stempel op je voorhoofd drukt. Een tatoeage die je niet zomaar van je arm kunt wassen. Het is als *#MeToo*: misschien heb je je helemaal nooit aan een vrouw opgedrongen, niet in een lift, niet achter de coulissen tijdens het Oscargala en ook niet ergens anders. Je hebt geen vrouwen onder valse voorwendselen naar je hotelkamer laten komen om vervolgens in een openhangende badjas de deur open te doen. Je hebt je niet vergrepen aan je eigen kinderen, je legt het allemaal uit, niet alleen dat je er niet toe in staat zou zijn, maar dat je er zelfs niet aan moet denken, dat je eigen kinderen je niet opwinden. Je hoort jezelf praten, je hoort de ontkenningen uit je eigen mond komen, alsof het de ontkenningen van een ander zijn, een vreemde die mijlenver van jezelf af staat.

Maar er zal toch wel iets van waar zijn, denkt het publiek. Waar rook is... Wie terecht van incest of aanranding wordt beschuldigd zal zich immers ook in allerlei bochten wringen om alles te ontkennen. In dezelfde bochten als jij, de ten onrechte beschuldigde.

Ik kon het er niet bij hebben. Het is als met een bezoek van een oude vriend van vroeger. Na jaren staat hij opeens weer bij je op de stoep. Maar het komt gewoon niet uit, het is niet het juiste moment. Je staat op het punt de deur uit te gaan.

Kort nadat ik aan het boek was begonnen, was ik voor het eerst naar een leesclub met gevangenen gegaan. Een van de gevangenen had mij een paar van zijn verhalen opgestuurd. Ik had een brief naar de directie van de gevangenis gestuurd. Over niet al te lange tijd zou Derek L. een weekendverlof krijgen om bij de presentatie van zijn verhalenbundel aanwezig te zijn.

Ik belde Gerard. 'Kun je nog even wachten met die advocaat?' vroeg ik. 'Ik geef toe dat ik iets onvergeeflijks heb gedaan. Je staat volkomen in je recht.'

Ik moest me tot het uiterste inspannen om mijn stem berouwvol te laten klinken. Inmiddels had de woede de overhand gekregen.

Wat denkt hij wel? dacht ik. Hoe haalt hij het in zijn hoofd om zijn waardeloze prutswerk met mijn boek te vergelijken? Oké, misschien heb ik een aantal ideeën voor de plotlijn van hem overgenomen. Maar het is wel een veel beter boek geworden.

'Als je nog even geduld kunt hebben met dit openbaar te maken,' zei ik. 'Met die advocaat. Het hoeft allemaal niet zo op de spits te worden gedreven. We zijn toch in de eerste plaats vrienden,' zei ik. 'Ik denk dat we er samen wel uit zullen komen.'

HANNA

In het verhaal 'Vrouw' verhoort een vrouwelijke rechercheur een verdachte. Ze zijn daar met zijn tweeën in die verhoorruimte. De camera in de hoek registreert alles. Eén camera, het is van belang dat te benadrukken. De camera is op de verdachte gericht, van de rechercheur zien we alleen de rug en het achterhoofd.

In 'Vrouw' wordt die camera niet genoemd. De schrijver, Derek L., doet net of er helemaal geen camera is. Er is wel een broeierige spanning tussen de rechercheur en de verdachte. Hij ontwijkt haar vragen, zegt dat zij toch ook wel moet begrijpen dat hij haar niet alles kan vertellen. *Maar hoe is het met jou?* vraagt hij op een zeker moment. *Het is zo lang geleden. Maar je bent echt niets veranderd. Je bent nog dezelfde oogverblindende schoonheid als toen.*

De vrouwelijke rechercheur is gevleid, ze laat duidelijk merken dat ze gevleid is. Ze haalt even een hand door haar haar. *Ach*, zegt ze, *ik ben natuurlijk wel wat ouder geworden.*

Wat in het echt wel gebeurde was dat ik de verhoorruimte verliet, zogenaamd om koffie of iets anders voor de verdachte en mezelf te halen. Ik meldde dat ook luid en duidelijk. *Suiker en melk, zei je toch? Ik ben zo weer terug.* In werkelijkheid liep ik direct naar de rechercheur die achter de monitor zat en vroeg hem of haar de camera uit te zetten. Ze waren allemaal op de hoogte van dit procedé. Daarna ging ik weer naar binnen. Zonder koffie vooralsnog.

Dan deed ik iets. Ik kan daar niet te veel over in detail treden, het zijn dingen die buiten het protocol vallen. Meestal wisten we iets van hem. Was er een concurrent die hem uit de weg wilde ruimen. We dreigden de verdachte voorlopig in vrijheid te stellen. Tegelijkertijd zouden we de concurrent waarschuwen. Soms was dat niet genoeg. Ik heb ook wel dingen gedaan waar verdachten zich later over beklaagden. Dingen die geen zichtbare fysieke sporen achterlieten, maar wel duidelijk maakten dat het ons menens was. Ze werden zelden geloofd. Zelfs niet door hun eigen advocaten. *Het staat niet eens op camera!* zeiden we. *Hij heeft een grote fantasie, probeert het slachtoffer te spelen. Zulke dingen doen wij in Nederland gewoon niet.* Dat was doorgaans wel afdoende.

Vervolgens ging ik opnieuw naar buiten en knikte naar de dienstdoende videorechercheur dat hij of zij de opname weer kon starten. Een minuut later kwam ik binnen met de koffie. Zwart voor mij. Melk en suiker voor de verdachte.

Derek wist dat ik de camera had laten uitzetten toen ik na een korte afwezigheid zonder koffie weer binnenkwam. Dat vertelde ik hem nadat ik was gaan zitten. 'We zijn met zijn tweeën,' zei ik. 'Er kijkt even niemand mee.' Ik wilde vooral van dit moment gebruikmaken om onze verhalen op elkaar af te stemmen. Zodat we elkaar later, bij een eventueel diepgaander onderzoek, niet zouden tegenspreken.

Maar dat had Derek L. in het verhaal weggelaten. In 'Vrouw' is er alleen maar de vrouwelijke rechercheur die de verdachte lang blijft aankijken, die van haar stoel opstaat en om de tafel heen loopt.

Hun monden vinden elkaar. Hun lippen. Hun tongen. Zij laat haar hand in zijn hemd glijden. Ze kunnen niet goed stoppen. Beiden weten dat het niet te lang mag duren. Maar ze weten ook dat dit de enige en misschien wel laatste mogelijkheid is.

De verdachte denkt aan de toekomst. Aan de dag waarop hij zijn straf zal hebben uitgezeten en als vrij man de gevangenis zal verlaten. Misschien heeft zij wel een man, denkt hij. Kinderen. Maar wat er tussen hen tweeën is zal altijd sterker zijn. Dat weet hij door de overgave waarmee ze elkaar kussen, haar vingers op zijn borst, en daarna lager nog tot op zijn buik.

Ja, ik had een man en kinderen. Ik kwam die avond thuis. Simon zat aan de keukentafel te schrijven. 'Wat eten we?' vroeg hij zonder van zijn laptop op te kijken.

Ik dacht dat hij het aan me zou kunnen zien. Zou kunnen ruiken. Ik zei dat ik eerst onder de douche ging, dat ik wel iets in elkaar zou flansen van de restjes uit de ijskast.

Later zaten we met zijn vieren aan tafel. Ik had iets gedaan met aardappelen, eieren en spek. We waren een gezin. Maar het was net of ik het opeens van buiten zag. Vanaf de straat. Een gezin dat je door een raam aan tafel kon zien zitten.

Ik zag mijn beide zoons, van wie ik meer hield dan van wie ook op de wereld.

En ik zag Simon. Een lieve man. Mijn maatje. Hij schreef boeken waarin mensen elkaar van alles aandeden. Boeken die hier aan deze zelfde keukentafel waren geschreven.

'En, hoe was jouw dag?' vroeg hij, terwijl hij een hap gebakken aardappelen wegkauwde.

'Niets bijzonders,' zei ik, terwijl ik naar Niek en Tim knipoogde. 'Een verhoor met een moordenaar die we net hebben opgepakt. Hij zegt dat-ie het niet gedaan heeft, maar dat zeggen ze allemaal.'

DEREK

We waren eerst met zijn tweeën in de verhoorruimte. Ik vertelde mijn verhaal. Ik vertelde het zo rustig mogelijk, precies zoals zij me had gezegd dat ik het moest vertellen. Op een bepaald moment ging Hanna even weg, en toen ze terugkwam, zei ze dat de camera en opnameapparatuur waren uitgezet. Dat ze vanaf nu uit zouden blijven.

Daarna waren er misschien tien minuten zonder dat er iemand meekeek of meeluisterde. Vervolgens kwamen haar partner, Ernst Blok, en ook nog de hoogste baas, een man van een jaar of zestig die zich alleen met zijn achternaam voorstelde: Bremer.

Ik keek naar de blosjes op Hanna's wangen en ik vroeg me een ogenblik af of die ook op mijn wangen te zien zouden zijn. Ik kan niet goed zeggen van wie het initiatief was uitgegaan. Hanna was weliswaar als eerste opgestaan en om de tafel heen gelopen, maar ik had haar al veel langer met mijn ogen aangemoedigd om precies dát te doen.

Het was lang geleden, maar het voelde net zoals in de fietsenstalling.

Zelfverdediging was het sleutelwoord. Daar was Hanna op

blijven hameren in die luttele minuten voordat de agenten op de bel van de flat drukten en met hun vuisten op de deur beukten. Hanna had een paar plastic handschoenen aangetrokken dat ze uit de binnenzak van haar jasje had opgeraapt. Daarmee had ze de bebloede stoeptegel van het tapijt gepakt. Ze had de balkondeur geopend en de tegel vervolgens zo ver mogelijk weggeslingerd.

Het ging nu even alleen om het eerste moment, verzekerde Hanna me. Wat de agenten in hun proces-verbaal konden opnemen. Later kon ons verhaal worden aangepast.

'Volledige medewerking met politie en justitie,' zei de man die zich als Bremer had voorgesteld. 'We zullen goed voor je zorgen. Een nieuwe identiteit. Een eigen woning op het platteland. Dat is allemaal later. Voor de geloofwaardigheid moet je nu eerst nog een poosje zitten. Niet te kort, niet te lang. Minimaal anderhalf, maximaal twee jaar. Je hoeft in elk geval niet je hele straf – ik gok acht jaar – uit te zitten. Zie jezelf als een soort slapende mol. Veroordeeld voor de moord op een journalist. Verzachtende omstandigheden. Een journalist die het achter je rug om met je vrouw probeerde aan te leggen. Voor het gemak laten we dat ex even weg. Welke man zou er niet door het lint gaan wanneer hij erachter kwam dat hij stiekem werd bedrogen?'

Bij deze woorden van Bremer wisselden Hanna en ik een korte blik – en zij knikte me bijna onmerkbaar toe.

Ik zei niets. Ik wachtte. Ik wachtte geduldig tot ze Theo ter sprake zouden brengen.

'Je krijgt natuurlijk privileges,' vervolgde Bremer. 'Een eigen telefoon. Een telefoon die zogenaamd door een handlanger is binnengesmokkeld. Dat is namelijk precies wat we willen uitstralen. Wat jíj moet uitstralen. *Business as usual.* Vanuit je cel werk je gewoon door. Dat doen jullie allemaal. Je krijgt de vrije hand. Voor je eigen geloofwaardigheid is het misschien goed dat je opdracht geeft tot een liquidatie. Of tot meer dan één, dat zien we nog wel. Het hoeft geen bloedbad te worden.'

Ik knikte, keek naar Hanna. En Hanna knikte terug.

'Er komt een moment waarop we je kunnen inzetten,' zei Bremer. 'Over een maand, over twee maanden, over een jaar. Als lokaas. Je mengt je weer gewoon onder je vroegere maatjes, maar je draagt wel apparatuur op je lichaam. Je verleidt ze tot iets. Een bekentenis. Je loopt geen gevaar. Wij zijn altijd vlak in de buurt. Als er iets mis dreigt te gaan, schieten we je meteen te hulp.'

Ik staarde voor me uit en probeerde een gezicht te trekken alsof ik over zijn voorstel nadacht.

'Theo F.,' zei Bremer. 'Zodra hij weer in Amsterdam opduikt, staan we klaar. Sta jij klaar. Na afloop van de operatie krijg je je nieuwe identiteit. En een leuk huisje buiten. In Nederland of ergens anders. Liever Zuid-Spanje? Dan wordt het Zuid-Spanje.'

IV

HANNA

We zaten dicht tegen elkaar aan in het busje, Ernst en ik. Een loodgietersbusje was het, een onopvallende bestelbus met de naam van een loodgieter erop geschilderd; en daaronder ook nog een telefoonnummer en een websiteadres.

Het raampje was aan de buitenkant van getint glas, je kon er dus niet door naar binnen kijken. Ik vond het een beetje ongeloofwaardig, een loodgietersbusje met een raampje aan de zijkant, maar ik had mijn mond gehouden. Tijdens de bespreking was alles nog een keer de revue gepasseerd: geen arrestatieteam, alles zo kleinschalig mogelijk. Uiteraard bleef er versterking achter de hand: een patrouillewagen met nog eens vier gewapende rechercheurs stond aan de zuidkant van Park Frankendael geparkeerd en kon binnen twee minuten ter plekke zijn.

'Jullie houden in de gaten of Theo F. komt opdagen bij Elsa's,' had Bremer die ochtend gezegd. 'Als hij daar niet naar binnen gaat, probeer je hem te volgen, niet te voet, gewoon rustig met het busje voor zo ver mogelijk. We willen weten waar hij heen gaat, waar en bij wie hij zich schuilhoudt. De rest kan altijd later nog. Het arrestatieteam en de helikopter worden alleen in het uiterste geval ingezet. Als hij zich uit de voeten dreigt te maken, moeten we tot arrestatie overgaan, zo nodig met gebruik van geweld.'

Bremer keek van Ernst naar mij, ik wilde iets zeggen, maar hij stak zijn hand omhoog en zei: 'Wacht even, Hanna, ik denk dat ik weet wat je wilt gaan zeggen. Natuurlijk is het mogelijk dat hij iets loslaat tegenover Derek L. in Elsa's. In dat geval kan er ook al eerder tot arrestatie worden overgegaan.'

'Dus dan volgen we hem niet als hij dat café uitkomt?' vroeg Ernst.

Bremer keek een paar keer om zich heen, alsof er iemand zou kunnen meeluisteren, maar we zaten met z'n drieën in zijn kantoor.

'Dat laat ik geheel aan jullie eigen inschatting over,' zei hij. 'Hij mag in geen geval ontkomen. En ik wil jullie ook nog het volgende zeggen: we hebben hem net zo lief dood als levend. Het gaat erom dat hij wordt uitgeschakeld. Wat we ten koste van alles willen vermijden is dat we hem weer kwijtraken, dat hij ons ergens vanuit Dubai of Thailand, of god weet waar vandaan, kan gaan zitten uitlachen. Dood bespaart een hoop kosten. En tijd. Een rechtszaak van maanden slurpt niet alleen een berg gemeenschapsgeld op, het kost ook zeeën van tijd.' Hij zweeg even, keek ons om beurten aan, tot zijn blik ten slotte op mij bleef rusten.

'Hetzelfde geldt overigens ook voor Derek,' zei hij. 'Na vandaag, na dit weekend, is zijn rol uitgespeeld. We kunnen hem niet nog eens gebruiken. Hij hoeft dus echt niet terug naar de gevangenis zondag, als ik zo duidelijk genoeg ben.'

Ongeveer een week voor de presentatie van *Luchtplaats* begonnen de geruchten vastere vorm aan te nemen: Theo F. was terug in Amsterdam. Of het een met het ander te maken had, konden we niet bevestigen. Misschien dat hij van de gelegenheid gebruik wilde maken om contact te leggen met zijn oude compagnon.

Bremer had Ernst en mij in zijn kantoor ontboden.

'De boekpresentatie?' opperde Ernst.

Bremer schudde zijn hoofd. 'Te veel mensen. Een te druk plein. We willen geen schietpartij met onschuldige slachtoffers op ons geweten hebben. Hanna?'

'Ja?'

'Kan ik op jou vertrouwen?' vroeg Bremer. 'Om het eerste zaadje te planten? Waar en wanneer Theo hem zou kunnen ontmoeten?'

Ik knikte.

'Derek L. is drie dagen bij jou thuis,' zei hij. 'Mooier kan eigenlijk niet. Verlies hem in elk geval niet uit het oog, Hanna.'

Ik drukte de verrekijker steviger tegen mijn ogen en tuurde naar het raam van café Elsa's. Daar zaten ze: Derek en Simon, naast elkaar. Een paar minuten geleden was er een vrouw het café binnengekomen die nu tegenover Derek was gaan zitten. Ik had haar al opgemerkt toen ze vanuit de richting van de Vomar naar de deur van het café liep. Ik wist niet wat precies mijn aandacht had getrokken, iets in haar loop misschien: ze liep niet per se snel of langzaam, eerder behoedzaam. Ze keek een paar keer om zich heen voordat ze de deur van het café openduwde. Heel kort zag ik haar gezicht, ze was een paar jaar ouder dan ik, schatte ik. Geen bekend gezicht, dat niet, maar ik voelde wel iets, een lichte tinteling in mijn nek.

Een déjà vu, dacht ik, dat moest het zijn. Ik zat midden in een déjà vu. Ik had wel vaker in zogenaamde loodgietersbusjes op de uitkijk gezeten.

Door de verrekijker zag ik de vrouw nu uitsluitend schuin op de rug, haar zwarte, ongetwijfeld geverfde haar op schouderlengte. Was dit de vrouw die brieven aan Derek had geschreven, de wanhopige vrouw die uiteindelijk zijn 'vriendin' was geworden? De vrouw bij wie hij afgelopen nacht was blijven slapen. Was Derek soms ook wanhopig? vroeg ik me af. Of deed hij aan liefdadigheid?

Hoe dan ook zou ze straks bij een eventuele arrestatie – bij een vuurgevecht, schoot het nu door me heen – alleen maar in de weg lopen.

'Wat zie je?' vroeg Ernst op dat moment. 'Wie is dat mens?'

'Ik heb geen idee,' zei ik. 'Ik kan haar gezicht niet goed zien.'

Ik had Ernst niet verteld dat ik mijn dienstwapen niet bij me had. Er was een moment geweest, toen we net in het busje stapten. In gedachten had ik gerepeteerd hoe ik het zou doen: ik zou onder mijn leren jasje voelen, waar zich normaal gesproken mijn schouderholster bevond. *Shit!* zou ik zeggen.

Maar dan was er altijd nog de mogelijkheid geweest om even terug te lopen naar het hoofdbureau. Om een vervangend wapen te gaan halen in het magazijn, of het te leen te vragen van een collega. Te veel om uit te leggen.

Toen ik vanochtend onder in de wasmand ging kijken, lag het er niet meer. Te veel om uit te leggen.

Zo ging het moment voorbij. We stapten in, Ernst ging achter het stuur zitten en startte de motor. Er was overwogen om het busje al de avond ervoor op een geschikte plek tegenover café Elsa's te parkeren, maar dat idee had Bremer verworpen.

'Dat trekt te veel aandacht,' had hij gezegd. 'De verkeerde aandacht van wie dan ook, zo'n loodgietersbusje dat daar een hele nacht geparkeerd staat.'

Uiteindelijk hadden we een plekje gevonden. Niet ideaal, zagen we meteen: niet recht tegenover het raam van het café maar er schuin tegenover.

‘Wie is die vrouw?’ zei ik in het op de kraag van mijn jasje gespelde microfoontje. ‘Stuur haar weg.’

Maar er kwam geen antwoord. Misschien ook wel begrijpelijk, realiseerde ik me het volgende moment: Derek kon geen antwoord op mijn vraag geven zonder de aandacht van Simon en de onbekende vrouw te trekken.

‘Is het je vriendin?’ vroeg ik nu. ‘Je hoeft alleen maar ja of nee te zeggen.’

Door de verrekijker zag ik dat Derek zijn hand naar zijn mond bracht. ‘Ja,’ zei hij zacht.

Ik keek opzij naar Ernst, en Ernst keek naar mij. We schudden allebei ons hoofd.

Tot nu toe had ik met een half oor naar de conversatie van Derek en Simon geluisterd. Ik speurde de straat af, in de vage hoop dat ik Theo F. plotseling mijn blikveld zou zien binnenstappen. We hielden er rekening mee dat hij vermomd naar café Elsa’s zou komen – als hij al zou komen. Derek en Simon hadden het over koetjes en kalfjes gehad, over het boek waar Simon aan bezig was, hij biechtte zelfs eerlijk op dat hij een beetje in een crisis zat, dat hij zogezegd was vastgelopen.

Het bleef even stil, door de verrekijker zag ik dat een ober bij hun tafeltje kwam staan, en in mijn oortje hoorde ik hoe hij vroeg of alles naar wens was, of de heren en de dame misschien nog iets wilden bestellen.

Toen de ober weer was vertrokken, klonk de stem van Simon.

‘Die vrouw,’ zei hij. ‘Die rechercheur uit dat verhaal. Was dat Hanna?’

‘Ja,’ antwoordde Derek; en terwijl hij dat zei draaide hij zijn hoofd een kwartslag en keek naar buiten: naar het raampje van ons busje – naar mij.

Ik voelde iets over mijn rug, geen koude rilling, maar of er letterlijk iets of iemand overheen liep: iets wat zich als een bergbeklimmer aan mijn ruggenwervels omhoogtrok en mijn nek probeerde te bereiken.

Zonder opzij te kijken wist ik de blik van Ernst op me gericht. Uiteindelijk keek ik toch maar. Ernst staarde mij aan.

'Wat...?' begon hij, maar er kwam geen vraag. Een vraag was in feite ook overbodig.

Ik haalde mijn schouders op. 'Ik leg het je nog wel een keer uit,' zei ik.

In mijn oortje hoorde ik een piepje. Door de verrekijker zag ik Derek zijn telefoon van tafel oppakken. Hij tuurde een poosje naar het scherm.

'We hoeven niet meer langs die leraar,' zei hij tegen Simon.

'Wat?' zei Simon.

'Die leraar van Nieks eindexamen. Die hem zijn telefoon had afgepakt.'

'Maar van wie... Van wie kreeg je dan net bericht?'

'Van je zoon,' zei Derek. 'Hij heeft het zelf opgelost, schrijft hij. Dat had ik hem ook aangeraden. Alleen als hij helemaal stuk zou lopen op de koppigheid van die klootzak, zou ik het voor hem oplossen.'

Ik hoorde hoe Ernst naast mij ging verzitten.

'Je zoon?' zei hij. 'Wat is dat met je zoon en Derek?'

Ik slaakte een diepe zucht. 'Een lang verhaal,' zei ik. 'Dat vertel ik je ook nog weleens. Wacht... Kijk!'

Voor het terras van café Elsa's was een man tot stilstand gekomen. Theo F. had geen moeite gedaan zich te vermommen, hij droeg alleen een zwarte Ray-Ban-zonnebril die zijn ogen afdekte.

Hij keek links en rechts de straat af, daarna richtte hij zijn blik op de overkant. Het was alsof hij een voor een de geparkeerde auto's in zich opnam. Heel even bleef zijn blik hangen op ons busje. Niet op het raampje, het leek eerder of hij de tekst op de zijkant van het busje las: de naam van het bedrijf, het website-adres en het telefoonnummer.

Niets alarmerends, hield ik mezelf voor, terwijl hij zich, na nog een laatste blik op onze kant van de straat en op de ingang van Park Frankendael, omdraaide en café Elsa's binnenging.

DEREK

Theo haalde een dunne viltstift tevoorschijn, krabbelde iets op de achterkant van een bierviltje en schoof dat naar mij toe.

A U W? las ik.

Ik knikte kort, gebaarde hem om me zijn viltstift aan te reiken en krabbelde op mijn beurt iets op het bierviltje.

A U A?

Yes, schreef Theo op het bierviltje, hij rolde even met zijn ogen, keek me vragend aan en knikte bijna onmerkbaar met zijn hoofd in de richting van het aan de overkant van de straat geparkeerde loodgietersbusje.

Het had allemaal niet meer dan een paar seconden geduurd, een nog langere stilte zou de meeluisterende Hanna verdacht kunnen gaan vinden.

'Hoe gaat het?' vroeg ik.

Nadat hij bij ons aan tafel was komen zitten, had Theo de hand van Madeleine en Simon gedrukt. En hij had gewoon zijn naam genoemd, dat was typisch Theo, hij bleef altijd zichzelf. Ik dacht aan onze lunches in Oriental City, aan de papiertjes en bierviltjes die we elkaar toeschoven, de met potlood gekrabbelde namen.

Elke naam was een doodvonnis.

'Prima,' zei Theo. 'Ik ben een tijdje weggeweest, maar het is altijd weer fijn om terug te komen in Amsterdam.'

A U W? had Theo op het bierviltje geschreven. *Are you wired?* Door te knikken had ik hem duidelijk gemaakt dat hij van mij niets te vrezen had, dat ik nog altijd aan zijn kant stond – een oude vriend nooit zou verraden.

'Je ziet er goed uit,' zei ik. 'Het was daar vast lekker weer.'

Hij was gewapend gekomen. *A U A?* Dat Engels en die afkortingen hadden we uit een film, *Goodfellas* waarschijnlijk, of anders *Casino*. Theo was mijn vriend, dat was altijd zo geweest en zou ook zo blijven, maar ik wist dat hij geen seconde zou aarzelen om mij een kogel door de kop te jagen als hij het geringste vermoeden had dat ik een politie-informant was geworden. Ook niet in een overvol café. Hij had zich nooit laten tegenhouden door plekken waar veel mensen bij elkaar waren: drukke winkelstraten, restaurants. Een van zijn spectaculairste afrekeningen was op de roltrap van De Bijenkorf geweest.

Ik keek even opzij naar Simon, die sinds de binnenkomst van Theo helemaal niets meer had gezegd. Gefascineerd staarde hij naar mijn compagnon, zijn mond hing half open.

Toen wierp ik een blik naar buiten, keek naar het verduisterde raampje van het loodgietersbusje. Naar Hanna, die me op dit moment kon horen, die de hele conversatie kon volgen en waarschijnlijk ook een verrekijker op ons tafeltje gericht hield.

Het was duidelijk wat mijn opdracht was. Ik moest een door ons uitgevoerde afrekening ter sprake brengen. Ik zou Theo zover moeten krijgen dat hij erop in zou gaan. Met voldoende details, zodat het als bewijs zou kunnen dienen in een rechtszaak. Wanneer ik genoeg materiaal had verzameld, zouden Hanna en haar collega uit het busje stappen. Ze zouden Theo hier in het café komen arresteren of hem opwachten als hij naar buiten kwam.

'Het is daar altijd lekker weer,' zei Theo, en hij knipoogde naar me.

SIMON

Ik zou kunnen zeggen dat ik mijn ogen uitkeek, en in zekere zin was dat ook zo, maar ik lette vooral goed op. Theo F. kende ik alleen van de foto's in de krant en uit de bladen. Het was een beetje zoals wanneer je een filmster opeens in het echt een café ziet binnenlopen, meestal zijn ze dan kleiner dan je je had voorgesteld, en vaker nog echt klein.

Maar Theo F. had een gemiddeld postuur, niet te kort, niet te lang. Hij gaf eerst Madeleine een hand en daarna stak hij hem over de tafel heen naar mij uit.

'Ja, ja, Simon Hanson, de schrijver toch?' zei hij, terwijl hij ging zitten. 'Je moet het me niet kwalijk nemen maar ik ben niet zo'n lezer. Geen tijd,' voegde hij eraan toe.

Hij had een gebruind gezicht, niet van een zonnebank maar van een land waar het maar zelden regende. Omdat hij zijn zonnebril ophield, kon ik zijn ogen niet zien.

Daarna had hij iets op de achterkant van een bierviltje geschreven en dit Derek L. toegeschoven. Die had er ook iets op geschreven en het bierviltje weer aan Theo F. laten zien.

Ik had me iets naar voren gebogen, niet te opvallend, en probeerde te lezen wat er op het bierviltje stond, maar Theo pakte het op en draaide het om.

Er lagen meer bierviltjes verspreid over de tafel, ik maakte in gedachten een aantekening om het betreffende viltje straks ongemerkt in mijn zak te steken. Als souvenir. Een herinnering aan deze dag, die zich vanaf het moment dat Derek L. aan het eind van de ochtend weer bij ons thuis aankwam, alleen maar als veelbelovend had ontvouwd.

Eerst de afspraak met 'een vriend', zoals Derek L. hem noemde, opnieuw bij café Elsa's. *Misschien ken je hem wel*, had Derek L. gezegd toen we eenmaal in mijn auto zaten. *Theo F. Ik weet alleen niet zeker of hij komt opdagen. Als hij het er niet veilig vindt uitzien, komt hij niet.*

Ja, ik had op moeten passen om niet al te enthousiast te reageren. Theo F.! Wie kende hem niet? Met kop en schouders de beroemdste crimineel van Nederland. Zijn talloze bijna-arrestaties, zijn miraculeuze ontsnappingen aan politie en justitie waren legendarisch. In de kranten en op tv volgde ik alles over hem. En van mijn vrouw hoorde ik natuurlijk de verhalen uit de eerste hand. *Ik kan je niet alles vertellen*, had ze de laatste keer dat we het over Theo F. hadden gezegd. *Momenteel weten we niet zeker waar hij zich schuilhoudt.*

En dan was er nog die keer dat Hanna en ik samen hadden zitten eten in ons buurtrestaurant en Theo F. een roos bij ons tafeltje had laten bezorgen.

Ja, de dag beloofde veel. De eerste belofte was al ingelost. Theo F. zat hier gewoon tegenover me. Straks zouden we bij Nieks aardrijkskundeleraar langsgaan. Ik zou in de auto blijven wachten, anders kwam het te dichtbij. *Je moet die man niet te veel...* had ik tegen Derek L. gezegd. *Je moet hem niet echt... Dat is misschien helemaal niet nodig, als je begrijpt wat ik bedoel.* En Derek L. had zijn hand even op mijn bovenbeen gelegd. *Maak je geen zorgen, Simon. Ik doe alleen wat nodig is. Je wilt toch echt niet dat je zoon dat hele jaar nog eens moet overdoen?*

En daarna zouden we langs Gerard rijden. Gewoon op de gok, ik zou hem niet bellen om te zeggen dat we eraan kwamen. De kans dat een nietsnut als Gerard Maasland op een zaterdagmiddag, net als op andere dagen, op de bank lag te lanterfanten was tien tegen een.

Ik zou hem vragen om naar buiten te komen, hem uitnodigen voor een autoritje. *Derek L. is er ook, hij heeft behoefte aan wat frisse lucht voordat hij morgen weer teruggaat naar de gevangenis.*

Op de boekpresentatie had ik ze aan elkaar voorgesteld.

'Gerard, een oude vriend,' had ik tegen Derek L. gezegd. 'En dit is Annabel.'

'Ik ben echt benieuwd naar uw boek,' had ze gezegd.

Daarna had ik Derek L. een fractie van een seconde langer dan normaal aangekeken.

We zouden naar een bos rijden. Derek L.'s lievelingsbos. Na afloop zouden we naar Derek L.'s favoriete tent gaan voor uitsmijters. *De beste uitsmijters ten oosten van Amsterdam*, had hij gezegd.

DEREK

'Derek, alsjeblieft,' klonk Hanna's stem in mijn oortje. 'Jullie hebben nu wel lang genoeg over niks zitten ouwehoeren. Kom ter zake.'

Hanna had gelijk. We hadden het over alles behalve over criminele activiteiten gehad. Wel uitgebreid over vakantieadressen. We hadden mooie plekken uitgewisseld, de zonnigste stranden, de stadjes en de dorpjes, de landen 'waar de meisjes het gewilligst zijn' had Theo op zeker moment gezegd, en daarbij had hij naar mij geknipoogd en vervolgens zijn hand even op Madeleines onderarm gelegd. '*No offense*, lieve schat,' zei hij. 'Ik steek mijn hand in het vuur voor Derek. Zo was-ie misschien vroeger, dat heeft-ie nu niet meer nodig.'

Maar geen woord over wat voor afrekening dan ook. Geen namen van collega's, zelfs niet van concurrenten, dat hadden we in het verleden ook niet gedaan. Als we een meningsverschil met concurrenten hadden, losten we dat altijd zelf op.

Ik wist waar ze in het loodgietersbusje op zaten te wachten.

Weet je Harco nog, die op zijn knieën om zijn leven smeekte toen jij je blaffer tegen zijn voorhoofd zette?

Ja, wat een slappeling. Hij huilde als een wijf. En volgens mij deed-ie het ook nog in zijn broek.

Dat was wat ze wilden horen. Eén zo'n voorbeeld was waarschijnlijk wel genoeg. Vanaf mijn plekje hier bij het raam zou ik ze uit het busje zien stappen. Al met getrokken pistool? Nee, ze zouden niet onnodig de aandacht op zich willen vestigen. Ze zouden buiten wachten. Theo kon alleen maar door de voordeur naar buiten. Of zouden ze het lef hebben om Elsa's binnen te komen? Om in een overvol café tot arrestatie over te gaan? Als Theo zich zou verzetten, kon er een levensgevaarlijke situatie ontstaan voor iedereen die hier op deze rustige zaterdagmiddag zijn appeltaart met slagroom zat te eten of zijn kopje thee naar binnen slurpte.

Ik keek om me heen, probeerde de aandacht van de ober te trekken, het was geen tijd voor koffie maar voor bier. Madeleine schonk me een glimlach, ze was vertrouwd met mijn ongeduld; als ik ongeduldig word, wordt het lontje ook korter.

'Ik vond het fijn je even gesproken te hebben,' zei Theo, 'maar ik heb nog meer te doen vandaag.'

Ik hield mijn hand omhoog om aan te geven dat hij moest wachten. Het afgelopen halfuur had ik op de voorbijrijdende trams gelet. Op de trams die bij de halte tot stilstand kwamen, beter gezegd. Gedurende de tijd dat een tram stopte om passagiers uit- en in te laten stappen, dekte hij het loodgietersbusje af. Ik kon het in elk geval niet zien, en zij konden ons dus ook niet zien in de kleine minuut die zo'n haltestop in beslag nam.

Er kwam bier, voor Theo, Simon en voor mij. Madeleine had een glas witte wijn besteld.

We hervatten onze conversatie over niets. Ondertussen keek ik meer naar buiten dan naar mijn gesprekspartners. Ik hoefde niet lang te wachten. Na een minuut of vijf stopte er een lijn 19 die uit de richting van het centrum kwam voor het stoplicht bij de kruising van de Hogeweg en de Middenweg.

Ik pakte een bierviltje.

G M Y G, schreef ik.

Ik zag hoe Simon half over mijn schouder leunde om te kijken wat ik schreef, maar ik keek alleen naar Theo.

Die knikte even, daarna boog hij zich half onder de tafel. Ik bukte me eveneens. Na een paar keer tasten, waarbij ik Simons knieën aanraakte, vond ik het pistool in Theo's hand.

De tram bij het stoplicht kwam in beweging. Ik legde mijn vrije hand met drie vingers gespreid op het tafelblad. *Over drie seconden.* Theo knikte opnieuw, ten teken dat hij het had begrepen. Hoe vaak hadden we in onze begintijd niet ergens gestaan, aan de overkant van de straat bij een café, een winkel of een sportschool. De een achter een boom, de ander achter het stuur van de vluchtauto. *Over drie seconden komt hij naar buiten.* We waren een team, dat na al die jaren volledig op elkaar was ingespeeld.

De tram kwam tot stilstand bij de halte. Ik stond op, niet te snel, niet te langzaam. Theo volgde mijn voorbeeld. We deden het in stilte. Madeleine keek me even aan en Simon ook. Ik hield mijn wijsvinger tegen mijn lippen en duwde Theo met zachte drang in de richting van de keuken naast de bar en daarna naar binnen.

Een vrouw van middelbare leeftijd met een schort en grijs krulletjeshaar stond een uitsmijter te bakken.

'Het toilet is daar,' zei ze en ze wees in de richting van waar we vandaan waren gekomen.

'Dank u,' zei ik, en ik legde mijn wijsvinger opnieuw tegen mijn lippen, terwijl ik de vrouw tegelijkertijd een knipoog gaf. 'We spelen alleen maar. We spelen dat we het toilet niet kunnen vinden. Het is een weddenschap.'

Daar, achter in de keuken, stond een deur open, door de kier waren een bakstenen muur en een grote zwarte vuilcontainer zichtbaar.

'Het ga je goed,' zei ik tegen Theo en ik kneep hem zachtjes in zijn schouder.

HANNA

Ik heb me er altijd over verbaasd dat Ernst naar helemaal niks rook, zelfs niet naar een deodorant of aftershave, of een ander luchtje waarmee een man van zijn leeftijd zich na het douchen zou kunnen besprenkelen. Nee, als ik er goed over nadacht rook hij zelfs niet naar zeep, niet naar douchegel of shampoo. Naar helemaal niks rook hij, niet eens naar man, als een doos die je openmaakt waar niks in zit.

Simon rook altijd naar iets. Omdat hij nauwelijks geurtjes gebruikte, rook hij voornamelijk naar zichzelf. Ik vond het een lekkere lucht. Lekkere luchtjes, kan ik beter zeggen. De ene keer was het een beetje zweet, vermengd met iets zoets, als een brood dat net uit de oven kwam. Soms was er te veel zweet, zoals na het hardlopen, maar zelfs dat vond ik lekker ruiken. En dan waren er de avonden dat hij uren na mij naar boven stommelde, ik hoorde het al aan het teveel aan kracht waarmee hij de badkamerdeur open- en dichtdeed, een enkele keer stootte hij zelfs zijn hoofd. Dan hoorde ik hem vloeken, en wanneer hij eindelijk zuchtend en steunend naast mij onder het dekbed kroop, rook ik de lucht van bier of wodka, of die van allebei. Maar zelfs van die lucht hield ik – omdat hij zo onvervreemdbaar van Simon was.

Ik heb dat weleens bedacht: dat ik wanneer hij dood zou gaan al zijn kleren in de kast zou laten hangen, zodat ik zijn geur nog maanden, misschien wel jaren, zou kunnen ruiken. Dat hij pas echt dood zou zijn op de dag dat die geur helemaal uit zijn kleren zou zijn verdwenen.

Ik keek opzij naar Ernst. Zijn kortgeknipte haar zat als altijd onberispelijk. De huid van zijn gezicht was gladgeschoren en had een zachtroze tint, bijna als van een kind. En hij was knap, maar op een manier die maar weinig vrouwen aantrekkelijk vinden. Ik weet niet, er zaten geen scherpe randjes aan zijn gezicht, geen rafelrandjes. Ernst zou je na het eerste afspraakje naar huis brengen maar niet verder aandringen. Bij de deur zou hij je niet eens een kusje op je wang geven, hooguit zou hij je zijn hand toesteken. Maar een vrouw heeft echt meer nodig dan dat, het voelt altijd fijner om een te opdringerige man van je af te duwen dan het handje van een heilige te moeten drukken.

Strikt genomen was ik niet zijn superieur, ik was alleen maar lichtjaren ouder dan hij. Zoals je een landing in zwaar weer altijd liever aan de gezagvoerder met de meeste vlieguren overlaat dan aan het broekie dat voor het eerst als copiloot in de cockpit zit, zo keek Ernst altijd eerst naar mij wanneer we bij een mogelijk vuurwapengevaarlijke crimineel aanklopten.

Ernst liep vlak naast me toen we uit het busje stapten en naar de overkant begonnen te lopen. Hij raakte me nog net niet aan, en ik hoorde aan zijn ademhaling dat hij gespannen was.

'Rustig,' zei ik. 'Blijf bij mij in de buurt, er is niets aan de hand.' Het was Ernst nog niet opgevallen dat ik geen dienstwapen bij me had.

Nog geen minuut geleden, we zaten toen nog in het busje, waren alle alarmbellen afgegaan bij de woorden in mijn oortje. *We spelen alleen maar. We spelen dat we het toilet niet kunnen vinden. Het is een weddenschap.*

‘Kun jij iets zien, Ernst?’ had ik gefluisterd terwijl ik het microfoontje op mijn revers afdekte. ‘Godverdomme, waarom staat die vervloekte tram daar nog steeds? Waarom rijdt hij niet door?’

Het ga je goed, hoorde ik Derek zeggen, en er klonken andere geluiden: van servies en pannen, iemand die iets stond te bakken.

‘We gaan erop af,’ zei ik. ‘Ze proberen ons te slim af te zijn. We gaan naar buiten.’

‘Wacht,’ zei Ernst.

Samen keken we door het raampje en zagen hoe de tram nu eindelijk optrok en wegreed.

Het duurde even voordat ik zag wat er was veranderd aan het raamtafeltje in café Elsa’s. Daar stond Derek. De anderen stonden nu ook op. Simon. De vrouw van wie ik nog altijd alleen de rug en het achterhoofd kon zien.

Maar Theo F.’s stoel was leeg. Hij zat er in elk geval niet meer. Theo F. was weg.

Dit was voor ons het sein geweest om uit te stappen en de straat over te steken.

Derek en de vrouw kwamen de deur van café Elsa’s uit en bleven staan voor het terras. Simon was er nog niet. Misschien was hij binnen aan het afrekenen.

We waren halverwege de straat toen Derek ons opmerkte. Zijn blik schoot heen en weer tussen Ernst en mij. Daarna greep hij in zijn zak.

‘Derek!’ zei ik. ‘Niet doen!’

We bleven staan, ik moest Ernst bij de mouw van zijn jasje vastpakken zodat hij ook tot stilstand kwam.

‘Hanna, ga weg,’ zei Derek. ‘Nu!’

Ik keek naar zijn gezicht en daarna naar het pistool in zijn hand. Het was niet mijn dienstwapen, stelde ik vast. Derek richtte het pistool nog niet, hij hield het alleen in zijn hand en liet zijn arm langs zijn lichaam hangen.

'Derek, doe alsjeblieft geen stomme dingen,' zei ik.

Naast me zag ik dat Ernst zijn pistool had getrokken.

'Laat je wapen vallen,' zei hij tegen Derek. 'Laat je wapen vallen en steek je handen omhoog.'

'Ernst...' zei ik. Gedurende een halve seconde overwoog ik om mijn hand op zijn bovenarm te leggen en deze naar beneden te drukken, maar dat zou door Derek als een teken van zwakte uitgelegd kunnen worden.

'Derek, doe wat hij zegt,' zei ik.

Op dat moment kwam Simon door de deur naar buiten.

'Ga naar binnen!' riep ik. 'Ga naar binnen, Simon. Nu meteen!'

Simon keek van mij naar Ernst, en toen naar Derek en de vrouw.

'Wat is er... Wat is hier...?' bracht hij uit, maar daarna deed hij toch een stap naar achteren. Ook onder het twintigtal cafébezoekers op het terras begon nu onrust te ontstaan. Iemand stond met een ruk op en ging toen weer zitten. Een tafeltje viel om, kopjes en glazen kletterden op de grond.

'Iedereen rustig blijven,' zei ik. 'Geen paniek.'

De verkeerde woorden, besefte ik te laat. Wanneer je geen paniek wilt veroorzaken, moet je dat woord vooral niet in de mond nemen. De meeste mensen op het terras doken nu naar de grond, probeerden zich achter de tafeltjes en terrasstoelen te verschuilen.

Simon was in de deuropening blijven staan en leek geen aanstalten te maken om naar binnen te gaan.

'Waar is Theo?' richtte ik me tot Derek. Een niet al te slimme vraag, maar ik volgde de aloude instructie dat zolang er gepraat wordt er hoogstwaarschijnlijk nog geen geweld zal worden gebruikt.

Op Dereks gezicht verscheen een grijns. 'Wat dacht je nou, Hanna?' zei hij. 'Wat dacht je nou echt?'

'We hadden een deal,' zei ik. 'Je hebt je er niet aan gehouden.'

Nu liet Derek een luide lach horen. 'Een deal!' zei hij. 'Dacht je nou echt dat ik ook maar een moment heb gedacht dat jullie je aan die deal zouden houden?'

Uit de richting van Diemen kwam een tram aanrijden. Wij stonden nog altijd bij de andere halte, waar de trams uit de richting centrum stopten. Ik deed een stap naar voren. Ernst volgde mijn voorbeeld.

'Ho, ho, rustig aan,' zei Derek, en hij bracht zijn arm met het pistool omhoog. 'Iedereen blijft waar hij is.'

Nog even en de tram zou voor ons langs rijden. Hij zou Derek en de vrouw tijdelijk aan het zicht onttrekken. Ik kon op de tramrails stappen. Ik kon de tram tot stoppen proberen te brengen, maar dan kwam ik nog dichter bij Derek en de vrouw. Het was te riskant, ik zou zowel mijn eigen leven als dat van Ernst in gevaar brengen.

Derek had de naderende tram inmiddels ook gezien. Hij pakte de vrouw bij de arm.

'Wacht!' riep ik. 'Wacht nog even...'

Ondertussen vervloekte ik mezelf omdat ik mijn dienstwapen niet bij me had. Dan had ik al een paar minuten geleden op zijn been geschoten, nog vanaf de overkant van de straat. Er zou ongetwijfeld een onderzoek volgen. Straks, als we niet één maar twee criminelen hadden laten ontsnappen.

'Doe geen moeite, Hanna,' zei Derek. 'Ik ben niet achterlijk, ik weet allang hoe de vork in de steel zit. Ik hoef niet terug naar de gevangenis, maar volgens mij was dat ook nooit de bedoeling. Heb ik gelijk of niet? Nou?'

Ik zei niks, wierp een snelle blik op de naderende tram. *Schiet*, zou ik tegen Ernst zeggen, in de hoop dat hij zijn zenuwen nog in bedwang had en daadwerkelijk raak zou schieten.

Ik zag een flits uit Dereks pistool komen en een nanoseconde later klonk de knal van het schot. Naast me hoorde ik een soort zucht, nog net geen kreun, en toen ik opzijkeek zag ik Ernst gehurkt op de tramhalte zitten terwijl hij naar zijn borst greep. Hij keek me niet aan, hij keek naar zijn hand die zich nu snel vulde met bloed – het stroomde over zijn vingers.

Daarna ging hij liggen, alsof een onzichtbare kracht hem zachtjes naar de stoeptegels van de tramhalte duwde. Er kwam nu ook een golf bloed uit zijn mond.

'Ernst!' Ik aarzelde: mijn instinct zei me dat ik nu bij hem moest neerhurken, dat ik mijn jasje uit moest trekken en het als kussen onder zijn hoofd moest leggen. Dat ik zijn hand moest vastpakken en zijn pols moest voelen. Maar terwijl de tram ons voorbijreed, pakte ik alleen zijn pistool, dat nu naast zijn geopende hand op de stoeptegels lag.

Derek en de vrouw waren intussen achter de afremmende tram langsgelopen en hadden de overzijde van de straat bereikt: de kant waar ons busje stond. Nog een paar passen en ze waren in het park. Daar zou het een stuk lastiger worden om de achtervolging in te zetten.

Ik schoot, niet eens zozeer gericht, eerder om ze tot stoppen te dwingen. Ik schoot drie of vier keer, misschien wel vijf, ik weet het niet meer. Aan de overkant viel de vrouw voorover in de eerste bosjes van het park. Derek was al een paar meter verder doorgerend maar keerde nu terug.

'Madeleine!' schreeuwde hij, net zoals ik een halve minuut eerder 'Ernst!' had geschreeuwd.

Maar hij hurkte niet bij haar neer, hij schudde zijn hoofd en vloekte. 'Godverdomme!'

Daarna deed hij een paar passen naar voren, stapte van het trottoir af zodat hij weer op straat stond en richtte zijn pistool – op mij.

'Godverdomme, Hanna!'

En ik richtte mijn pistool op hem, ditmaal niet op zijn benen, nee, eerst op zijn hoofd en toen op zijn hart, en haalde de trekker over.

Niets. Alleen een droge klik.

'Godverdomme!' riep ik op mijn beurt. 'God-god-godverdomme!'

Van de overkant van de straat keek Derek mij aan. 'Jezus, Hanna!' zei hij, en hij schudde even zijn hoofd. Een paar tellen later stapte hij de struiken in en verdween in het park.

Ik pakte mijn portofoon. Ernst lag in een vreemde knik op de tramhalte. Ook zijn hoofd lag nu opzij.

'Hallo, centrale,' zei ik. 'Met spoed een ambulance voor hoek Middenweg-Hogeweg. Café Elsa's.'

De straat was leeg, terrastafeltjes en stoelen waren omgegooid, zo'n haast hadden de mensen gehad om weg te komen. Ook aan de overkant van de straat, bij het begin van het park, was niemand te bekennen, er lag alleen een lichaam voorover in de struiken.

'Doe maar twee ambulances,' zei ik.

V

SIMON

Ik heb een nieuw boek geschreven. Eindelijk heb ik een nieuw boek geschreven. Ik wil niet beweren dat het 'vanzelf' ging, maar het ging soepeler en sneller dan de tien voorafgaande. Elke dag zette ik de wekker op acht uur. Ik ontbeet met een toastje pindakaas en een koffie verkeerd. Om negen uur begon ik met schrijven. Om twaalf uur hield ik op. Dan ging ik een rondje hardlopen of maakte ik op mijn dooie gemak een ommetje door de buurt. Op zaterdag zette ik de televisie aan en keek ik naar de wedstrijden uit de Premier League. Naar de Eredivisie. 's Avonds gingen we uit eten.

'Ik kan me vergissen,' zei Hanna een van de eerste keren. 'Maar het lijkt me dat je uit je impasse bent. Klopt dat? Ik hoor je soms zelfs fluiten als je aan de keukentafel zit.'

Ik ga niet zeggen waar het over gaat. Geen spoilers. Nou ja, vooruit, een klein tipje van de sluier. Het gaat over een man die niks doet. Niks kan. Zijn vrouw wordt steeds verdrietiger van zijn aanwezigheid. Hun kinderen hebben alle respect voor hun vader verloren. Dan neemt de vrouw een rigoureus besluit.

Ik heb geen enkele moeite gedaan om de personages van de man en de vrouw niét op Gerard en Annabel te laten lijken. Zoals al eerder gezegd is het mijn ervaring dat de meeste mensen het toch niet in de gaten hebben. Hoe dichterbij je komt, hoe verder je inzoomt op een bestaand persoon, des te kleiner de kans dat ze zichzelf herkennen. En als dat toch gebeurt, weet ik al wat ik zal antwoorden.

Denk je nou echt dat ik een personage op jou zou baseren? zou ik tegen Gerard zeggen.

Ben ik dat? zou Annabel misschien vragen. En ik zou haar naar waarheid antwoorden. *Hoe vind je jezelf gelukt? Ik hoop dat je er enige troost uit hebt kunnen putten.*

Na drie maanden was de eerste versie af. Ik volg hier altijd het advies dat Stephen King in *On Writing* geeft: laat je manuscript zes weken liggen. Langer is echt niet nodig. Korter is levensgevaarlijk. Ik herschreef het in een maand. Over de titel heb ik nog even geaarzeld. *Van licht naar donker* klinkt niet al te opwindend in het Nederlands, maar ik moet vooral aan de Amerikaanse markt denken. *From Light to Dark.* Ik ben er altijd dol op geweest hoe in Engelstalige boek- en filmtitels de zelfstandige en bijvoeglijke naamwoorden, evenals de werkwoorden, met een hoofdletter worden geschreven.

Gisteren was de presentatie, in dezelfde boekwinkel waar we ook *Luchtplaats* hebben gepresenteerd. Veel dezelfde mensen als toen. Hanna, onze beide zoons, Niek en Tim, de medewerkers van de uitgeverij, de journaliste die destijds het grote interview met Derek L. had gemaakt. Een paar vrienden en kennissen, onder wie ook Gerard en Annabel.

We hadden het officiële gedeelte achter de rug. De toespraak van mijn uitgever, mijn eigen korte praatje. De aanwezigen verdrongen zich rond de tafel met de glazen witte en rode wijn, de flesjes Heineken die al ver voor aanvang uit de ijskast waren gehaald en nu bijna zichtbaar op kamertemperatuur stonden te komen.

De journaliste was een van de eersten die me kwam feliciteren met mijn nieuwe boek. Ze had een exemplaar van *Van licht naar donker* in haar hand en vroeg me het te signeren.

Ik zat niet achter een signeertafel, dat deed ik nooit: ik wilde niet werken op mijn eigen boekpresentaties, daarom liep ik gewoon rond tussen de aanwezigen met een flesje lauw bier in de hand.

'Zie je Derek L. nog weleens?' vroeg ze toen ik een opdracht op de titelpagina schreef.

Het was een begrijpelijke vraag voor een journaliste.

'Niet echt,' zei ik. 'We hebben af en toe contact. Hij stuurt me weleens wat op. Hoofdstukken van een roman. Hij is met een roman bezig.'

Ik was haar naam vergeten, maar daar heb ik een trucje voor. *Hoe spel je je naam ook alweer?* vroeg ik zo achteloos mogelijk nadat ik de dop van mijn viltstift had gedraaid.

'Maar je weet niet waar hij is?' vroeg ze.

Ik gaf niet meteen antwoord. Een nieuw interview zou de roman van Derek L. alleen maar goed doen, maar ik zag het niet gebeuren. De journaliste die zich geblinddoekt naar een geheime locatie zou laten vervoeren. Ze zou raden waar ze ongeveer was. Door het licht, een bepaalde geur. Wat zou voor haar zwaarder wegen, een exclusief interview of een onthulling over de verblijfplaats van een zware crimineel?

'Ik...' begon ik. Ik aarzelde. Moest ik stoer gaan doen en laten doorschemeren dat mijn contact met Derek L. nog altijd van dien aard was dat ik iemand – de journaliste – morgen naar zijn geheime verblijfplaats zou kunnen begeleiden? Of moest ik dichter bij de waarheid blijven? Zeggen dat het me dwarszat dat Derek L. me niet in vertrouwen had genomen over die verblijfplaats? Uiteraard kon ik het aan hem voorstellen, we wisselden zo ongeveer eens in de drie weken een mailtje uit. Ik las de nieuwe fragmenten van zijn roman en stuurde mijn commentaar.

'Ik zou het hem kunnen vragen,' zei ik.

Ik haalde nog een biertje. Bij de tafel met de flesjes, de glazen en de nootjes trof ik Gerard en Annabel aan. Heel even dacht ik aan het geldbedrag dat ik hem in coupures van vijftig euro, verpakt in een Albert Heijn-tas, had overhandigd op het terras van Botanique, een kleine maand na de schietpartij voor café Elsa's. Hij zou niet alleen zijn mond houden over mijn vermeende gebruik van zijn oorspronkelijke manuscript, hij zou ook geen enkele poging meer ondernemen om het ergens uitgegeven te krijgen of het in eigen beheer uitgeven. In feite had ik de rechten van zijn boek gekocht. De rechten en zijn zwijgen, nu en in de toekomst. Ik had niet gedacht dat het zo makkelijk zou gaan.

'Ik ben heel benieuwd,' zei Gerard, hij hield mijn boek in zijn hand en gaf me een knipoog.

Ja, dat is inderdaad wat mensen zeggen als je een nieuw boek hebt geschreven: dat ze benieuwd zijn. Ik denk dan vaak dat dat wel mee zal vallen. Thuis wordt het boek eerst op de salontafel neergelegd. In het gunstigste geval verhuist het binnen een paar dagen naar het tafeltje naast hun bed. Het is als met die andere dooddoener. *Ben je alweer met iets nieuws bezig?* Dat vragen ze ook altijd. *Ik ben altijd met iets nieuws bezig*, antwoordde ik vroeger, inmiddels niet meer. Als je nog iets langer blijft staan vragen ze je vervolgens hoe je toch op je ideeën komt.

Maar van Gerard geloofde ik het: dat hij benieuwd was. Ik keek van Gerard naar Annabel. Ze oogde vermoeid, haar mond stond strak en onder haar ogen waren diepe, blauwe wallen te zien.

'Ik ben trouwens met iets begonnen,' zei Gerard. 'Een nieuw project. Iets voor tv. Een tiendelige serie over jongeren en drugs.

Een soort *Sopranos* maar dan met alleen maar kinderen onder de twintig. Ik kan je wel een keer een opzetje laten lezen als je geïnteresseerd bent.'

Annabel rolde met haar ogen, daarna zuchtte ze zo diep dat ik dacht dat het in de hele boekwinkel te horen moest zijn.

'Ik weet het,' zei Gerard. 'Mijn vrouw heeft er geen vertrouwen in. Maar wacht maar tot we straks op de rode loper staan, dan is ze er als de kippen bij om daar in een galajurk in de schijnwerpers te staan schitteren.'

Ik was niet geïnteresseerd in Gerards nieuwe project. Geen pakken papier meer door mijn brievenbus. Van hem zelfs geen A4'tje.

'Is dat niet...?' vroeg hij nu, en hij wees met zijn hoofd naar een al wat oudere man in een lichtblauw colbert en met blond geverfd haar die bij de uitgang van de boekwinkel stond. 'Ken je hem? Kun je me misschien aan hem voorstellen?'

Het werd laat, te laat eigenlijk: een boekpresentatie heeft haar eigen natuurlijke tijdsverloop. Als je daar twee uur na aanvang nog altijd rondhangt, heb je geen eigen leven, althans geen leven waarin er iemand op je wacht – of anders iemand die je erop wijst dat het nu echt de hoogste tijd is om te vertrekken.

Ik was even naar buiten gelopen; vlak naast de deur, onder de luifel van de boekwinkel, stond Annabel. Ze had een sigaret in haar hand.

Ik vroeg of ze er een voor mij had, daarna informeerde ik naar hoe het met haar ging.

'De kinderen zijn het huis uit,' zei ze. 'Allebei, ik weet niet of je dat wist, of Hanna je dat misschien heeft verteld?'

'Nee, dat wist ik niet.'

'Het is misschien heel erg om zo te denken,' vervolgde Annabel. 'Kinderen worden groot, ze moeten op eigen benen staan, willen hun eigen leven leiden, los van hun ouders. Maar toch...' Hier pauzeerde ze even, beet op haar onderlip. 'Ik weet het niet, Simon, maar ik kan me niet aan de indruk onttrekken dat ze misschien langer thuis waren gebleven als Gerard...' Ze pauzeerde opnieuw, ik zag iets glinsteren in haar ooghoeken. 'Nogmaals: ik weet dat kinderen groot worden, ik wil ze niet tot elke prijs bij me houden, maar ik denk dat ze vooral vanwege Gerard zo snel het huis uit zijn gegaan. Ik weet dat eigenlijk wel zeker. Het is daarom dat ik... Ik had ze zo graag nog wat langer bij me gehouden,' zei ze.

'Ik begrijp precies wat je bedoelt,' zei ik. En dat was de waarheid. Voor Tim was het weliswaar praktischer om in Delft op kamers te wonen, maar hij kwam nog altijd om het weekend thuis. Dan maakte Hanna zijn lievelingspasta en keken we met zijn allen op de bank naar een Netflix-serie. Niek had, nadat hij voor zijn eindexamen was geslaagd, een zogenaamd tussenjaar genomen en woonde nog gewoon bij ons.

'Het is niet zo dat ik zou willen dat de kinderen weer thuis zouden komen wonen,' zei Annabel. 'Hoe jammer ik het ook vind dat die tijd voorbij is. Maar ik geloof wel dat ze niet graag langskomen omdat ze geen zin hebben in hun vader die daar de hele dag op de bank hangt.' Annabel knipperde even met haar ogen, raakte voorzichtig een ooghoek aan met haar pink. 'In feite komen ze helemaal nooit,' zei ze met een snik in haar stem.

Ik raakte haar schouder even aan, trok haar iets dichter naar me toe. 'Annabel,' zei ik.

'En laatst,' zei ze. 'Nou ja, alweer een halfjaar geleden ongeveer, dat was ook zoiets typisch.'

Ik voelde hoe iets in de buurt van mijn hart zich even samentrok. Om haar niet aan te hoeven kijken, richtte ik mijn blik op een tram die net met piepende wielen de bocht om kwam zetten.

'Hij had opeens die auto,' vervolgde ze. 'Je moet mij niet vastpinnen op het merk, daar heb ik geen verstand van. Het was een auto waarvan het dak open kon. Maar wat mij als eerste trof was dat er maar plaats was voor twee mensen in die auto. Het was een tweedeurs, met zo'n minuscuul achterbankje waarop hooguit een hond zou passen. Een poedel dan ook nog.'

'Ja,' zei ik.

'Hij zei dat hij het geld van een bejaarde tante had geërfd die plotseling was overleden, over wie ik hem nog nooit had gehoord. Hij had dus helemaal niet aan de kinderen gedacht met zijn tweepersoons autootje. Hij had niet eens een cadeautje voor ze gekocht van dat geld. Maar het was vooral het signaal dat hij ermee afgaf: *er is in deze auto geen plaats meer voor jullie*. En eigenlijk ook niet voor mij. Zo voelde ik dat: het was een speelgoedje voor hem alleen.'

Ik keek over mijn schouder door de verlichte etalage van de boekwinkel. Er waren nu echt nog maar drie of vier mensen over. Er stonden geen flesjes en glazen meer op de dranktafel, ook de schaaltjes met nootjes waren weggehaald.

'Zie je Derek L. nog weleens?' vroeg Annabel.

'Hij schrijft weer,' zei ik. 'Hij stuurt me af en toe wat op.'

Ze haalde diep adem, keek weer om zich heen. 'Ik heb de afgelopen jaren wat geld opzijgezet,' zei ze, veel zachter nu, ik moest me naar haar toe buigen om haar te kunnen verstaan. 'Voor het geval dat... nou ja, gewoon, het is altijd handig om iets extra's achter de hand te hebben voor noodgevallen.'

'Ja,' zei ik.

Ik keek haar aan. Zocht naar de bevestiging dat ik haar goed had begrepen. En die vond ik in haar blik, in het korte knikje dat ze me gaf.

'Ik weet niet of ik...' begon ik. Ik dacht aan Gerard, aan de middag waarop ik hem op het terras van Botanique de Albert Heijn-tas had overhandigd. Ik had eigenlijk meteen weer willen vertrekken, maar Gerard had me tegengehouden. 'Kom, we nemen er nog eentje,' had hij gezegd. 'Hoe je het wendt of keert, we hebben toch wat te vieren.' En bij het tweede en laatste biertje was hij toch nog een keer over zijn boek begonnen.

'Wat vond je nou eigenlijk?' vroeg hij. 'Wat vond je nou eigenlijk echt?'

Ik had niet meteen antwoord gegeven.

'Kom op, Simon,' zei hij. 'Je hebt me een blurb gegeven. Je kon het niet wegleggen, schreef je.'

'Ik denk niet dat Derek L. graag uit zijn schuilplaats komt,' zei ik nu tegen Annabel. 'Of laat ik het anders zeggen: hij houdt zich gedeisd. Hij wil de komende tijd zo min mogelijk de aandacht trekken.'

Ik had het me destijds allemaal heel anders voorgesteld. In een ideale, een rechtvaardige wereld misschien wel, waren we een boswandeling met Gerard gaan maken. Met zijn drieën: Derek L., Gerard en ik. Ergens op een open plek zouden er nog een paar laatste woorden zijn gesproken.

Aan het eind van die middag, het begin van de avond, zou Annabel mij een appje hebben gestuurd: *Weet jij misschien waar Gerard is? Hij zei dat hij met jou had afgesproken, maar hij is nog altijd niet thuis. Ik maak me ongerust.*

Ik zou haar hebben gebeld. Haar ongerustheid hebben weggenomen. In bedekte termen. Hanna, die naast mij op de bank zat, zou niets ongewoons aan ons gesprek opmerken.

Ja, ik heb hem gezien. We hebben iets gedronken. Daarna zei hij dat hij weg moest, ik heb hem niet gevraagd waarheen.

Misschien zou Annabel niets vragen, maar misschien ook wel.

Denk je... Denk je dat hij nog thuiskomt, Simon?

Ik zou een stilte hebben laten vallen waarvan ik hoopte dat die veelbetekenend zou klinken. *Ik denk het niet*, zou ik daarna hebben gezegd.

Ook aan haar kant zou een stilte zijn gevallen.

Dat is goed om te horen. Dank je wel, Simon.

Maar zo was het dus niet gegaan. Vandaag stond ik tegenover Annabel, keek in haar licht betraande ogen en haalde mijn schouders op.

'Het spijt me,' zei ik.

NIEK

Ik wist waar hij woonde. Ergens halverwege het eindexamenjaar had meneer Veerman een feest voor zijn leerlingen gegeven bij hem thuis.

Het probleem was dit: je wilt eigenlijk niet op een feest zijn bij een leraar thuis. Je wilt de leraar niet in zijn eigen huis zien, niet in een korte broek of op slippers, een zonnebril zogenaamd nonchalant naar achteren geschoven in zijn haar. Er waren hapjes geweest, een soort slappe sushi, klaargemaakt door mevrouw Veerman, die met een gekleurde doek om haar hoofd steeds uit de keuken tevoorschijn kwam met weer een nieuwe schaal.

Ook de drank was niet om over naar huis te schrijven. Te weinig bier, geen sterkedrank, wel een onuitputtelijke hoeveelheid cider in ondoorzichtige groene flessen zonder etiket, die meneer Veerman uit hun tweede huis in Frankrijk had meegenomen. Hij had de cider nog net niet zelf gemaakt, vertelde hij ons trots, er was een mannetje in dat Franse dorp dat hij had geholpen met de ciderpers.

Cider! Er zijn drankjes die je gewoon niet wegkrijgt, terwijl je er toch heel veel van moet drinken voordat het enig effect heeft, je wordt hoe dan ook eerder misselijk dan dronken, wil ik maar zeggen.

Zo wist ik dus waar hij woonde, een rustige straat met bomen en ruime parkeerplaatsen. Zijn vrouw deed open, die van de slappe sushi, ze glimlachte naar me, ze had deze zaterdagmiddag geen doek om haar hoofd.

'Hans!' riep ze, terwijl ze me uitnodigde om binnen te komen. 'Hans, een leerling voor je...' Ze keek me even vragend aan.

'Niek,' zei ik snel. 'Niek Hanson.'

De leraar aardrijkskunde zat aan een tafel waar alleen een schaal met fruit op stond. Een peuter speelde op de houten vloer met blokken en autootjes, de terrasdeuren naar de tuin stonden open.

'Zo, je komt zeker je telefoon halen,' zei meneer Veerman. *Hans*, dacht ik. Op het feest met de cider hadden we hem tijdelijk Hans mogen noemen.

Ik had mijn rugzak tegen een tafelpoot gezet, de rits een klein stukje open. 'Mijn telefoon,' zei ik. 'Maar ik wilde het eigenlijk vooral over mijn cijfer hebben.'

De leraar slaakte een diepe zucht. 'Ik hoop dat je begrijpt dat ik hier één lijn moet trekken,' zei hij. 'Als ik iedereen die de regels overtreedt alles kwijtscheld ben ik niet erg geloofwaardig meer.'

'Maar ik heb de regels niet overtreden,' zei ik. 'Ik ben alleen vergeten mijn telefoon uit te zetten. Ik kreeg een berichtje van mijn vriendin. U kunt het zelf nalezen. Het was een berichtje van haar, om me succes te wensen, niet het antwoord op een examenvraag.'

Ik voelde iets bij mijn broekspijp en keek naar beneden. De peuter had mijn broekspijp vastgepakt en trok zich nu omhoog.

'Hé, hallo,' zei ik; ik hield me in, ik zou hem niet over zijn vlasblonde krulletjes aaien, het was goed mogelijk dat de leraar dit als een inbreuk op zijn privéleven zou beschouwen. Bijkomend probleem was dat ik niet meteen kon uitmaken of het een jongetje of een meisje was.

'Wat zou je gaan doen?' vroeg hij nu. 'Ik bedoel, als je je eindexamen haalt. Ga je studeren?'

Ik zou niets gaan doen, maar dat leek me niet het juiste antwoord. Ja, net als zo'n beetje al mijn klasgenoten zou ik een tussenjaar nemen. Maar ik zou niet op reis gaan zoals de rest. De meesten kozen voor Azië en bleven dan eindeloos weg. Ik had daar totaal geen trek in. Ik was vorige zomer drie weken op Bali geweest, en geloof me, drie weken is echt meer dan genoeg. Het is er mooi maar op een wat saaie manier. Op Bali heb ik leeftijdgenoten ontmoet die me verzekerden dat de rest van Azië er precies zo uitzag. Overal dezelfde apen en bananen, dezelfde klamme hitte. Daarvoor hoefde je echt niet maanden van je leven te vergooien. De dappersten, of je kon misschien beter zeggen de domsten, trokken naar Latijns-Amerika, waar je gewoon kon worden doodgeschoten, om als een aangereden dier langs de kant van de weg te worden achtergelaten. Nee, ik zou niets gaan doen, misschien een baantje, verder vooral lekker thuis chillen op de bank. Na zes jaar eindelijk op de bank hangen zonder dat je ouders je om het uur vragen of je geen huiswerk te doen hebt.

'Ik weet het nog niet,' zei ik. 'Misschien een reis.'

'Ha, dat is een goed idee,' zei meneer Veerman. 'Rustig de tijd nemen om te bedenken wat je met de rest van je leven gaat doen. Had ik dat ook maar gedaan, denk ik weleens.'

Hij lachte, en ik probeerde mee te lachen, maar dat viel nog niet mee. Het zou er vast en zeker ongeloofwaardig uitzien en daarom trok ik mijn gezicht snel weer strak.

'En waar wil je naartoe?' vroeg meneer Veerman. 'Nogmaals: áls je slaagt voor je eindexamen.'

Ik dacht koortsachtig na. Ik dacht aan de aardrijkskundelessen, waar meestal geen touw aan vast te knopen was geweest. Hij stond voor het schoolbord en kletste maar door: over aardbevingen, vulkanen en tsunami's, het maakte allemaal niet uit, hij wist zelfs van een tsunami met honderdduizenden doden nog een slaapverwekkende gebeurtenis te maken.

'Azië,' zei ik. Er was me opeens te binnen geschoten dat meneer Veerman een keer over zijn reizen naar Japan had verteld. Op dezelfde vlakke neuzeltoon die alles doodsloeg. Tempels, sumoworstelaars, sushi... Ik moest aan de vrouw van de leraar denken, aan haar hoofddoek op het feest. 'Azië, en in ieder geval Japan,' zei ik. 'Dat land staat bovenaan mijn lijstje.'

Meneer Veerman knikte goedkeurend. Hij trok een la in de tafel open en haalde mijn telefoon tevoorschijn, maar hij gaf hem niet meteen terug, hij hield hem nog even in zijn hand.

'Ik weet het goed met je gemaakt,' zei hij. 'Ik geef je geen nul voor aardrijkskunde maar een drie of vier. Dan is je gemiddelde waarschijnlijk niet voldoende maar krijg je een herexamen. Alleen voor aardrijkskunde. En dan kom je hier in de zomer bij mij langs en krijg je bijles van me. Zodat je goed voorbereid dat herexamen kunt doen. Ik heb hier heel wat boeken over Japan staan. Dan kun je in september gewoon op reis en hoef je dat laatste jaar niet over te doen.'

Ik probeerde de leraar aan te blijven kijken, ik deed echt mijn uiterste best om te doen alsof ik naar hem luisterde, maar het was net als tijdens de aardrijkskundeles: de woorden fladderden rond zonder ergens te landen, voordat je hun betekenis goed en wel tot je door had kunnen laten dringen, waren ze al door de openstaande tuindeuren naar buiten gevlogen.

In plaats van mijn ogen neer te slaan, keek ik daarom maar opzij. De peuter zat een paar meter verderop op het tapijt. Op zijn blote knieën lag het dienstwapen van mijn moeder.

'Hé,' zei ik, en ik stond op.

In een paar passen was ik bij hem, griste het pistool van zijn knieën en probeerde het zo goed en zo kwaad als het ging achter mijn rug te verstoppen – maar ik zag het meteen aan de blik in de ogen van meneer Veerman.

'Niek!' bracht hij uit. 'Niek, wat is dit?'

De kleuter zette het op een schreeuwen. Gedurende iets minder dan een halve seconde overwoog ik hem het pistool terug te geven, het speeltje dat hem was afgepakt.

'Het is van mijn moeder,' zei ik, en daar was geen woord aan gelogen. Die ochtend had ik het gevonden, onder in de wasmand, ik had de hele wasmand leeggehaald omdat ik naar mijn Ajax-shirt zocht dat ik nergens had kunnen vinden – en daar lag het.

Ik wist waar mijn moeder het wapen normaal gesproken verstopte. Soms, als mijn ouders een avond weg waren, haalde ik het uit de la en ging ik er beneden mee op de bank zitten. Het was vooral het gewicht ervan dat me fascineerde. Ik had de tv aan, en af en toe tilde ik het op en richtte het op een presentator, een nieuwslezer of een irritant jurylid van *The Voice of Holland*. Slechts één keer was ik bijna betrapt, ik was op de bank in slaap gevallen en hoorde plotseling de sleutel van de voordeur. Uiteindelijk lukte het om het dienstwapen ongemerkt terug op zijn plek te leggen.

Zo kalm mogelijk liep ik terug naar de tafel en stopte het pistool weer in mijn rugzak. Ik pakte mijn telefoon, die de leraar intussen op de tafel had neergelegd, en stak hem in mijn zak.

'Ik ga,' zei ik, en ik hees mijn rugzak op mijn schouder. De peuter snotterde nog zachtjes na, terwijl hij mijn richting op kroop.

'Niek,' zei meneer Veerman. 'Wat is er... Wat ben je aan het doen? Wat is dit?'

'Mijn vriendin heeft me tijdens dat examen een berichtje gestuurd,' zei ik. 'Om me geluk te wensen. Meer niet. Moet ik nu dankbaar zijn omdat u me zogenaamd een dienst wilt bewijzen? Ik zou sowieso een tussenjaar nemen, maar in de zomer wilde ik vooral wat gaan chillen met vrienden. Met mijn vriendin. Het laatste waar ik zin in heb is om hier van u bijles aardrijkskunde te krijgen en gezellig samen fotoboeken over Japan door te bladeren. Ik ben niet helemaal eerlijk tegen u geweest. Ik vind Japan een schijtland. Geen haar op mijn hoofd die eraan denkt om daarnaartoe te gaan. Een schijtland is het, meer niet.'

Bij de deur draaide ik me nog een keer om.

'U kunt natuurlijk van alles proberen te doen,' zei ik. 'U kunt me bij de rector aangeven óf naar de politie gaan. Maar ik wil u met klem aanraden om eerst goed na te denken. Over wat ik nou helemaal heb gedaan. Of dat genoeg is om een jongen een heel schooljaar over te laten doen, nog een jaar van zijn leven te laten verliezen, of hem aan zijn hoofd te zeuren over bijles en Japan. Zoals u ons allemaal jaren hebt lopen vervelen met uw dodelijk saaie lessen. Iedereen zat te gapen tijdens aardrijkskunde. Iedereen. Ik wil mijn eindexamen halen. Ik wil niet nog een jaar hoeven gapen.'

Op dat moment ging de deur open en kwam de vrouw van de leraar de kamer binnen. In haar handen had ze twee bordjes, met op elk bordje een tompouce en een lepeltje.

'O, ga je nu al weg?' vroeg ze.

'Ik ben hier klaar,' zei ik; ik stapte langs haar heen de gang in en liep in een rechte lijn door naar de voordeur.

DEREK

Málaga. Er is weinig veranderd, de barretjes zijn er allemaal nog. Het voelt vertrouwd, als thuiskomen, alsof je na een lange buitenlandse reis de sleutel in je eigen voordeur steekt. Een van mijn favorieten voor 's avonds is Quitapenas, dat betekent vrij vertaald zoiets als dat ze je zorgen wegnemen. Je zorgen of misschien eerder nog je verdriet, je tegenslagen. Ik kan daar uren aan een tafeltje zitten, met een schaaltje jamón of een bordje met calamares en een ijskoude Mahou.

Overdag ga ik vaak naar Mami Beach, dat is een strandtentje net voorbij de haven. Nu in december is het er wat leger, maar het is nog steeds aangenaam en je kunt er nog altijd in alleen een T-shirt en een korte broek op een ligstoel liggen. Als ik honger krijg pak ik een tafeltje en bestel ik het menu van de dag. Twaalf euro, en dan eet je beter dan in welk restaurant in Amsterdam ook. Mensen uit Nederland geloven je vaak niet als je ze dat vertelt. Net zomin als ze geloven dat je daar in december in je korte broek en T-shirt op een ligstoel ligt.

Een paar dagen geleden lag er een man een paar ligstoelen verderop een boek te lezen. Het duurde even voordat ik het omslag herkende. Ik had mijn zonnebril op, ik moest mijn ogen samenknijpen, maar toen las ik het toch echt: *Luchtplaats*. Ik heb altijd gedacht dat dit het hoogst haalbare was voor een schrijver, dat je andere mensen aan een zwembad of op een strand jouw boek ziet liggen lezen. Maar ik was meteen op mijn hoede. Lag die man daar misschien niet toevallig? Ik trok mijn rugzak wat dichter naar me toe, deed de rits van het voorvakje open.

Ik had mijn voorgerecht voor mijn neus staan. *Macarrones*: macaroni in tomatensaus. Je kunt daarom lachen, je kunt denken dat macaroni in tomatensaus geen Spaans gerecht is, maar de Spanjaarden maken dat echt lekkerder klaar dan in Italië, daar kunnen die Italianen nog een puntje aan zuigen.

Ik had dus net een hap genomen toen die man opeens uit zijn ligstoel opstond en mijn richting op kwam. Ik bukte me, liet mijn hand op het voorvakje van de rugzak rusten en ging weer rechtop zitten.

Een paar maanden geleden was Theo hier plotseling opgedoken. Hier bij Mami Beach. Hij had zich aan hetzelfde tafeltje in een stoel tegenover me laten zakken.

'Eet rustig door,' zei hij met een brede glimlach. 'Het ziet er heerlijk uit.'

'Hoe heb je me gevonden?' vroeg ik, en meteen had ik spijt van mijn vraag.

'En dat vraag jij?' zei Theo. 'Je mag blij zijn dat ik slimmer ben dan de politie. Dat het niet Hanna Hanson is die nu tegenover je zit en je vraagt wanneer je eindelijk eens een biertje voor haar gaat bestellen, voordat ze je de handboeien omdoet.'

Hij was snel ter zake gekomen. Er waren transporten met snelle boten vanaf de Marokkaanse kust. Geen enkele politieboot was sneller. Ten westen van Algeciras, bij Barbate of Los Caños de Meca, brachten ze het spul aan land. Theo had iemand nodig, zei hij, iemand die hij kon vertrouwen.

'Ik ben gestopt,' zei ik. 'Ik doe het niet meer. Het spijt me.'

Theo's glimlach week niet van zijn gezicht, hij pakte mijn flesje Mahou en zette het aan zijn mond.

'Onzin,' zei hij. 'Gestopt. Je bent toch geen vijfenzestig, je bent nog veel te jong om het leven van een pensionado te leiden.'

'Ik doe niet niks,' zei ik. 'Ik schrijf, ik ben aan een roman bezig.'

Het pleitte voor Theo dat hij me niet uitlachte.

Hij stak een sigaret op en boog zich over het tafeltje heen. 'Dat is goed,' zei hij. 'Dat is allemaal prima. Ik weet dat je het kunt. Ik ben op pagina dertig van *Luchtplaats*, ik ben een langzame lezer, maar ook na dertig pagina's weet je of iemand het kan of niet.'

Ik voelde mijn gezicht warm worden, ik wilde niet gaan blozen, maar het raakte me wel degelijk, zo'n compliment uit de mond van mijn oud-compagnon.

'Je moet toch ook ergens van leven?' zei Theo. 'Wat ik je vraag is niet meer dan één dag per week. Barbate is van hieruit misschien een uurtje rijden, twee uurtjes hooguit. Ik moet daar iemand hebben voor de supervisie, iemand die die Marokkanen en Spanjaarden in het gareel kan houden.'

Ik dacht snel na, het was geen onredelijk voorstel, ik zou niet uitsluitend afhankelijk zijn van de verkoopcijfers van *Luchtplaats*.

'Geloof me,' zei Theo, terwijl hij de ober wenkte. 'Schrijven is prima, maar ik ken je. Je gaat je vervelen. Je kunt toch niet de hele dag gaan zitten typen? Jij bent een man van actie, dat weet ik, dat weet jij ook.'

In vloeiend en vrijwel accentloos Spaans bestelde hij een biertje en een *ración* calamares. 'Jij ook nog?' vroeg hij, terwijl hij op mijn flesje Mahou wees.

Nee, vervelen zou ik me niet, maar probeer dat maar eens

aan iemand als Theo uit te leggen. Ik weet nog goed wanneer ik me wel verveelde: als ik in een geparkeerde auto tegenover de woning van een doelwit zat te wachten. Soms duurde het uren. Dan haalde ik voor de zoveelste keer mijn telefoon tevoorschijn en scrolde nog maar weer eens door de nieuwssites, Voetbalprimeur, Facebook en Instagram. Pas als de voordeur openging, was ik weer bij de les.

'Ik wist niet dat jij zo vloeiend Spaans sprak,' zei ik tegen Theo toen we onze flesjes tegen elkaar tikten.

'Je hebt me nooit gevraagd waarom ik je in café Elsa's ben komen opzoeken,' zei hij, nadat hij zijn flesje in één teug half leeg had gedronken en zijn lippen had afgeveegd met de rug van zijn hand. 'Waarom ik mijn leven en mijn vrijheid zou wagen voor een halfuurtje kletsen met mijn oude compagnon.'

Ik was onmiddellijk op mijn hoede.

'Nou?' vroeg hij.

'Waarom heb je dat allemaal gedaan voor een halfuurtje kletsen, terwijl er een slecht gecamoufleerd loodgietersbusje aan de overkant van de straat stond?'

'Om je een kogel door je kop te schieten,' zei Theo. 'Dat was mijn plan. Ik had gehoord dat je een informant was geworden, maar ik wilde je eerst met eigen ogen zien. Daarom heb ik het ook niet door iemand anders laten doen.'

'Oké,' zei ik. *'And what made you change your mind?'* Ook dit was een zin uit een van onze favoriete films.

'Je ogen, Derek. Ik zag het meteen aan je ogen. Hoe je tegen me deed. Dat je me gelijk waarschuwde dat ze daar in dat busje aan de overkant zaten mee te luisteren. Ik heb goed gegokt. Ik ben er nog. En jij bent er ook nog,' voegde hij er met een knipoog aan toe.

'Maar hoe kom je erbij dat ik een informant zou zijn geworden? Wie heeft je dat verteld? Waarom heb je toch even gedacht dat ik zoiets zou doen?'

Na de tweede teug was Theo's flesje helemaal leeg, hij liet een boer en keek om zich heen, op zoek naar de ober.

'Ik kreeg een telefoontje,' zei hij. 'Van zo'n anoniem nummer. Een versleutelde telefoon, weet je wel. Een vervormde stem, maar je kon nog wel horen dat het een vrouw was. En ik heb ook een versleutelde telefoon. Met hetzelfde programma om je stem te vervormen. Dus ik hoefde dat programma alleen maar terug te programmeren: een paar klikjes, afsluiten met een hekje, weet je wel. Ik ben haar maar een paar keer in het echt tegengekomen, maar er was geen vergissing mogelijk.'

Onwillekeurig bracht ik mijn vingertoppen naar de kraag van mijn poloshirt en wreef.

'Ja, daar krijg je het warm van, hè?' zei Theo. 'Nou, je gaat het nog warmer krijgen, jongen. Let op. Tussen twee versleutelde telefoons kun je ook heel eenvoudig elkaars locatie zien, daar had die superslimme politiemevrouw even niet aan gedacht. En waar dacht je dat ze vandaan belde? Vanuit haar eigen huis! Ik ken die plek. Jaren geleden ben ik er weleens langsgelopen. Uit voorzorg, zeg maar. Voor het geval die mevrouw een keer té slim zou worden. Misschien moet ik haar binnenkort eens een bezoekje brengen. Dan zijn we daar ook vanaf. Ben jíj daar ook vanaf.'

Ik vroeg hem niet waarom hij geloof had gehecht aan een anoniem telefoontje – helemaal nadat hij erachter was gekomen van wie het afkomstig was. Ik kende Theo te goed: dit was een test. Ik moest beslist niet laten merken dat Hanna's leven nog enige waarde voor mij had.

'Ja, dat kan,' zei ik. 'Misschien is ze gewoon ook een keer aan de beurt.'

Uiteindelijk viel het allemaal reuze mee. Het was een mooie route naar Barbate. Vaak nam ik de binnenwegen, ook al deed ik er dan langer over, de luidsprekers in de auto op *full blast.* Geen opvallende auto overigens, gewoon een gehuurde Seat, geen *Guardias Civiles* die mij klem zouden rijden in een open sportwagen.

Die Marokkanen waren allemaal knettergek, totaal van de wereld, alsof ze tijdens de overtocht de halve lading hadden opgerookt. Ze deden stoer, draaiden nog een paar extra rondjes door de branding voordat ze hun boten eindelijk in de golven lieten zakken. Daarna weer full speed terug de zee op, keihard optrekken met die duizend pk-motoren, alsof ze met hun scootertjes voor het stoplicht stonden en een wedstrijdje deden wie als eerste aan de overkant was. Ja, ze waren snel, geen politieboot kon ze bijhouden, zoals Theo had gezegd. Maar ze hadden niet met de helikopters gerekend. Die waren een nieuwigheidje van de *guardia costera*. Een paar weken geleden was een filmpje van smokkelaars die vanuit hun speedboot het vuur op zo'n helikopter openden viral gegaan.

Ik mocht ze wel. Het waren jongens. Spelende jongens. Ik had een keer een documentaire gezien over sigarettensmokkelaars voor de kust bij Napels in de jaren zestig: dezelfde snelle boten, dezelfde stoere jongens.

Op het strand stonden altijd drie of vier landrovers van de Spanjaarden. Wanneer alles in de auto's was geladen reed ik naar mijn vaste café in Barbate, waarvan ik wist dat het na middernacht nog open was. Eén of twee ijskoude biertjes, niet meer, een schaaltje inktvis, en daarna weer in een rustig tempo terug naar Málaga.

Dacht ik nog weleens aan Madeleine tijdens zo'n tweede biertje? Jazeker, maar altijd heel kort, als een cipier die het luikje in je celdeur openschuift om te kijken of je slaapt. Daarna schuif ik het luikje weer dicht.

Ik heb nooit in rouw geloofd. En nog minder in wat mensen 'rouwverwerking' noemen. Iets is er en blijft altijd. Er hoeft niets verwerkt te worden.

Ergens halverwege november kreeg ik een appje van Niek. Of ik misschien iets voor hem wist. Hij was op zoek naar tijdelijk werk. Liefst niet in Nederland. Liefst zo ver mogelijk bij zijn ouders vandaan. Hij wist natuurlijk niet waar ik was, haastte hij zich te benadrukken, maar hij vermoedde dat het niet in Nederland was.

Aan het begin van de zomer, ik was hier toen net een week of twee, had ik een eerste appje van hem gekregen. Een selfie. Hij had de korte mouwen van zijn T-shirt helemaal tot aan de oksels opgerold en hield het pistool schuin voor zijn borst, een beetje zoals James Bond een pistool vasthoudt.

Geslaagd! luidde het tekstje onder de foto. *Dank je wel!*

De man uit de ligstoel kwam voor mijn tafeltje tot stilstand; hij hield *Luchtplaats* met twee handen vast, opengeslagen op de titelpagina.

'Neemt u me niet kwalijk,' zei hij. 'Ik keek al een poosje, maar nu geloof ik toch echt dat u het bent. Klopt dat? Zou ik u om een handtekening mogen vragen?'

Kort na aankomst in Málaga had ik mijn baard afgeschoren en mijn haar geblondeerd. Op sommige ochtenden schrok ik nog altijd van mijn eigen hoofd in de spiegel. Ik had de flacon met haarverf helemaal leeggeknepen. Zo blond wil niemand zijn, maar ik heb het zo gelaten. Als vermomming was het beter dan half blond of zwart. Mijn tatoeages liet ik zitten, alleen droeg ik nu in plaats van T-shirts meestal polo's. Een polo met een kraagje dat de slangenkop in mijn hals grotendeels bedekte.

'Ik vind het een heel bijzonder boek,' vervolgde de man. 'Ook als u maar de helft echt hebt meegemaakt, is het al meer dan een gemiddeld mens in een heel leven meemaakt.'

Ik pakte het exemplaar van hem aan.

'Zou u er de plaats en de datum boven willen zetten?'

De plaats en de datum. Zou hij straks ook nog om een selfie vragen? Een selfie die hij vervolgens op Facebook of Instagram zou posten? *Samen met de beruchte crimineel en schrijver Derek L. op het strand van Málaga.*

Maar zover kwam het niet. De man bedankte beleefd en keerde terug naar zijn ligstoel. Ik at mijn macarrones op, bestelde nog een Mahou en stak een sigaret op. Daar kwam het hoofdgerecht al, een moot gegrilde zwaardvis met olie, peterselie, knoflook, wat frites en plakjes tomaat ernaast. Terwijl ik at en dronk, keek ik af en toe naar de ligstoel. De man was inmiddels ingedommeld, mijn boek lag opengevouwen, met de rug naar boven, op zijn buik.

Thuis zou hij het boek aan zijn vrouw laten zien, of misschien had een man die alleen op een strand in Málaga ligt geen vrouw. Aan zijn vrienden dan, aan zijn kinderen en collega's op het werk. *Málaga, 4 december 202.. Veel leesplezier, je Derek L.* Of anders zou hij vanavond al iemand bellen. *Je raadt nooit wie ik hier op het strand ben tegengekomen…*

Ik bestelde nog een biertje en als dessert een flan caramel, daarna een espresso en een *orujo blanco.* Ik rookte nog een sigaret.

Nadat ik de rekening had betaald, stond ik op. In een zo rustig mogelijk tempo liep ik naar de ligstoel en hurkte neer. Mijn rugzak had ik in het zand neergezet, de rits van het voorvakje nu helemaal geopend.

'Wat?' zei de man toen ik hem zachtjes in zijn zij porde en hij zijn ogen opendeed.

Ik stak mijn hand in het voorvakje.
'We gaan een eindje lopen,' zei ik.

HANNA

Tegenwoordig luisteren de mannen naar wat ik zeg. Ik bedoel dat ze echt luisteren. Vroeger deden ze alleen maar alsof. Ze knikten dromerig met hun hoofd, zeiden 'ja' of 'hm', haalden een hand door hun haar en keken ondertussen meer naar mijn lippen dan naar mij – naar mijn ogen.

Sommigen gingen verder, het leek of het ze niets kon schelen dat ik het zag. Ze begonnen bij mijn haar, zakten langs mijn neus naar beneden, naar mijn mond, mijn kin, mijn hals. Ik hoef hier waarschijnlijk niet te vertellen waar ze daarna nog meer naar keken, iedere vrouw met een uiterlijk als het mijne zal weten wat ik bedoel.

Nu luisteren ze dus. Ze luisteren naar me zoals je naar een kind luistert. Ze buigen zich dichter naar me toe. Als de etiquette het toestond zouden ze op hun hurken gaan zitten. Ze luisteren uit beleefdheid. Op een feestje of receptie kijken ze eerst om zich heen of er niet nog ergens wat jongers rondloopt.

Ernst had naar mij geluisterd. Maar hij was een ander geval. Ernst had mij ook als vrouw altijd serieus genomen. Maar meer zoals je als kind je moeder serieus neemt. Een kind dat op tijd thuiskomt, dat de door zijn moeder gesmeerde boterhammen niet ergens op de terugweg van school naar huis in de bosjes gooit.

Het was een sobere begrafenis geweest. Na afloop had Bremer me in de foyer apart genomen.

'We hebben de opname teruggeluisterd,' zei hij. 'Die uit Elsa's. Waar het over je zoon gaat.'

'Ja,' zei ik.

'Ik heb iemand langs die leraar aardrijkskunde gestuurd, ik hoop dat je begrijpt dat ik dat moest doen.'

Ik zei even niets, pakte alleen een glas witte wijn van een dienblad dat net voorbijkwam.

'Je hoeft je geen zorgen te maken, Hanna,' zei Bremer. 'Die leraar heeft gezegd dat hij geen idee had waar het over ging. Dat hij niet wist wie Derek L. was en dat hij Niek sinds het examen niet meer had gezien. Dus dat is hierbij afgerond,' zei Bremer, terwijl hij in zijn glas keek: iets donkerroods, waarschijnlijk tomatensap. 'Iets anders is de dood van Marc Verhoeven. Het zou kunnen dat we het onderzoek in die zaak zullen moeten heropenen.'

Ik keek hem aan. 'Wat is er met Marc Verhoeven?' vroeg ik, terwijl ik mijn hoofd lichtjes kantelde zodat mijn haar aan één kant recht naar beneden kwam te hangen.

Bremer keek even om zich heen. 'Begrijp me goed. Ik zal er geen doekjes om winden. We zijn hem liever kwijt dan rijk. Ook als wij nog midden in een onderzoek zaten, wist hij het altijd beter, en schrok hij er niet voor terug om dat in een of andere talkshow uitvoerig uit de doeken te doen. Aandacht, Hanna, meer was het niet. Een aandachtstrekker.'

'Hij had het aangelegd met Dereks ex,' zei ik. 'Zogenaamd onder het mom van materiaal voor zijn biografie. Dat soort geintjes moet je gewoon niet proberen uit te halen bij iemand als Derek.'

Bremer slaakte een diepe zucht, bracht zijn glas tomatensap naar zijn lippen en liet het toen toch weer zakken.

'Ik weet hoe het gegaan is,' zei hij. 'Bespaar je de moeite. Er komt een onderzoek, dat kan ik niet tegenhouden. Maar het zal niets opleveren, daar zal ik persoonlijk zorg voor dragen. We raken je niet graag kwijt. Het zou bovendien het korps beschadigen, dat willen we ook tot elke prijs vermijden. Je kunt je wel voorstellen wat voor sappig verhaal dit voor een journalist zou zijn.' Hij keek even om zich heen, bracht toen zijn hoofd iets dichter naar het mijne. 'Gelukkig heeft de misdaadjournalistiek met het verscheiden van Marc Verhoeven een gevoelige klap opgelopen. Een klap waarvan ze nog niet is hersteld, zo lijkt het. Het korps is je daar eeuwig dankbaar voor, Hanna, ook al zullen we je er nooit in het openbaar een lintje voor kunnen opspelden.'

Ik bracht mijn glas wijn naar mijn lippen, zag toen dat het leeg was. Ik keek Bremer aan, probeerde een dankbare glimlach.

De ochtend na de confrontatie met Marc Verhoeven in het appartement van Dereks ex-vrouw Chiara was ik teruggekeerd naar de plaats delict. Niet naar het appartement zelf, alleen naar het grasveld aan de oostzijde van het gebouw. Ik keek omhoog en telde de verdiepingen tot aan het balkon op de tiende.

Het duurde niet lang voordat ik vond wat ik zocht. Met de bebloede halve stoeptegel in mijn hand wandelde ik in een rustig tempo omhoog over het schuin naar boven lopende grasveld. Ik wist de weg. Het grasveld was in feite een dijk. Ik had het water, smaller dan een kanaal of gracht, de vorige dag al vanaf het balkon gezien.

Bovenaan de dijk was een fietspad. Deze ochtend kwamen er met korte tussenpozen steeds een paar fietsers voorbij. Een enkele wandelaar. Niemand lette echt op mij. Met een flinke zwaai wierp ik de stoeptegel het water in. Twee eenden, een mannetje en een vrouwtje, vlogen luid kwakend op.

Bremer keek op zijn horloge. 'Loop straks nog even langs mijn kantoor,' zei hij. 'Er is iets wat ik je wil laten zien.'

Even later zaten we tegenover elkaar aan zijn bureau. Bremer draaide het scherm van zijn computer een halve slag, zodat ik mee kon kijken.

Ik had de beelden al eerder gezien – en niet alleen ik. Op de zaterdagavond na het vuurgevecht waren ze op het journaal getoond. *De nu volgende beelden kunnen als schokkend worden ervaren*, had de nieuwslezer met een uitgestreken gezicht gezegd.

De bewakingscamera van de naast café Elsa's gelegen Vomar coverde een groot deel van de Middenweg, vanaf de stoep voor het café tot aan de ingang van Park Frankendael aan de overkant, en de beide tramhaltes. Na vertoning op de Nederlandse tv waren ze de halve wereld overgegaan. De BBC, CNN, Al Jazeera, noem maar op. Het duurde niet lang of ook de *background story* werd bekend. De crimineel die op klaarlichte dag een rechercheur doodschoot en vervolgens aan de politie wist te ontsnappen, had een boek geschreven. De woensdag daarna kwam dat boek op de eerste plaats binnen in De Bestseller 60. In de media verschenen berichten over buitenlandse uitgevers die astronomische bedragen hadden geboden om de vertaalrechten te verkrijgen. Er was sprake van een mogelijke verfilming. *Luchtplaats* was een bestseller. Het zou niet lang duren of het zou een wereldwijde bestseller zijn. Derek L. was een beroemde schrijver. Een voortvluchtige schrijver weliswaar, maar zijn roem zou niemand hem meer kunnen afnemen.

'Kijk,' zei Bremer. 'Hier komen Ernst en jij het busje uit.'

Ik keek. De beelden waren niet al te scherp, zoals wel vaker bij bewakingscamera's, maar de essentie van de actie was goed te volgen.

'Hier,' zei Bremer.

Bij het terras van Elsa's kwam er een flits uit Dereks pistool. Meteen daarop zakte Ernst neer op de tramhalte. Derek nam ondertussen de vrouw bij de hand en bereikte onder dekking van de tot stilstand komende tram de overkant van de Middenweg en de ingang van het park.

Ik keek naar mezelf. Hoe ik neerhurkte bij de stervende Ernst. Je zag mijn twijfel – ík zag mijn twijfel: moest ik hem assistentie verlenen, mijn jasje uittrekken en het als een kussentje onder zijn hoofd neerleggen, of was de dreigende ontsnapping van Derek belangrijker?

'Hier pak je Ernsts pistool,' klonk de stem van Bremer van de andere kant van het bureau, als de voice-over bij een documentaire over geweldsmisdrijven in de openbare ruimte, terwijl ik strak naar het beeldscherm bleef kijken. 'Het kan, het is misschien logisch, sneller, maar was het niet nog veel logischer geweest om als eerste je eigen dienstwapen te trekken?'

Op het scherm rende ik over de Middenweg in de richting van het park, stond toen plotseling stil en schoot. Twee, drie, vier, zes flitsen kort achterelkaar. De vrouw viel voorover in de bosjes. Nog even bleef Derek staan, hij zwaaide met zijn wapen, daarna verdween hij bovenin uit beeld.

Ik kon misschien het beste eerlijk zijn tegenover Bremer. Maar wat moest ik zeggen? *Ik had mijn dienstwapen niet bij me. Het lag die ochtend niet in de wasmand.*

'Blijf nog even kijken,' zei Bremer. Hij tikte iets op zijn toetsenbord. 'Let op. Hier…'

Er kwam een parkeergarage in beeld. Een man bij een auto. Op de rug gefilmd, en schuin van boven. Dezelfde beeldkwaliteit als van de camera die boven de ingang van de Vomar hing: opnieuw beelden van een bewakingscamera. In zijn langs zijn lichaam hangende hand hield de man een pistool.

'Deze beelden kregen we afgelopen maandag van een bewakingsbedrijf,' zei Bremer. 'Ze bewaken een aantal ondergrondse parkeergarages, allemaal in jullie stadsdeel.'

Ik hoefde niet nog eens te kijken om de op de rug gefilmde man te herkennen. Dat gebeurt er met je na een lang huwelijk: dat je je eigen man in een drukke winkelstraat of op een overvol strand ook op de rug herkent – dat je hem er zo tussenuit pikt tussen die honderden andere ruggen. Maar om Bremer niet aan te hoeven kijken, keek ik toch.

Even leek het of de man (Simon) het pistool op de achterbanden van de auto richtte, daarna tilde hij zijn jasje op en stak hij het wapen in zijn broeksband.

'We hebben het nummerbord van de auto gecheckt en zo kwamen we uit bij de eigenaar. Bij Simon Hanson. En we weten de datum en het tijdstip. Je kunt het zelf zien, hier linksboven in beeld. Vrijdagavond, of zaterdagochtend eigenlijk. Zaterdagochtend drieëntwintig minuten over één. Een zwarte Range Rover Sport. Dat wist ik al, dat jullie een Range Rover hadden, dat heb je me zelf een keer verteld.'

Op het scherm draaide de man zich om, zodat nu ook zijn gezicht in beeld kwam. Met rustige passen liep Simon naar de uitgang. Een paar minuten later zou ik zijn sleutel in het slot van onze voordeur horen.

'Is er een verband? Verklaart dit waarom jij tijdens een belangrijke operatie ongewapend was? Wat moest je man met jouw pistool?' vroeg hij, iets zachter nu, terwijl hij zich over zijn bureau heen boog.

'Simon wilde stoer doen,' zei ik. 'Tegenover Derek. Hij vond het gewoon een spelletje. Hij schrijft over die dingen. Over zware criminelen, gangsters, huurmoordenaars. En nu was het opeens allemaal echt. De boekpresentatie, samen in een talkshow. Dichter dan dat was hij nooit bij een crimineel gekomen, ook niet in zijn boeken. Zéker niet in zijn boeken.'

Ik pauzeerde even, dacht razendsnel na. Wat kon ik Bremer nog meer vertellen? *Diezelfde zaterdagochtend heeft Simon mijn dienstwapen weer op zijn vertrouwde plek teruggelegd. Ik heb het gecheckt. Er was niet mee geschoten.* Nee, niet goed. Dit verklaarde nog niet waarom ik later, die middag, mijn dienstwapen niet bij me droeg. *Onder in de wasmand...* Ook dat klonk niet goed, ik moest het woord *wasmand* tot elke prijs zien te vermijden.

Bremer slaakte een diepe zucht, vervolgens verplaatste hij de cursor op het scherm naar de linkerbovenhoek. Hij klikte één keer en sleepte het bestand naar de prullenmand rechts onderin.

'Ik heb het je al gezegd,' zei hij. 'Ik zou je voor geen goud willen missen. Berg je dienstwapen voortaan ergens op waar je man het niet kan vinden. Niet in de stortbak van de wc, iedereen heeft *The Godfather* gezien, daar zoeken ze het eerst. Op de normaalste plek, onder in de wasmand bijvoorbeeld, daar komen mannen nooit. Daar hebben ze niets te zoeken.'

Ik staarde hem aan. Stelde hij me op de proef? Dacht hij dat ik langs deze weg alsnog met een bekentenis over de brug zou komen?

'Ik, ik... ik weet niet,' zei ik. 'Ik weet niet wat ik moet zeggen, maar dank je wel.'

Bremer stak zijn hand omhoog. 'Wacht er nog even mee me te bedanken, Hanna. Er is nog iets.' Hij trok een la open en haalde er een envelop uit. Vervolgens trok hij daar een foto uit van een iets groter formaat dan een ansichtkaart.

'Dit kwam afgelopen dinsdag bij ons binnen,' zei Bremer.

'Naar alle waarschijnlijkheid zaterdag op de post gedaan. Geen afzender, geen begeleidend briefje: niks.'

Ik nam de foto van hem aan. Het was een klassenfoto. Vlak voor het schoolbord, achter zijn tafeltje aan het hoofd van de klas, zat meneer Koolhaas, onze leraar Engels. Een aantal leerlingen stond, andere zaten aan hun tafeltje. De foto was van ergens achter in de klas genomen, vanaf een hoger standpunt. Ik herinnerde me het nog goed. Ik herinnerde me dat de schoolfotograaf op een stoel was gaan staan.

De leerlingen die aan hun tafeltjes zaten, hadden zich half moeten omdraaien om in beeld te komen. Zo ook de twee meisjes aan de twee tafeltjes naast elkaar bij het raam. Het rechter meisje was ik, het linker Madeleine.

'Geen afzender, zoals ik je zei,' hoorde ik de stem van Bremer, maar nu meer als achtergrondgeluid, zacht en gedempt, alsof hij een handdoek over zijn hoofd had gedaan om zijn stem onherkenbaar te maken. 'Maar er zaten meer dan genoeg vingerafdrukken op zowel de envelop als de foto. Toen we die afdrukken door de database haalden, vonden we geen match. Maar gisteren kwam iemand op het idee om ze met de vingerafdrukken van het dodelijke slachtoffer te vergelijken. Met...' Bremer keek even op een papiertje dat op zijn bureau lag. 'Madeleine Albrecht.'

Rechts op de foto, helemaal vooraan, zat een jongen alleen aan een tafeltje. De jongen keek niet naar de fotograaf, hij keek naar de overkant van de klas, naar het raamtafeltje – Derek keek naar mij.

Iemand had onze hoofden met potlood omcirkeld. Zowel die van Madeleine en mij als dat van Derek.

Ik draaide de foto om. Daar stonden, onder de naam van de fotograaf, de datum en de klas: 5C.

De foto was in de eerste week van het nieuwe schooljaar gemaakt: een week later en Derek zou er al niet meer op hebben gestaan.

'We hebben de namenlijst opgevraagd bij de school,' zei Bremer. 'Maar misschien kun jij me nu alvast vertellen wie er op deze foto staan.'

Ik keek opnieuw naar de klassenfoto. Ík was misschien nog wel te herkennen, maar Derek? En Madeleine al helemaal niet. Ook destijds zag ze er al ouder uit dan ze in werkelijkheid was, maar dat was dan ook het enige. Alleen heel in de verte, en dan nog uitsluitend voor wie het wist, leek ze op de vrouw die ik een paar dagen eerder aan de hand van Derek uit café Elsa's had zien komen.

'Wie heeft...?' begon ik. 'Die potloodcirkeltjes om die hoofden. Hoe kon iemand zien –?'

'Dit is hoe we deze foto binnenkregen,' zei Bremer. 'Iemand had die cirkeltjes er al op getekend. De foto is intussen langs het laboratorium geweest. De potloodcirkeltjes zijn van veel recenter datum dan de foto. Van heel recent zelfs. Die zullen er dus wel zijn opgezet door mevrouw...' Hij keek weer even op het papiertje op zijn bureau. 'Door mevrouw Albrecht. Door Madeleine,' zei hij.

Ik legde de foto terug op het bureau. Ik dacht na. Binnen een paar dagen zou Bremer de namenlijst krijgen van de middelbare school. Van ónze middelbare school, verbeterde ik mezelf. De school waar wij allemaal op hadden gezeten, al had dat voor Derek maar een paar weken geduurd. De vragen zouden zich opstapelen. Bremer zou gaan twijfelen – aan míj gaan twijfelen. Was het tonen van de klassenfoto misschien ook al een test? Zoals gezegd stond niemand er duidelijk herkenbaar op. Ook ik zag er zoveel jaar later echt anders uit. Het mooie meisje was een mooie vrouw geworden – en daarna alleen nog maar een vrouw. Wist Bremer allang hoe het zat, wachtte hij alleen maar af of ik zelf over de brug zou komen?

Je hoeft niet op die lijst van de school te wachten, kon ik zeggen. *Kijk, dit is Madeleine, destijds mijn beste vriendin. En hier, die jongen alleen aan dat tafeltje, dat is Derek. En dit – dat mooie meisje, het mooiste meisje van de klas, dat moet je toch met me eens zijn – dit ben ik.*

'Het is allemaal lang geleden,' zei ik, zonder Bremer aan te kijken. Ik tuurde alleen maar ingespannen naar de klassenfoto, trok een frons in mijn voorhoofd, alsof ik iets uit een ver verleden uit mijn geheugen probeerde op te diepen. 'Ik weet dat echt niet meer goed. Deze jongen bijvoorbeeld,' zei ik, en ik wees de jongen aan die in zijn eentje aan een tafeltje zat. 'Deze jongen zou misschien Derek kunnen zijn, maar in mijn herinnering heeft hij amper een week bij mij in de klas gezeten. Ik weet daar nauwelijks nog iets van.'

'En die twee meisjes?' vroeg Bremer.

'Dit zou ik kunnen zijn,' zei ik. 'Maar dat andere meisje... Ik weet het niet meer, maar volgens mij zaten we alleen toevallig naast elkaar. Ja, dat was het. Die schoolfotograaf had gevraagd of we voor de foto naast elkaar wilden gaan zitten, maar verder hadden we niets. We waren geen vriendinnen of zo. Dus waarom ze nu opeens iets belangrijks van die foto probeert te maken... Ik heb echt geen flauw idee.'

Ik keek naar meneer Koolhaas, onze leraar Engels, naar zijn geniepig samengeknepen oogjes in zijn lelijke gezicht. Waarschijnlijk was hij al lang dood. Hij verdiende het om dood te zijn. Anders zou die smeerlap met nog weer een heel andere versie van mijn verhaal op de proppen kunnen komen, maar ik gokte erop dat hij inmiddels dood en begraven was.

'Het spijt me,' zei ik. 'Het spijt me dat ik je niet behulpzamer kan zijn.'

Op de middag dat Derek voor het eerst op me afkwam, stond Madeleine naast me.

Hij gaf me een hand, hield die vervolgens iets te lang vast (Maar ik de zijne ook! Ik wilde ook zijn hand nooit meer loslaten), en daarna keek hij naar Madeleine. Zo'n jongen was hij, toen al, een gentleman die de vriendin van het meisje op wie hij zijn zinnen heeft gezet ook gedag zegt.

'Hallo,' zei hij. Hij gaf haar geen hand, dat niet. Hij stelde zich ook niet voor, dat had hij bij mij al gedaan.

En Madeleine zei hallo terug.

'Vier kinderen,' richtte hij zich vervolgens weer tot mij.

'Wat?' zei ik.

'Vier kinderen zou ik met een vrouw als jij willen hebben,' zei hij. 'Het is domweg zonde om het bij een of twee te laten.'

Ik heb me altijd over Madeleine willen ontfermen. Dat is, achteraf gezien, misschien wel mijn grootste fout geweest. Het zit hem in het woord *ontfermen*. Je ontfermt je over een duivenjong dat uit zijn nest is gevallen. Je neemt het mee naar huis en zet het in een kartonnen doos. Omdat het de hele tijd zo bibbert, probeer je het weer warm te krijgen met een staande lamp die je helemaal naar beneden buigt, tot vlak boven de doos. Je voert het duivenjong blaadjes sla en nootjes – je weet eigenlijk niet wat het lekker vindt, wat het wel en niet mag eten. Je begrijpt niet dat het doodvonnis voor het duivenjong daarmee is getekend. De ouders hebben het allang verstoten: het ruikt immers raar, naar mensen, naar kartonnen doos. Als het weer een beetje is aangesterkt, zet je het weer terug in de natuur. Onder de boom met het nest waar het uit was gevallen, op ongeveer dezelfde plek waar je het hebt gevonden. Tegen de avond komt er een kat op het gepiep af.

Ik nam Madeleine mee naar feesten op andere scholen. Op

de nieuwe school van Derek. Feesten die beter waren dan die op onze eigen school. Ik ging met haar de stad in. Van café naar café, van club naar club. Voor de meeste van die cafés en clubs waren we nog veel te jong, maar de barmannen knepen een oogje toe. Een meisje als ik in hun café hield de klanten immers langer binnen: wie mij in het oog kreeg, ging nog niet meteen naar huis, bestelde nog een rondje. Ik kende alle portiers van alle clubs. Ik liet het toe dat ze me drie keer op mijn wangen kusten, dat hun hand achter mijn rug even onder mijn jasje kroop, en soms ook onder mijn truitje.

Over aandacht hadden we niet te klagen. Vaak kwamen de jongens met zijn tweeën. De een was de knappe, de ander de minder knappe, of de ronduit stoffige. Maar zelfs de stoffige jongens hadden vaak geen trek in Madeleine.

'Zullen we gaan?' vroeg Madeleine, terwijl de knappe jongen al een arm om mijn middel had geslagen en me met zijn mond – zijn lippen – dicht tegen mijn oor (vanwege de harde muziek) de gebruikelijke jongenspraatjes influisterde. Of beter gezegd: inschreeuwde.

'Oké, is goed, we gaan,' zei ik, en ik duwde de jongen vriendelijk van me af, bedankte hem voor de gin-tonics en vertrok met Madeleine aan mijn arm naar de uitgang.

Over haar verhouding met meneer Koolhaas vertelde ze me aanvankelijk niets. Ik kwam er bij toeval achter toen ik ze een keer samen in de fietsenstalling zag staan en de leraar Engels zijn hand op haar onderarm legde.

'Hoe kun je?' vroeg ik. 'Met zo'n man? Met zo'n vieze man?'

We fietsten naar haar huis, waar we samen huiswerk zouden gaan maken.

'Ik weet het niet,' zei Madeleine. 'Hij deed aardig tegen me. Hij zei dat hij me leuk vond.'

'Madeleine, alsjeblieft! Als je honger hebt ga je toch ook niet de etensresten uit een vuilnisbak opeten. Zo'n leraar. Zo'n vieze leraar, want dat is wat hij is: vies. Ik zie hoe hij naar mij kijkt. Die man haat vrouwen, Madeleine. Door met jou in hotelkamers af te spreken, neemt hij wraak op alle vrouwen die hem nooit hebben zien staan. Hij haat jou ook, zie je dat dan niet? Hij haat ons allemaal.'

We stonden stil bij een stoplicht. Madeleine wreef met haar vingers in haar ogen. Het duurde nog een paar tellen voordat ik doorhad dat ze huilde.

'Ach, jij!' zei ze. 'Jij hebt zo makkelijk praten. Jij kunt elke jongen krijgen die je wilt. Maar je vraagt je nooit af hoe het voor mij is. Hoe je erover vertelt als je met een jongen hebt afgesproken, nu weer met Derek. Met alle details. Hoe jij eerst dit, en hij toen dat. Denk je dat dat leuk is voor mij om te horen? Het is alleen maar leuk voor jezelf. Soms denk ik weleens dat je totaal geen gevoel in je lijf hebt, Hanna.'

Ik voelde iets onderaan mijn ruggengraat, alsof iemand me daar heel even aanraakte met zijn vingertoppen – zoals kort daarvoor in de fietsenstalling van Dereks nieuwe school.

Het stoplicht sprong op groen; we bleven staan.

'Madeleine,' zei ik. 'Je kunt het tegen mij wel zeggen. Ik zal het aan niemand vertellen.' Ik haalde diep adem. 'Ben je verliefd, Madeleine? Ben je verliefd op Derek?'

'Ach, stomme trut! Jij begrijpt ook niets!' Ze zette een voet op de trapper, slingerend stak ze de straat over, waar de auto's zich net in beweging zetten en meteen weer luid toeterend tot stilstand kwamen.

'Wacht! Madeleine, wacht!'

'Ga weg!' schreeuwde ze zonder achterom te kijken vanaf de vluchtheuvel halverwege de straat. 'Ga alsjeblieft weg!'

Ik wachtte niet tot het stoplicht op groen zou springen en stak de straat over. Tussen de abrupt remmende en toeterende auto's door bereikte ik de vluchtheuvel.

'Waag het niet me achterna te komen met je poeslieve praatjes,' snikte ze. Ze draaide haar gezicht naar me toe, tranen stroomden over haar wangen. 'Ik heb het helemaal gehad met je, Hanna. Je zou jezelf eens moeten zien. Hoe je steeds je ogen samenknijpt als er een spiegel in de buurt is. Hoe je je lippen tuit, het liefst zou je jezelf willen zoenen, heb ik vaak gedacht. Zo ziet het er tenminste uit. Ik kots ervan. Hoe je een hand door je haar haalt als er een jongen voorbijloopt. Het is gewoon zielig. Jij vindt mij misschien zielig. Ik weet dat je mij zielig vindt, dat lees ik in je blik. Maar het echte zielige geval hier ben jij, niet ik.'

Op de avond van de boekpresentatie, Simons boekpresentatie, dronken we thuis nog een glaasje wijn en keken we naar een Scandinavische serie. Wat is er toch gebeurd met commissaris Maigret? vroeg ik me af, terwijl ik eerst Simon, en daarna mezelf nog eens bijschonk. Met Hercule Poirot? Met Miss Marple? Waar zijn ze gebleven? Ze namen af en toe een biertje onder het werk, een glaasje whisky – dat was het wel. Commissaris Maigret had een vrouw die elke avond een warme maaltijd op tafel zette, na afloop van de werkdag aten ze die samen op en trokken ze een fles wijn open. Vandaag de dag zijn de mannelijke rechercheurs in politieseries steevast aan de drank, ze hebben een vrouw die ziek of dood is, en een aan drugs verslaafde tienerdochter met wie ze een moeizame relatie onderhouden. De vrouwelijke rechercheurs zijn stuk voor stuk autistisch, of op zijn minst zwaar contactgestoord.

Ik ben zo niet. Ik ben geen Asperger-patiënt. Ik verlies me niet in seks op een moment van zwakte, iets waar je op dezelfde manier aan verslaafd kunt raken als aan aardbeienijs of paprikachips. Mijn eigen zwakke plek, als je het al een zwakke plek zou willen noemen, is zoals gezegd begrip. Inlevingsvermogen, eigenlijk. Ik heb ervoor gekozen om aan de goede kant te staan, maar ik ben als de psychiater die zelf zo gek is als een deur en via zijn patiënten te weten wil komen wat hij eigenlijk mankeert; de brandweerman die uitsluitend blust omdat hij zo het dichtst bij het vuur kan komen, maar die de straal zo lang mogelijk naast de vlammen richt; de racist die met een zwarte vrouw trouwt. *Ik een racist?* reageert hij verontwaardigd op die aantijging. *Dan heb je mijn vrouw nog niet ontmoet. Ik ben ermee getrouwd. Hoe kan ik dan een racist zijn?*

Ze zeggen vaak dat misdadigers geen empathie hebben. Een inbreker weet niet wat hij aanricht, anders zou hij niet inbreken. Hij trekt alle laden open, smijt de inhoud op de grond. Hij heeft haast. Maar als hij geen haast zou hebben, zou hij dan alles weer opruimen? Zou hij je huis 'netjes achterlaten', zoals dat heet? Nee, natuurlijk niet. Daarom voelt het ook zo als een inbreuk op je leven, alsof er iemand aan je heeft gezeten, alsof je urenlang moet douchen om de geur van de inbraak van je af te spoelen.

Een gebrek aan empathie, meer is het niet. Soms denk ik dat ik er zelf te veel van heb.

Ik ben niet gelovig, maar als de traumahelikopter overvliegt, doe ik altijd een kort gebedje voor de mensen die ze te hulp schieten. Ik bedoel, het gaat hoe dan ook niet goed met je als de traumahelikopter voor je moet uitrukken. *Wie je ook bent, ik hoop dat je het gaat redden*, bid ik. *Ik hoop dat ze op tijd komen.*

Het is niet helemaal waar dat ik niet gelovig ben. Ik hou overal rekening mee. Ook met de mogelijkheid dat er 'iets' of 'iemand' is. Het is goed om je af en toe tot dat iets of die iemand te richten. Vrijblijvend, zeg ik er meteen bij. Vroeger ging dat zo:

dan beloofde ik dat ik, wanneer die iemand iets bepaalds gedaan zou krijgen, zou stoppen met roken. *Als mijn moeder levend uit het ziekenhuis komt, stop ik morgen. Beloofd.* Maar uiteindelijk stopte ik pas jaren later, toen mijn moeder ook echt dood was en er niet zoveel meer te vragen viel.

Ik bid voor de mensen. Vroeger, als kind en als puber, liep ik altijd met een wijde boog om de zwaailichten heen. Wat voor zwaailichten dan ook. Ik hoefde het niet te zien. Maar ook als je het niet hoeft te zien, zie je soms wat.

Ik denk dat ik daarom dit werk ben gaan doen. Om eindelijk van dichtbij te kunnen kijken zonder er 's nachts van wakker te liggen. Iemand die op de grond lag werd zo mijn werk. Bloed, een wond, was er alleen nog om gestelpt en verbonden te worden. Om iemand mijn eigen opgevouwen jas onder zijn hoofd te leggen tot de ambulance komt.

'Nog een aflevering?' vroeg Simon toen de aftiteling van aflevering vijf of zes over het beeld begon te rollen.

'Ik denk het niet,' zei ik. 'Ik ben best moe. Ik denk dat ik naar boven ga.'

Mijn schorsing zat er inmiddels op. *Welkom terug*, had Bremer gezegd toen hij me een paar maanden geleden mijn dienstwapen had overhandigd. Hij had geen andere keuze gehad, dat begreep ik ook wel. Mijn eerdere ontmoeting met Derek in het appartement van zijn ex-vrouw was gemakshalve buiten beschouwing gelaten. *Je laat me geen keus*, had hij alleen maar gezegd.

Toen ik het licht in de gang naar onze slaapkamers aanknipte, dacht ik aan Niek. Hij deed al maanden niets, lag alleen maar op de bank of speelde met zijn Playstation. 's Avonds ging hij uit met vrienden en kwam pas tegen de ochtend thuis. Met zijn vriendinnetje was het kort na zijn eindexamen uitgegaan. Soms, als we met zijn tweeën op de bank zaten, vroeg ik hem ernaar. Hoe het er met de meisjes voor stond.

'Ach, mam,' zei hij dan. 'Ik wil even niets vasts. Eerst een beetje leven.'

En hij ging ook niet op reis zoals de meeste van zijn vrienden deden – en daar bewonderde ik hem om. Wie net als iedereen deed, hoefde geen vragen te beantwoorden. Niek wel. *Wat zijn je plannen? Wat doe je dan de hele dag?* Dat waren de vragen die vrienden van ons hem stelden wanneer ze bij ons kwamen eten en Niek een halfuurtje aan tafel kwam zitten om met ons mee te eten. *Niets*, antwoordde hij. *En nee, geen plannen voorlopig.* En ook daar bewonderde ik hem heimelijk om, ik moest mijn best doen om niet van trots te gaan zitten grijnzen.

Ik dacht aan de zaterdagavond na de mislukte arrestatie van Theo F. en de ontsnapping van Derek bij Elsa's. Niek was al naar boven gegaan, Simon zapte langs de voetbalsamenvattingen. Op een bepaald moment zei ik tegen Simon dat ik ook naar boven ging.

'Ja,' zei Simon. 'Je zult wel moe zijn na zo'n dag.'

Ik liep de trap op, naar onze slaapkamers. Ik hoorde iemand rommelen in het washok en even later stapte Niek naar buiten.

'Niek,' zei ik.

'Mam.'

We omhelsden elkaar, ik drukte hem stevig tegen me aan, mijn hand op zijn achterhoofd, mijn vingers in zijn haar.

'Welterusten, mam,' zei hij, en hij kuste me op mijn wang.

'Welterusten, lieverd.'

Ik kuste hem op mijn beurt op zijn wang, wachtte tot hij de deur van zijn kamer achter zich dichtdeed.

Ik ging niet meteen het washok binnen. Kalm wandelde ik

naar onze slaapkamer, deed de gordijnen dicht en knipte onze bedlampjes aan. Vervolgens ging ik naar de badkamer.

Ik poetste sneller dan anders, maakte niet de hele cyclus van vier keer een halve minuut af.

Op de gang bleef ik even staan luisteren. Er scheen geen licht onder de deur van Nieks kamer door.

Ik bukte me over de wasmand en voelde onder de vuile kleren. Daar lag mijn dienstwapen. Ik trok het omhoog, rook aan de loop. Daarna checkte ik het aantal kogels in het magazijn.

Een paar weken na Simons boekpresentatie zaten Niek en ik samen op de bank. Simon was in de stad wat gaan drinken met een vriend.

'Ga je de rest van het jaar...' begon ik voorzichtig. 'Ik bedoel, ga je nog iets anders doen dan een beetje rondhangen en dronken worden met je vrienden? Van mij mag je, hoor, maar krijg je er zelf geen genoeg van?'

Ik verwachtte dat mijn zoon nu diep zou zuchten en een ontwijkend antwoord zou geven. *Mam, zeur nou niet aan mijn hoofd. Ik ga heus wel weer eens wat doen binnenkort.*

'Ik ga weg,' zei hij. 'Volgende week vrijdag. Ik heb al een ticket gekocht.'

'Ga je... ga je toch nog naar Azië?'

'Nee, mam, maak je geen zorgen. Ik heb genoeg aan Europa. Ik blijf wat dichter bij huis, gewoon een beetje rondtrekken, misschien een baantje in een strandtent.'

'En waar ga je... Waar vlieg je heen?' vroeg ik.

'Málaga,' zei mijn zoon.